A ilha do Tesouro

TÍTULO ORIGINAL: TREASURE ISLAND
COPYRIGHT © EDITORA LAFONTE LTDA., 2021

TODOS OS DIREITOS RESERVADOS.
NENHUMA PARTE DESTE LIVRO PODE SER REPRODUZIDA SOB QUAISQUER
MEIOS EXISTENTES SEM AUTORIZAÇÃO POR ESCRITO DOS EDITORES.

DIREÇÃO EDITORIAL	ETHEL SANTAELLA
TRADUÇÃO	KARINE SIMÕES
REVISÃO	RITA DEL MONACO
DIAGRAMAÇÃO	DEMETRIOS CARDOZO
ILUSTRAÇÕES	GEORGE ROUX (CREATIVE COMMONS)
CAPA	IDÉE ARTE E COMUNICAÇÃO SOBRE ARTE DE GEORGE ROUX

```
      Dados Internacionais de Catalogação na Publicação (CIP)
              (Câmara Brasileira do Livro, SP, Brasil)

      Stevenson, Robert Louis, 1850-1894
         A Ilha do tesouro / Robert Louis Stevenson ;
      tradução Karine Simões. -- 1. ed. -- São Paulo :
      Lafonte, 2021.

         Título original: Treasure Island
         ISBN 978-65-5870-076-0

         1. Ficção - Literatura infantojuvenil I. Título.

  21-59177                                          CDD-028.5
              Índices para catálogo sistemático:

      1. Ficção : Literatura infantojuvenil 028.5
      2. Ficção : Literatura juvenil 028.5

      Aline Graziele Benitez - Bibliotecária - CRB-1/3129
```

EDITORA LAFONTE

AV. PROFª IDA KOLB, 551, CASA VERDE, CEP 02518-000, SÃO PAULO-SP, BRASIL - TEL.: (+55) 11 3855-2100
ATENDIMENTO AO LEITOR (+55) 11 3855-2216 / 11 3855-2213 - ATENDIMENTO@EDITORALAFONTE.COM.BR
VENDA DE LIVROS AVULSOS (+55) 11 3855-2216 - VENDAS@EDITORALAFONTE.COM.BR
VENDA DE LIVROS NO ATACADO (+55) 11 3855-2275 - ATACADO@ESCALA.COM.BR

IMPRESSÃO E ACABAMENTO
GRÁFICA OCEANO

ROBERT LOUIS STEVENSON

A ilha do Tesouro

TRADUÇÃO
KARINE SIMÕES

Lafonte
2021 - BRASIL

PARTE I – O Velho Bucaneiro

O VELHO LOBO DO MAR NA ALMIRANTE BENBOW 09

O CÃO NEGRO APARECE E DESAPARECE 21

A MANCHA NEGRA 29

A ARCA DO MARUJO 38

A ÚLTIMA DO HOMEM CEGO 47

OS PAPÉIS DO CAPITÃO 55

PARTE II – O Cozinheiro de Bordo

IREI PARA BRISTOL 65

NA TABULETA DA LUNETA 74

PÓLVORA E ARMAS 82

A VIAGEM 90

O QUE OUVI NO BARRIL DE MAÇÃS 98

CONSELHO DE GUERRA 107

PARTE III – Minha Aventura em Terra

O INÍCIO DE MINHA AVENTURA EM TERRA 115

O PRIMEIRO GOLPE 123

O HOMEM DA ILHA 130

PARTE IV – A Paliçada

NARRATIVA CONTINUADA PELO MÉDICO: COMO O NAVIO FOI ABANDONADO 139

NARRATIVA CONTINUADA PELO MÉDICO: A ÚLTIMA VIAGEM DO BOTE 147

NARRATIVA CONTINUADA PELO MÉDICO: FIM DA LUTA DO PRIMEIRO DIA 154

JIM HAWKINS RETOMA A NARRATIVA: A GUARNIÇÃO NA PALIÇADA 161

EMBAIXADA DE SILVER 169

O ATAQUE 178

Parte V – Minha Aventura Marítima

COMO COMEÇOU MINHA AVENTURA NO MAR 187

AS CORRIDAS DA MARÉ VAZANTE 196

O CRUZEIRO DO CORACLE 202

DESCENDO A JOLLY ROGER 210

ISRAEL HANDS 218

"PARTES DE OITO" 229

Parte VI – Capitão Silver

NO ACAMPAMENTO INIMIGO 237

A MANCHA NEGRA OUTRA VEZ 248

PALAVRA DE HONRA 257

A CAÇA AO TESOURO: AS INDICAÇÕES DE FLINT 266

A CAÇA AO TESOURO: A VOZ ENTRE AS ÁRVORES 277

A QUEDA DE UM CACIQUE 286

E POR ÚLTIMO 294

Para S.L.O.[1], um cavalheiro americano cujo gosto clássico inspirou a seguinte narrativa que, agora, em retribuição às inúmeras horas de deleite, e com os mais sinceros votos, é dedicada por seu afetuoso amigo, o autor.

---

1. Enteado de Stevenson, Samuel Lloys Osbourne o ajudou a projetar o mapa de uma ilha que daria origem à *Ilha do Tesouro*.

AO COMPRADOR HESITANTE

Se cantigas e contos marítimos,
Aventura e tormenta, calor e frio,
Se ilhas e barcos legítimos,
Bucaneiros, ouro e cantil,
E todo o romance e brio
De maneira ancestral,
Agradam-me, como que de forma sutil
Com a sabedoria atual:

– Que assim seja! Porém,
Se os jovens de hoje não estudam mais,
E a nostalgia não se mantém,
Que Kingston[2], Ballantyne, e até
Cooper inspirem-me
Para que, com fé
Eu e meus piratas nos juntemos como iguais
Às obras desses imortais!

---

2. Os três autores citados são William Kingston, um escritor britânico conhecido por escrever sobre aventuras marítimas; Robert Ballantyne, um escritor escocês de literatura infanto-juvenil, autor de mais de cem livros; e James Fenimore Cooper, um romancista norte-americano famoso por suas obras sobre colonização.

Parte 1

O Velho Bucaneiro

O Velho Lobo do Mar na Almirante Benbow

Após o fidalgo Trelawney, com o Dr. Livesey e o restante dos cavalheiros terem me requisitado para anotar todos os detalhes relativos à Ilha do Tesouro, do começo ao fim, sem nada a omitir além da localização da ilha, isso apenas porque ainda há parte do tesouro a ser descoberta, pego minha pena neste ano da graça de mil setecentos e..., e volto ao tempo em que meu pai mantinha a estalagem Almirante Benbow[3] e ao dia em que o velho marujo de pele trigueira e com uma cicatriz na face decorrente de um golpe de sabre alojou-se sob nosso teto.

---

[3]. O nome da estalagem é em homenagem a John Benbow (1653-1702), oficial da marinha britânica, promovido a Almirante após combater piratas no Mediterrâneo.

Lembro-me dele como se fosse ontem, arrastando-se até a porta da hospedaria, com sua arca sendo puxada em um carrinho de mão. Alto, forte, robusto, era um homem bronzeado. O rabo de cavalo alcatroado caía-lhe sobre os ombros em seu imundo casaco azul, suas mãos eram ásperas e marcadas, com unhas pretas e quebradas, e a cicatriz em sua bochecha, deixada por um golpe desferido por um sabre, era branca em um tom sujo e lívido.

Lembro-me de vê-lo observar ao redor da enseada e assoviar para si mesmo, e então irromper naquela velha canção do mar que tantas vezes cantou:

"Quinze homens no baú da morte[4]
Io ho ho e uma garrafa de rum!"

Em uma voz alta e vacilante que parecia ter sido afinada e desgastada nas barras do cabrestante[5]. Em seguida, bateu à porta com um pedaço de pau parecido com uma alavanca que carregava e, quando meu pai apareceu, pediu bruscamente um copo de rum. Este, quando lhe fora trazido, foi degustado vagarosamente, como se o homem fosse um bom conhecedor, delongando-se a apreciar seu sabor e ainda olhando em volta para as falésias e para a nossa tabuleta.

---

4. A ilha Dead Chest está localizada no território das Ilhas Virgens Britânicas. Embora, quando visto do mar, seu formato se assemelhe ao peito e ao rosto de um homem deitado, daí o nome, a escolha tradutória para "baú da morte" se deu devido à popularização da canção em adaptações para o cinema.

5. Mecanismo de formato cilíndrico utilizado nas antigas naus para içar âncoras e suspender vergas e grandes pesos.

— Esta é uma enseada útil — disse ele por fim — e a taberna está bem situada. Tem muita companhia por cá, parceiro?

Meu pai disse-lhe que não, havia pouquíssimo movimento ali, o que era uma pena.

— Bem — respondeu ele —, então este será meu ancoradouro. Arrrr! — gritou para o homem que trazia o carrinho de mão — Traga para cá e ajude a levar lá para cima. Vou permanecer neste lugar por uns tempos — continuou ele. — Sou um homem simples, fico satisfeito se me empanturrarem com rum e ovos com bacon e me derem aquela vista lá do alto para vigiar os navios. E como hão de me tratar? Tratem-me por capitão. Oh, vejo o que quer — e ele jogou três ou quatro dobrões[6] de ouro na soleira. — Avise-me quando tiver torrado tudo — antecipou-se, tão presunçoso quanto um almirante.

De fato, por mais que suas vestes fossem tão grosseiras quanto seu linguajar, não aparentava ser um homem que trabalhasse no convés, mais parecia um imediato ou um capitão, acostumado a repreender e ser obedecido. O rapaz que trouxe o carrinho de mão nos contou que a mala-posta o deixara na manhã anterior em frente a Royal George[7], e que ele perguntara quais hospedagens havia ao longo da costa e, ouvindo falar bem da nossa, suponho, e sendo ela descrita como isolada, a escolhera entre as outras opções como seu local de estada. E isso foi tudo que ficamos sabendo de nosso hóspede.

---

6. Moeda de ouro hispano-americana usada na América no século 19.

7. O HMS (*Her/his Majesty's Ship*) Royal George era um navio da linha da Marinha Real.

Tinha o hábito de manter-se calado. O dia todo rodeava a enseada ou subia nos penhascos com um telescópio de latão, e todas as noites se sentava em um canto do saguão ao lado do fogo e bebia uma mistura de rum e água bem forte. No geral, quase nunca falava quando alguém se dirigia a ele, limitava-se a erguer os olhos súbita e ferozmente e bufava pelas ventas feito sirene de nevoeiro e tanto nós quanto aqueles que passavam por nossa estalagem logo aprendemos a deixá-lo em paz. Todos os dias, ao retornar de seus passeios, perguntava se algum marujo passara pela estrada. A princípio, imaginamos que fosse a falta da companhia de seus semelhantes que o fazia questionar, mas por fim começamos a perceber que ele desejava evitá-los.

Quando um marinheiro chegava à Almirante Benbow (o que de vez em quando ocorria com aqueles que se dirigiam a Bristol pela estrada costeira), ele o espiava através da porta com cortinas antes de entrar no saguão, e sempre ficava em silêncio como um rato quando algum deles estava presente. Para mim, pelo menos, não havia segredo algum, pois, de certa forma, partilhava de seus sobressaltos.

Um dia, ele me chamou num canto e me prometeu quatro moedas de prata no primeiro dia de cada mês se eu apenas me mantivesse "de olhos abertos quando avistasse um marinheiro de uma perna só" e o avisasse assim que ele aparecesse. Não raro, quando chegava o primeiro dia do mês e eu lhe pedia meu pagamento, o homem apenas baforava pelo nariz em resposta e me encarava, mas antes que a semana acabasse,

ele parecia parar para pensar melhor, e acabava me trazendo minhas moedas, e, logo em seguida, repetia suas ordens para continuar "de olho no marinheiro com uma perna só".

Nem era preciso mencionar o quanto aquele personagem assombrava meus sonhos. Em noites de tempestade, quando o vento sacudia os quatro cantos da estalagem e as ondas rugiam ao longo da enseada subindo as falésias, eu o via em mil formas e mil expressões diabólicas. Ora a perna era cortada na altura do joelho, ora no quadril; ora ele era um tipo de criatura monstruosa que nunca tivera mais que uma perna, sendo esta localizada no meio de seu corpo. Visualizá-lo pulando, correndo e me perseguindo por cima de cercas vivas e valas era meu pior pesadelo. Em suma, paguei muito caro pelas minhas moedas mensais de quatro centavos, na forma de tais fantasias abomináveis.

Mas, embora estivesse tão apavorado com a ideia do marinheiro com uma perna só, tinha muito menos medo do capitão do que qualquer outra pessoa que o conhecesse. Havia noites em que bebia muito mais rum e água do que sua cabeça suportava e, então, ele, às vezes, se sentava e cantava suas perversas, antigas e selvagens cantigas marítimas sem se importar com ninguém. Outras vezes, pedia uma rodada de bebidas e obrigava todos à sua volta, trêmulos, a ouvir suas histórias ou fazer um coro para seu canto. Frequentemente, ouvia a casa tremer com "Io-ho-ho e uma garrafa de rum", com aqueles que o acompanhavam juntando-se a ele por temerem por sua própria vida e, com o medo da morte sobre eles, cada um tentava cantar mais alto que o outro para evitar reprimendas. Nesses ataques de indignação, ele era a companhia mais dominante já conhecida. Batia com a mão na mesa pedindo silêncio a todos e ficava furioso quando lhe faziam perguntas e, quando nenhuma pergunta lhe era feita, julgava que não estavam acompanhando sua história. Tampouco permitiria que saíssem da estalagem antes de se embriagar até ficar sonolento e ir se arrastando para a cama.

Suas narrativas eram o que mais amedrontavam as pessoas. Eram histórias terríveis sobre enforcamento, caminhadas na prancha, tempestades em alto mar, *Dry Tortugas*[8], proezas e lugares da América Espanhola. Por seu próprio relato, ele deve ter vivido entre alguns dos mais perversos facínoras que Deus já permitira estar no mar, e a linguagem com que contava tais acontecimentos chocava nossos aldeões quase tanto quanto os crimes que ele descrevia. Meu pai sempre dizia que a estalagem acabaria em ruínas, pois as pessoas logo deixariam de ir até lá por serem tiranizadas e oprimidas, mandadas trêmulas para as camas, mas acredito deveras que sua presença nos fez bem.

As pessoas ficaram assustadas na época, mas olhando em retrospecto, até que gostavam, pois aquele era um bom rebuliço na quietude da vida provinciana, e havia até um grupo de homens mais jovens que fingiam admirá-lo, chamando-o de "um verdadeiro lobo do mar", um "marujo legítimo" e

---

8. *Dry Tortugas* são um pequeno grupo de ilhas desabitadas localizadas na ponta oeste do arquipélago de Florida Keys, no estado da Flórida, Estados Unidos.

outros nomes semelhantes, dizendo que ali havia o tipo de homem que tornava a Inglaterra o terror dos mares.

   De certa forma, ele de fato nos arruinou, pois continuou hospedado semana após semana e mês após mês de modo que todo o dinheiro havia se exaurido e, ainda assim, meu pai nunca teve coragem de insistir por mais. Se alguma vez ele tocava no assunto, o capitão soprava com as narinas tão forte que mais parecia um rugido, e olhava fixamente para meu pobre pai obrigando-o a se retirar do recinto. Eu o vi torcendo as mãos depois de tal rejeição, e tenho certeza de que o aborrecimento e o terror que viveu devem ter acelerado muito sua morte prematura e infeliz.

   Durante todo o tempo em que esteve conosco, o capitão nunca fizera qualquer alteração em seus trajes, exceto pela compra de alguns pares de meias de um vendedor ambulante. Tendo caído uma das abas do chapéu, ele a deixou pendurada daquele dia em diante, embora fosse um grande aborrecimento quando ventava. Recordo-me da aparência de seu casaco, que ele remendava no andar de cima em seu quarto e que, no fim, não passava de remendos. Ele nunca escreveu ou recebeu uma única carta, e nunca falava com ninguém, exceto com os vizinhos, e até com estes, na maioria das vezes, dirigia-se apenas quando ébrio. Quanto à grande arca, nenhum de nós jamais vira aberta.

   O capitão só fora contrariado uma vez, e isso ocorreu perto do fim do meu pai, quando o declínio em sua saúde estava prestes a levá-lo embora. O Dr. Livesey chegou no final da tarde para ver o moribundo, aceitou partilhar um pouco do jantar de minha mãe e foi até o saguão fumar um cachimbo até que seu cavalo fosse trazido do vilarejo, pois não tínhamos estábulo na velha Benbow. Eu o segui, e lembro-me de observar o contraste do médico limpo e asseado, com sua peruca branca como a neve, seus olhos negros brilhantes e seus modos agradáveis, com a vivacidade dos moradores do campo e, acima de tudo, com aquele imundo e pesado espantalho sujo que era nosso pirata, embriagado de rum, debruçado sobre a mesa. De repente, ele, isto é, o capitão, começou a entoar sua eterna canção:

"Quinze homens no Baú da Morte
Io ho ho e uma garrafa de rum!
O álcool e o diabo mataram todo o resto
Io ho ho e uma garrafa de rum!

No início, eu supus que o "baú" fosse uma alusão à arca que estava no andar de cima em seus aposentos, e o pensamento havia se misturado aos meus pesadelos com o marinheiro de uma perna só. Mas, a essa altura, todos nós já havíamos deixado de prestar atenção à cantiga. Naquela noite, ela era uma novidade somente para o Dr. Livesey, e nele constatei que não produziu um efeito agradável, pois ele ergueu a cabeça por um momento, bastante zangado, antes de continuar sua conversa com o velho jardineiro Taylor sobre uma nova cura para os reumáticos. Nesse ínterim, o capitão gradualmente se animou com sua própria música e, por fim, bateu a mão sobre a mesa à sua frente de uma forma que todos sabíamos significar silêncio.

As vozes pararam imediatamente, exceto a do Dr. Livesey, que continuou o assunto com voz clara e silenciosa, tragando em seu cachimbo a cada uma ou duas palavras. O capitão olhou feio para ele por um momento e bateu com a mão novamente, olhou com mais intensidade e, por fim, vociferou de forma vil:

– Silêncio aí entre os conveses!

– Por acaso estava se dirigindo a mim, senhor? – disse o médico.

E, quando o rufião confirmou, mais uma vez em brados, o doutor respondeu:

– Só tenho uma coisa a dizer-lhe, senhor – respondeu o homem – se continuar a beber rum, não tardará até o mundo se ver livre de um canalha desmazelado!

A fúria do velhote foi funesta. Pôs-se de pé num salto, puxou e abriu um canivete de marinheiro e, equilibrando-o na palma da mão, ameaçou furar o médico contra a parede. O médico nem se mexeu. Como antes, continuou a respondê-lo por cima do ombro de forma monótona, porém em alto e bom som para que todos ali pudessem ouvi-lo e, perfeitamente calmo e firme, falou:

– Se não guardar essa navalha neste instante em seu bolso, juro, pela minha honra, que será enforcado na próxima sessão do tribunal.

Seguiu-se uma batalha de olhares entre ambos, mas o ca-

pitão logo cedeu, guardou a arma e voltou ao seu assento, resmungando como um cachorro espancado.

– E agora, senhor – continuou o médico – já que agora sei que há um sujeito de sua laia em meu distrito, pode contar que mandarei ficarem de olho em sua pessoa dia e noite. Não sou apenas um médico, sou um magistrado e, se eu pressentir qualquer queixa contra o senhor, mesmo que seja por incivilidade como a desta noite, tomarei as medidas necessárias para que seja caçado e expulso. Por hoje basta.

Logo depois, o cavalo do Dr. Livesey chegou e ele partiu, mas o capitão manteve-se calado naquela noite e por muitas noites por virem.

O Cão Negro Aparece e Desaparece

Não demorou muito para que ocorresse o primeiro dos misteriosos acontecimentos que finalmente nos livrariam do capitão, ainda que, como você verá, não de suas confusões. Foi um inverno álgido, com longas geadas e fortes vendavais, e ficou claro desde o início que meu pobre pai provavelmente não veria a primavera. Ele definhava diariamente, e minha mãe e eu ficamos com todos os afazeres da estalagem para nos ocuparmos de modo que podíamos ignorar nosso hóspede desagradável.

Era bem cedo em uma manhã de janeiro, um amanhecer gélido e cortante, com a enseada toda cinzenta de geada, as ondas batendo suavemente contra o rochedo, o sol ainda baixo, apenas tocando o topo das colinas e brilhando no horizonte. O capitão se levantara mais cedo do que de costume e logo saiu para a praia, com seu sabre de abordagem balançando sob as largas abas do velho casaco azul, sua luneta de latão debaixo do braço, e o chapéu inclinado para trás. Lembro-me de sua respiração soando como fumaça conforme se afastava, e o último som que ouvi dele, ao virar a grande pedra, foi um bufo alto de indignação, como se sua mente ainda estivesse focada no Dr. Livesey.

Bem, minha mãe estava lá em cima com meu pai e eu estava colocando a mesa do café da manhã para o retorno do capitão quando a porta da frente se abriu e um homem, que eu nunca vira antes, entrou. Ele era uma criatura pálida e sebosa, sem dois dedos na mão esquerda e, embora carregasse um sabre, não se parecia muito com alguém que costumasse se meter em brigas. Sempre estive de olho nos marinheiros, com uma ou duas pernas, e lembro que esse me intrigou. Ele não era marujo, mas também tinha trejeitos de quem conhecia o mar.

Perguntei em que lhe poderia ser útil, e ele disse que aceitaria rum, mas quando eu estava saindo para buscar a bebida, ele sentou-se à mesa e fez um sinal para que eu me aproximasse. Fiquei onde estava, com o pano de prato na mão.

– Venha cá, filho – disse ele. – Aproxime-se.

Dei um passo à frente.

– Esta mesa é para o meu amigo Bill? – ele perguntou com uma espécie de olhar malicioso.

Eu disse a ele que não conhecia seu companheiro Bill e que estava reservada para uma pessoa que estava hospedada em nossa estalagem a quem chamávamos de capitão.

– Bem – disse ele –, meu companheiro Bill seria chamado de capitão, provavelmente. Ele tem um corte em um lado da face e é um sujeito extremamente agradável, especialmente quando ébrio, esse meu amigo Bill. Vamos supor que seu capitão tenha uma cicatriz e digamos que seja nesta bochecha. Ah, veja só! Exatamente como relatei. Agora, meu amigo Bill se encontra?

E eu respondi que ele saíra para caminhar.

– Para que lado, filho? Para onde ele foi?

E quando eu apontei a rocha dizendo que logo ele estaria de volta, em tempo, respondendo a algumas outras perguntas, o homem disse:

– Ah, isso será tão bom quanto uma bebida para meu companheiro Bill.

A expressão em seu rosto ao dizer essas palavras não foi nada agradável, e eu tinha minhas próprias razões para pensar que o estranho estava enganado, mesmo supondo que ele quis dizer o que disse. Mas não era problema meu, pensei. Além disso, era difícil saber como agir. O estranho ficava rondando a porta da estalagem, à espreita, feito um gato esperando por um rato. Assim que tentei ir para a rua, ele rapidamente me chamou de volta e, como eu não obedeci de imediato ao seu comando, uma mudança horrível apareceu em seu rosto ensebado, ordenando-me que entrasse com uma praga que me fez pular.

Assim que retornei, ele voltou ao seu humor anterior, meio bajulador, meio zombeteiro, e deu um tapinha no meu ombro, dizendo que eu era um bom menino e que tinha gostado muito de mim.

– Eu tenho um filho – disse ele – com os traços parecidos com os seus, que é meu grande orgulho. Mas o melhor para os rapazes é a disciplina, filho, disciplina. Agora, se tivesse navegado com o Bill, não seria preciso chamá-lo duas vezes, não mesmo. Esse nunca foi o jeito dele, nem daqueles que navegavam com ele. E ali, com certeza, está meu parceiro Bill, com uma luneta debaixo do braço, abençoado seja. Vamos voltar para dentro do saguão, filho, e ficar atrás da porta. Esta será uma pequena surpresa para Bill, abençoado seja, eu digo novamente.

Assim dizendo, o estranho voltou comigo e me colocou atrás dele no canto, de modo que ambos ficamos escondidos atrás da porta aberta. Fiquei muito inquieto e assustado, como você pode imaginar, e aumentou meus temores observar que o estranho certamente estava assustado. Ele pegou o punho do sabre e afrouxou a lâmina da bainha, e, todo o tempo que ficamos ali esperando, ele engoliu em seco, como se sentisse o que chamávamos de "nó na garganta".

Por fim, o capitão entrou, bateu a porta atrás de si, sem olhar para a direita ou para a esquerda, e marchou direto para o outro lado do saguão onde o desjejum o esperava.

– Bill – disse o estranho em uma voz que eu pensei que ele havia tentado tornar ousada e grandiosa.

O capitão girou nos calcanhares e se virou para nós. Toda a cor de seu rosto desbotara, e até seu nariz estava azul. Ele tinha a aparência de um homem que vira um fantasma, ou algum ser maligno, ou algo pior, se é que existe. E, sob minha palavra, senti pena de vê-lo de uma hora para outra tornar-se tão velho e doente.

– Venha, Bill, sabe muito bem quem sou. Certamente reconhece um velho companheiro de bordo – disse o estranho.

O capitão soltou uma espécie de suspiro.

– Cão Negro! – respondeu.

– E quem mais? – retrucou o outro, ficando mais à vontade. – Cão Negro em pessoa veio ver seu antigo companheiro Billy, na estalagem Almirante Benbow. Ah, Bill, Bill, o mundo deu muitas voltas, desde que perdi meus dois dedos – erguendo a mão mutilada.

– Agora, olhe aqui – disse o capitão. – Agora que veio ao meu encontro, cá estou. Então, fale, o que quer?

– Isso é típico seu, Bill – respondeu o Cão Negro – não

erra uma. Vou tomar um copo de rum trazido por este rapazinho aqui, de quem tanto gostei, e vamos nos sentar, por favor, para conversarmos francamente, como velhos companheiros de bordo.

Quando voltei com o rum, eles já estavam sentados de cada lado da mesa – O Cão Negro ao lado da porta, sentado de lado, de modo a ter um olho em seu antigo companheiro e outro, como pensei, na saída. Ele me mandou ir e deixar a porta aberta.

– Nada de escutar atrás da porta, garoto – ordenou, e lá os deixei para sua conversa privada e me retirei para o bar.

Por um longo tempo, embora eu certamente fizesse o possível para ouvir, não pude escutar nada além de um som gutural baixo. Mas por fim, as vozes começaram a se elevar e eu pude ouvir uma ou duas palavras, na maioria pragas do capitão.

– Não, não, não, não. Isso seria o fim! – ele gritou uma vez. E novamente – Isso causará nosso enforcamento. Tenho dito!

Então, de repente, houve uma tremenda explosão de xingamentos e outros ruídos: a cadeira e a mesa foram viradas, um choque de metais se seguiu, em seguida, um grito de dor, e, no instante seguinte, eu vi o Cão Negro sair em disparada e o capitão persegui-lo acaloradamente, ambos com seus sabres desembainhados, com o último escorrendo sangue de seu ombro esquerdo. Bem na porta, o capitão mirou no fugitivo um último e tremendo golpe, que certamente o teria partido em dois se não tivesse sido interceptado por nossa grande tabuleta da Almirante Benbow. É possível ver o entalhe na parte inferior da moldura até hoje.

Aquele golpe fora o último da batalha. Uma vez na estrada, Cão Negro, apesar do ferimento, correu surpreendentemente rápido desaparecendo na beira da colina em menos de um minuto. O capitão, por sua vez, ficou olhando para a tabuleta, perplexo. Em seguida, ele passou a mão sobre os olhos várias vezes e finalmente voltou para dentro.

– Jim – chamou ele –, rum – e, enquanto falava, cambaleou um pouco e se segurou com uma das mãos contra a parede.

– Está machucado? – perguntei.

– Rum – ele repetiu. – Preciso cair fora daqui. Rum! Rum!

Corri para buscá-lo, mas estava bastante transtornado com tudo o que sucedera, e acabei quebrando um copo e sujando a bancada. Enquanto ainda estava me recompondo, ouvi o som de uma forte queda no saguão. Corri até lá e vi o capitão estirado no chão. No mesmo instante, minha mãe, alarmada com os gritos e as brigas, desceu correndo para me ajudar. Sozinhos, levantamos sua cabeça. Ele estava respirando com muita dificuldade, mas seus olhos estavam fechados e seu rosto tinha uma cor horrível.

– Meu Deus do Céu – exclamou minha mãe – Que desgraça foi acontecer em nossa casa! E seu pobre pai acamado!

Não tínhamos ideia do que fazer para socorrer o capitão, só conseguíamos pensar que ele fora ferido de morte na briga com o estranho. Peguei o rum e tentei colocá-lo em sua garganta, mas seus dentes e suas mandíbulas estavam cerrados como ferro. Foi um enorme alívio quando a porta se abriu e vimos o doutor Livesey entrar, em sua visita a meu pai.

– Oh, doutor! – gritamos – O que devemos fazer? Onde ele está ferido?

– Ferido? Uma pinoia! – disse o médico. – Está tão ferido quanto qualquer um aqui. Este homem teve um derrame, como eu o adverti. Agora, Sra. Hawkins, por favor suba para fazer companhia ao seu esposo e, se possível, não diga nada sobre isso. De minha parte, devo fazer o meu melhor para salvar a vida inútil desse sujeito. Jim, dê-me uma bacia.

Quando voltei com a bacia, o médico já havia rasgado a manga do capitão e exposto seu grande braço musculoso. Havia tatuagens em vários lugares. "Boa Fortuna, Bons Ventos e Ao Gosto de Billy Bones". Todas foram muito bem executadas no antebraço e, perto do ombro, havia um esboço de uma forca e um homem pendurado nela, que me pareceu ter sido feita espirituosamente.

– Profético – disse o médico, tocando a imagem com o dedo. – E agora, senhor Billy Bones, se esse for o seu nome, vamos dar uma olhada na cor do seu sangue. Jim, por acaso tem medo de sangue?

– Não, senhor – eu disse.

– Pois bem – respondeu ele. – Então segure a bacia – e, com isso, ele pegou sua lanceta e abriu uma veia.

Uma grande quantidade de sangue foi tirada antes que o capitão abrisse os olhos e olhasse nebulosamente ao redor. Primeiro, ele reconheceu o médico, fazendo uma carranca inconfundível, então seu olhar pousou em mim e ele pareceu aliviado. Mas, de repente, sua cor mudou, e ele tentou se levantar, gritando:

– Onde está o Cão Negro?

– Não há Cão Negro aqui – respondeu o médico – exceto o que carrega consigo. O senhor continuou bebendo rum e teve um derrame, exatamente como eu lhe disse. E eu apenas, muito contra minha vontade, o arranquei pelos cabelos da sepultura. Agora, Sr. Bones...

– Esse não é o meu nome – ele interrompeu.

– Pouco me importa – retrucou o doutor. – É o nome de um bucaneiro que conheço, e o tratarei por esse nome para que sejamos sucintos, e o que eu tenho a lhe dizer é isto: um copo de rum não irá matá-lo, mas se tomar um, tomará outro e mais outro e mais outro, e eu aposto minha peruca que, se não parar, logo irá morrer. Compreende isso? Irá morrer e ir para o lugar que lhe pertence, como o homem na Bíblia. Então, vamos, faça um esforço. Desta vez, irei ajudá-lo a ir para a cama.

Juntos, com muita dificuldade, conseguimos içá-lo escada acima e deitá-lo na cama, onde sua cabeça caiu para trás no travesseiro como se ele estivesse quase desmaiando.

– Agora, veja bem – disse o médico –, minha consciência está limpa. A palavra rum para o senhor significa morte. E aqui lavo minhas mãos.

E, com isso, ele saiu para ver meu pai, levando-me com ele pelo braço.

– Isso não é nada – ele disse assim que fechou a porta. – Já tirei sangue o suficiente para mantê-lo quieto por um tempo. Ele deve repousar por uma semana. Isso será bom para ele e para vocês, mas outro derrame o matará.

A Mancha Negra

Por volta do meio-dia, parei em frente à porta do capitão com algumas bebidas refrescantes e medicamentos. Ele estava deitado na mesma posição em que nós o deixamos, apenas um pouco mais para cima, e parecia fraco e agitado.

– Jim – disse ele –, é o único aqui que vale alguma coisa e sabe que sempre fui bom para você. Nunca deixei de lhe dar suas moedinhas. E agora veja só, parceiro, estou muito deprimido e fui abandonado por todos. Jim, faria a gentileza de me trazer uma caneca de rum, agora, companheiro?

– O médico... – comecei.

Mas ele me interrompeu para xingar o doutor, com uma voz fraca, mas com veemência.

– Basta! Médicos são todos uns palermas – disse ele. – E esse doutorzinho aí, ora, o que ele sabe dos homens do mar? Já estive em lugares quentes como alcatrão, com companheiros cambaleantes com febre amarela, e a bendita terra se agitando como o mar com terremotos. O que um médico sabe de terras como essas? E vivi de rum. Ele tem sido meu pão de cada dia, meu porto seguro, e se eu não tiver meu rum agora, serei somente um pobre casco em uma praia sotavento[9], meu sangue estará em suas mãos, Jim, nas suas e nas daquele médico apalermado – e ele novamente proferiu uma série de maldições.

---

9. Barlavento e sotavento são termos de origem náutica que se referem ao lado da embarcação de onde e para onde sopra o vento, respectivamente

– Olhe, Jim, como meus dedos tremem – continuou no tom suplicante. – Nem consigo mantê-los parados. Eu não bebi uma mísera gota neste dia abençoado. Esse médico é um paspalho, eu lhe digo. Se eu não beber um trago de rum, Jim, começarão os temores. E já estão vindo. Vejo o velho Flint ali no canto, vejo-o claro como o dia. E se me vêm os temores, com a vida difícil que tive, terei um destino pior que o de Caim[10]. E o próprio médico disse que um copo não me faria mal. Eu lhe darei um guinéu[11] de ouro por uma caneca.

Ele estava ficando cada vez mais ansioso, e isso me alarmava para meu pai, que estava muito deprimido naquele dia e precisava de silêncio. Além disso, fui tranquilizado pelas palavras do médico, novamente citadas a mim, e bastante ofendido com a oferta de suborno.

– Não quero nada do seu dinheiro – falei – somente o que deve ao meu pai. Irei descer agora para pegar-lhe um pouco de rum e nada mais.

Assim que dei a ele, o homem puxou a caneca de minhas mãos com avidez e bebeu.

– Aye, aye! – disse ele – agora sim estou um pouco melhor. E agora, amigo, aquele médico disse quanto tempo eu ficaria acamado neste velho beliche?

---

10. Referência ao personagem bíblico Caim, filho dos primeiros habitantes da Terra (Eva e Adão), que assassinou seu irmão por ciúmes e foi amaldiçoado pelo Senhor.

11. Antiga moeda inglesa, equivalente a 21 xelins. Foi cunhada pela primeira vez em 1663, em ouro proveniente da costa de Guiné, na África ocidental, derivando seu nome dessa região. Foi a principal moeda de ouro inglesa até 1813, quando o soberano, equivalente a 20 xelins, tomou seu lugar.

— Uma semana pelo menos — respondi.

— Raios! — o capitão berrou. — Uma semana! Sem condições! Até lá, eles terão colocado uma mancha negra em mim. Aqueles chucros devem estar a caminho, vagabundos que não souberam poupar o que tinham e agora querem o que é do outro. Isso lá são modos de marujo? Mas eu tenho um espírito ávido. Nunca desperdicei um bom dinheiro meu, nem o perdi, e vou enganá-los mais uma vez. Não tenho medo deles. Vou contornar esse recife, parceiro, e destruí-los outra vez.

Enquanto falava assim, ele se levantou da cama com grande dificuldade, segurando meu ombro com um aperto que quase me fez gritar e movendo suas pernas como se fossem um peso morto. Suas palavras, por mais espirituosas que fossem, contrastavam tristemente com a fraqueza da voz com que foram pronunciadas. Ele fez uma pausa quando se sentou na beirada da cama.

— Aquele médico me matou — ele murmurou. — Meus ouvidos estão zumbindo. Deite-me.

Antes que eu pudesse fazer algo para ajudá-lo, ele voltara ao seu lugar, onde ficou deitado por um tempo em silêncio.

— Jim — disse ele por fim. — Aquele marinheiro passou por aqui hoje?

— O Cão Negro? — perguntei.

— Ah! O Cão Negro — diz ele. — Ele é uma pessoa ruim, mas há coisas piores que ele. Agora, se eu não puder escapar de jeito nenhum, e eles me derem a mancha negra, veja bem, é do meu velho baú que eles irão atrás. Você então deve montar um cavalo... sabe montar, não sabe? Bem, então, e vá para... bem, sim, eu iria... até aquele eterno doutorzinho soberbo, e diga a ele para convocar todos ao convés[12]... magistrados e tal... e trazê-los a bordo da Almirante Benbow... toda a tripulação do velho Flint, homens e meninos, todos os que sobraram. Eu era o primeiro imediato, o primeiro imediato do velho Flint, e sou o único que conhece o lugar. Ele me contou onde era quando estávamos em Savannah, em seu leito de morte, assim como eu estou agora, entende. Mas não deve dizer nada a ninguém, a menos que eles coloquem a mancha negra em mim, ou que veja aquele Cão Negro novamente, ou um marinheiro perneta, Jim... ele mais do que qualquer outro.

– Mas o que é a mancha negra, capitão?

– É um chamado, camarada. Eu lhe direi caso eles a tragam. Mas mantenha seus olhos bem abertos, Jim, e lhe dou minha palavra de honra que dividirei tudo com você.

Ele divagou um pouco mais, com sua voz ficando mais fraca, mas logo depois de eu ter dado a ele seu remédio, que tomou como uma criança, com a observação de que: "se um marinheiro quisesse medicamentos, esse alguém era eu", ele finalmente caiu em um sono pesado, feito um desmaio, e assim o deixei. O que eu deveria ter feito caso tudo corresse bem, não sei. Provavelmente deveria ter contado toda a

---

12. Parte da cobertura superior de um navio, que está compreendida entre o mastro do traquete e o grande.

história ao médico, pois estava com medo mortal de que o capitão se arrependesse de suas confissões e acabasse comigo. Mas quando as coisas começaram a acontecer, meu pobre pai morreu repentinamente naquela noite, o que colocou todos os outros assuntos de lado. Nosso pesar, as visitas dos vizinhos, os preparativos do funeral e todo o trabalho da estalagem a ser feito nesse ínterim me mantinham tão ocupado que mal tive tempo para pensar no capitão, muito menos para ter medo dele.

Ele desceu as escadas na manhã seguinte e fez suas refeições como de costume e, embora comesse pouco, temo que tenha bebido mais do que sua dose habitual, pois ele mesmo se serviu no bar, carrancudo, soprando pelas ventas, e ninguém se atreveu a cruzar com ele. Na noite anterior ao funeral, ele estava tão bêbado como sempre. E era chocante, naquela casa de luto, ouvi-lo cantando sua velha e feia canção marítima. Mas, fraco como ele estava, estávamos todos com medo da morte por ele, e o médico foi repentinamente envolvido em um caso a muitos quilômetros de distância e não pôde estar por perto desde a morte de meu pai. Eu disse que o capitão estava fraco e, de fato, ele parecia preferir enfraquecer do que recuperar as forças. Ele subia e descia escadas, ia do saguão para o bar e vice-versa e, às vezes, colocava o nariz para fora para sentir o cheiro do mar, agarrando-se às paredes enquanto buscava apoio e respirando forte e rápido como um homem em uma montanha íngreme. Ele nunca se dirigiu a mim de maneira particular, e acredito que quase se esqueceu de suas confidências, mas seu temperamento estava mais inconstante e, quando sua condição física permitia, ele ficava mais violento do que nunca.

Ele desenvolveu um hábito perturbador agora de, quando bêbado, sacar seu sabre colocando-o à sua frente sobre a mesa. Mas, mesmo com tudo isso, incomodava menos as pessoas e parecia fechado em seus próprios pensamentos em vez de divagar. Uma vez, por exemplo, para nosso grande espanto, ele cantou algo diferente, uma espécie de balada romântica que deve ter aprendido na juventude, antes de começar a vida no mar.

Assim as coisas se passaram até que, um dia após o funeral, por volta das três horas de uma tarde amarga, nebulosa e gelada, eu estava parado na porta por um momento, cheio de pensamentos tristes sobre meu pai, quando vi alguém se aproximando lentamente ao longo da estrada. Ele era visivelmente cego, pois batia em sua frente com uma vara, usava uma venda verde sobre os olhos e o nariz e estava encurvado, pela idade ou fraqueza. Ele usava uma enorme capa de marinheiro velha e esfarrapada com um capuz que o fazia parecer positivamente deformado. Nunca, em toda a minha vida, vi uma figura de aparência mais horripilante. Ele parou próximo à hospedaria e, erguendo a voz em um tom estranho, dirigiu-se ao ar à sua frente:

– Será que alguma alma caridosa poderia informar um pobre cego, que perdeu a preciosa visão de seus olhos na graciosa defesa de seu país natal, a Inglaterra, que Deus abençoe o rei George, onde ou em que parte deste país ele pode estar agora?

– O senhor está na Almirante Benbow, na enseada, no Morro Negro, meu bom homem – declarei.

– Ouço uma voz – disse ele – uma voz jovem. Pode me dar sua mão e me guiar, meu caro amigo?

Eu estendi minha mão, e a horrível criatura de fala mansa e sem olhos agarrou-a de súbito como se tivesse dado um bote. Fiquei tão assustado que me esforcei para me soltar, mas o cego me puxou para perto dele com um único movimento do braço.

– Agora, garoto – disse ele – leve-me ao capitão.

– Senhor, por minha palavra, não me atreveria.

– Oh – ele zombou. – Então é assim. Guie-me até lá ou quebro seu braço.

E, enquanto falava, torceu meu braço até me fazer gritar.

– Senhor, é para o seu próprio bem. O capitão não é quem costumava ser. Ele se senta com um sabre sobre a mesa. Outro cavalheiro...

– Vamos, marche – interrompeu ele, e nunca ouvi uma voz tão cruel, fria e feia como a daquele cego. Isso me intimidou mais do que a dor, e comecei a obedecê-lo imediatamente, entrando direto pela porta em direção ao saguão, onde nosso velho bucaneiro doente estava sentado, atordoado de cachaça. O cego se agarrou a mim, segurando-me com seu punho de ferro e apoiando quase mais de seu peso sobre mim do que eu poderia suportar.

— Leve-me direto até ele e, quando estiver à vista, grite: "Tem um amigo seu aqui, Bill." Se não o fizer, eu o farei – e, com isso, ele me deu um apertão que pensei que me faria desmaiar.

Com tudo isso, eu estava tão completamente apavorado com o mendigo cego que esqueci meu terror pelo capitão e, ao abrir a porta, gritei as palavras que ele ordenara com voz trêmula.

O pobre capitão ergueu os olhos e, no mesmo instante, o rum evaporou dando lugar a um olhar sóbrio. A expressão em seu rosto não era tanto de terror quanto de doença mortal. Ele fez um movimento para se levantar, mas não acredito que ainda tivesse força suficiente em seu corpo.

— Agora, Bill, sente-se e fique onde está – disse o mendigo. — Se não consigo ver, posso ouvi-lo mexer um dedo. Negócio é negócio. Estenda sua mão esquerda. Rapaz, pegue sua mão esquerda pelo pulso e traga-a perto da minha direita.

Nós dois o obedecemos ao pé da letra, e eu o vi passar algo da palma da mão que segurava sua bengala para a palma da mão do capitão, que se fechou instantaneamente.

— E agora está feito – disse o cego. E, com essas palavras, ele de repente me soltou e, com incrível precisão e agilidade, saltou para fora do saguão e para a estrada, de onde, enquanto eu ainda estava imóvel, podia ouvir sua bengala batendo ao longe.

Demorou algum tempo antes que eu e o capitão recuperássemos nossos sentidos, mas por fim, e quase no mesmo momento, soltei seu pulso, que ainda estava segurando, e ele puxou a mão e olhou atentamente para a palma.

– Dez horas! – ele gritou. – Temos seis horas. Vamos conseguir! – e se levantou em um salto.

Mesmo ao fazer isso, ele cambaleou, colocando a mão na garganta, e ficou vacilando por um momento, e então, com um som peculiar, caiu de cara para o chão.

Corri imediatamente até ele, chamando minha mãe. Mas a pressa foi em vão. O capitão caíra morto por apoplexia fulminante[13]. É curioso entender, pois certamente nunca gostei daquele homem, embora ultimamente tivesse começado a ter pena dele, mas assim que vi que ele estava morto, desatei a chorar. Foi a segunda morte que eu conhecia, e a tristeza da primeira ainda estava fresca em meu coração.

---

13. Acidente vascular cerebral.

A Arca do Marujo

É claro que não perdi tempo em contar à minha mãe tudo o que eu sabia, e talvez devesse ter contado a ela muito antes, e nos vimos imediatamente em uma posição difícil e perigosa. Parte do dinheiro do homem, caso ele tivesse algum, certamente era nossa por direito, mas não era provável que os companheiros do nosso capitão, além dos dois espécimes vistos por mim, o Cão Negro e o mendigo cego estivessem inclinados a desistir de seu butim como pagamento das dívidas do morto. A ordem do capitão para montar imediatamente e cavalgar até o Dr. Livesey teria deixado minha mãe sozinha e desprotegida, o que não era algo a se pensar. Na verdade, parecia impossível para qualquer um de nós permanecer muito mais tempo em casa, pois a queda de brasas na grelha da cozinha e o próprio tique-taque do relógio nos deixavam alarmados. A vizinhança, aos nossos ouvidos, parecia assombrada por passos que se aproximavam e, diante do cadáver do capitão no chão do saguão e o pensamento daquele mendigo cego detestável pairando nos arredores pronto para voltar, houve momentos em que, como diz o ditado, ficamos com os nervos à flor da pele. Algo deveria ser resolvido rapidamente, e finalmente nos ocorreu de sairmos juntos para buscar ajuda no povoado vizinho. Dito e feito. Saímos somente com a roupa do corpo, adentrando de uma vez o nevoeiro gélido ao anoitecer sem nem cobrir a cabeça.

A aldeia ficava a menos de cem metros de distância, do outro lado da enseada, embora não conseguíssemos vê-la.

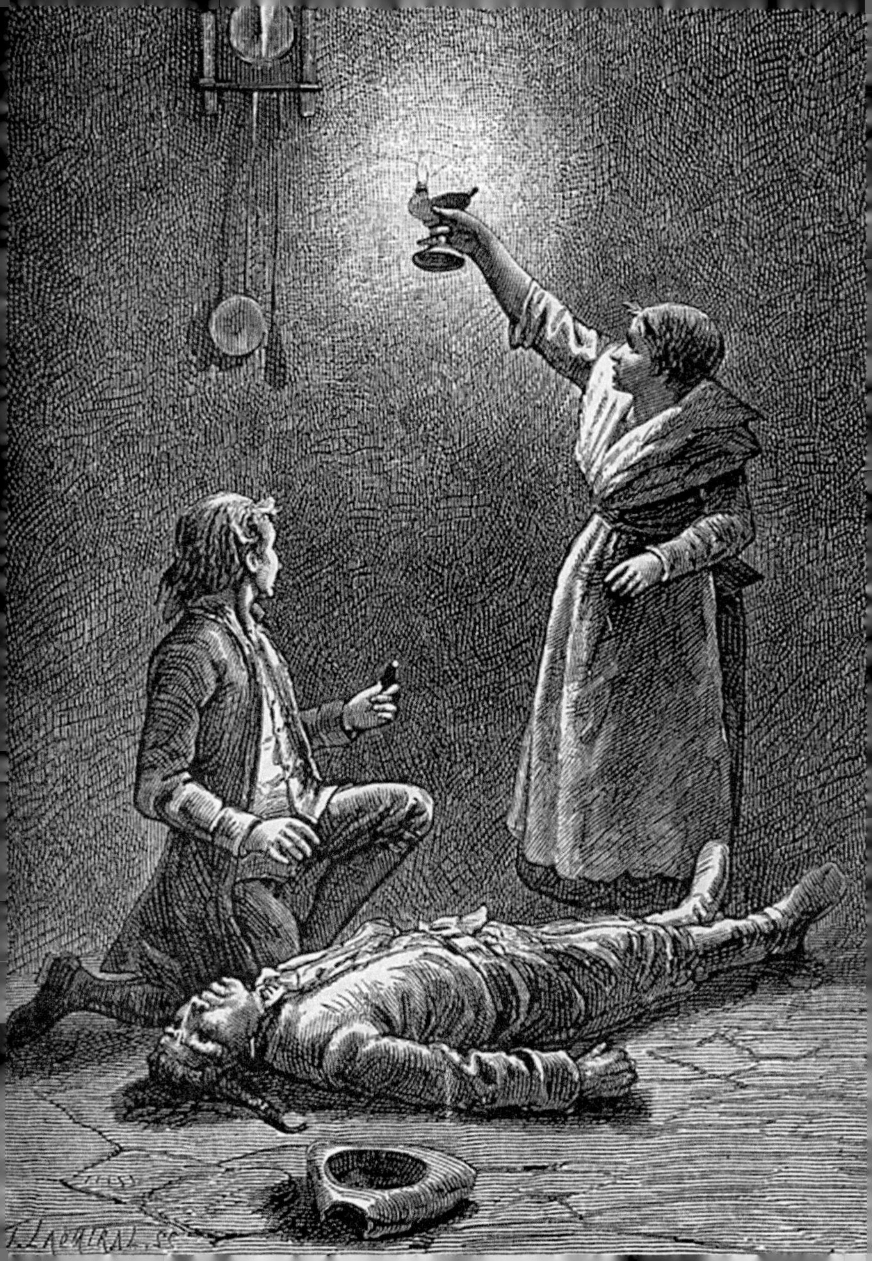

E o que muito me encorajou foi que ela ficava na direção oposta de onde o cego apareceu e para onde presumivelmente retornou. Não demoramos muito na estrada, embora, às vezes, parássemos para nos abraçar e tentar ouvir algo em volta. Mas não houve nenhum som incomum, nada além do marulho das ondas e do coaxar dos habitantes da floresta.

O povoado já estava à luz de velas quando chegamos, e nunca esquecerei o quanto fiquei animado ao ver o brilho amarelo nas portas e janelas. Mas isso, como ficou provado, foi a melhor ajuda que provavelmente receberíamos naquela região. Era de se pensar que os homens ali fossem tímidos, pois nenhuma viva alma consentiu em voltar conosco para a Almirante Benbow. Quanto mais falávamos de nossos problemas, mais homens, mulheres e crianças se abrigavam em suas casas. O nome do capitão Flint, embora fosse estranho para mim, era bastante conhecido por alguns ali e carregava uma grande carga negativa. Além disso, alguns dos homens que trabalhavam no campo do outro lado da Almirante Benbow lembravam-se de terem visto vários estranhos na estrada e, julgando que fossem contrabandistas, mantiveram-se longe, e pelo menos um tinha visto um pequeno lúgar[14] que chamamos de Toca do Gato. Aliás, qualquer camarada do capitão era suficiente para assustá-los até a morte. E a questão era que, embora pudéssemos conseguir vários que estivessem dispostos a cavalgar até a casa do Dr. Livesey, que ficava em

---

14. Usado principalmente para a pesca, este tipo de veleiro de até três mastros era bastante usado pelos piratas.

outra direção, ninguém nos ajudaria a defender a estalagem.

Dizem que a covardia é contagiosa, mas por outro lado, argumentar cria coragem. E, assim, quando cada um disse a sua opinião, minha mãe fez um discurso. Ela declarou que não perderia o dinheiro que pertencia a seu filho órfão.

– Se ninguém aqui tiver colhões, eu e Jim teremos – disse ela. – Voltaremos, por onde viemos, pouco agradecidos a vocês, homens grandes e desajeitados com coração de galinha. Teremos aquele baú aberto, nem que para isso precisemos morrer. E agradeço por aquela bolsa, Sra. Crossley, para trazer de volta o dinheiro que é nosso por direito.

Claro que eu disse que iria com minha mãe, e é claro que todos eles gritaram por nossa imprudência, mas mesmo assim, nenhum homem se ofereceu para ir conosco. Tudo o que fizeram foi me dar uma pistola carregada para que não fôssemos atacados e prometeram deixar os cavalos selados, caso fôssemos perseguidos em nosso retorno, enquanto um rapaz cavalgaria até o médico em busca de ajuda armada.

Meu coração batia forte quando nós dois partimos na noite fria para esta aventura perigosa. A lua cheia estava começando a surgir e espreitava avermelhada através das bordas superiores da névoa, e isso aumentou nossa pressa, pois era evidente que, antes de sairmos novamente, tudo estaria tão claro quanto o dia, e nossa partida seria exposta aos olhos de qualquer observador. Escorregamos pelas sebes, silenciosos e rápidos, sem ver ou escutar nada que aumentasse nossos terrores, até que, para nosso alívio, a porta da Almirante

Benbow se fechou atrás de nós.

Passei o ferrolho de uma vez e ficamos parados e ofegantes, por um momento, no escuro, sozinhos na casa com o corpo do capitão. Então minha mãe pegou uma vela no bar e, segurando as mãos um do outro, avançamos para o saguão. Ele estava deitado como o tínhamos deixado, de costas, com os olhos abertos e um braço estendido.

– Feche as cortinas, Jim – sussurrou minha mãe. – Eles podem nos ver lá de fora.

Depois que o fiz, ela disse:

– Agora, nós temos que tirar a chave *disso*, e quem vai tocar nele é o que eu gostaria de saber! – ela deu uma espécie de soluço ao dizer as palavras.

Eu caí de joelhos imediatamente. No chão, perto de sua mão, havia um pequeno pedaço de papel, enegrecido de um lado. Não havia dúvidas de que aquela era a mancha negra e, pegando-a, encontrei escrita do outro lado, em uma caligrafia muito boa e clara, esta curta mensagem:

Esta noite até as dez.

– Ele tinha até dez, mãe – observei. E, assim que eu disse isso, nosso velho relógio começou a bater. Esse ruído repentino nos assustou de forma chocante, mas as notícias eram boas, pois eram apenas seis.

– Agora, Jim – disse ela – a chave.

Procurei em seus bolsos, um após o outro. Algumas moedas pequenas, um dedal e alguns fios e algumas agulhas grandes, um pedaço de tabaco mordido no final, seu punhal com o cabo torto, uma bússola de bolso e um acendedor de morrão era tudo o que continham, e comecei a me desesperar.

– Talvez esteja em volta do pescoço dele – sugeriu minha mãe.

Superando uma forte repugnância, rasguei a gola da camisa e ali, com certeza, pendurado num pedaço de barbante, que cortei com sua própria faca, encontramos a chave. Com esse triunfo, ficamos cheios de esperança e subimos correndo as escadas sem demora para o quartinho onde ele havia dormido por tanto tempo e onde estava sua arca desde o dia de sua chegada.

A julgar pelo lado de fora, era como a arca de qualquer outro marinheiro, com a letra "B" gravada na parte superior com um ferro quente e os cantos um tanto amassados e quebrados devido ao mau uso.

– Dê-me a chave – disse minha mãe e, embora a fechadura fosse muito rígida, ela a girou e abriu a tampa em um piscar de olhos.

Um cheiro forte de tabaco e alcatrão subiu do interior, mas nada se via no topo exceto um terno de roupas muito boas, cuidadosamente escovadas e dobradas. Eles nunca tinham sido usados, disse minha mãe. Sob ela, a miscelânea começou: um quadrante, uma caneca de estanho, vários rolos de tabaco, dois pares de pistolas muito bonitas, uma peça de prata em barra, um velho relógio espanhol e algumas outras bugigangas de pouco valor, principalmente de fabricação estrangeira, um par de bússolas montadas em latão e cinco ou seis curiosas conchas das Índias Ocidentais. Muitas vezes me perguntei, desde então, por que ele carregava aquelas conchas em sua vida errante, culpada e caçada.

Nesse ínterim, não encontramos nada de valor além da prata e as bugigangas, que não tinham muito valor para nós. Embaixo, havia um velho capote, embranquecido com sal marinho pela maresia de muitos portos. Minha mãe o puxou com impaciência, e lá estava diante de nós, a última coisa na arca, um embrulho amarrado em oleado, parecendo papéis, e um saco de lona que ao toque, tilintava de ouro.

– Vou mostrar a esses malandros que sou uma mulher honesta – disse minha mãe. – Vou pegar o que me devem e nem mais um tostão. Segure a bolsa da Sra. Crossley.

E ela começou a contar e transferir a quantia do saco de lona do capitão para a bolsa que eu estava segurando.

Foi uma tarefa longa e difícil, pois as moedas eram de todos os países e tamanhos, dobrões, luíses[15] e guinéus, reais de oito[16], e não sei o que mais, todas misturadas em um monte. Os guinéus eram os mais escassos ali, e só eles minha mãe sabia quanto valia.

Quando estávamos na metade do processo, de repente, coloquei minha mão em seu braço, pois eu tinha ouvido no ar gelado e silencioso um som que levou meu coração à minha boca: o

---

15. Luís, oficialmente Luís de ouro, foram antigas moedas francesas. A primeira remonta ao rei Luís XIII, em cujo reinado começou a circular. Ela ganhou este nome pelo fato de o retrato do rei Luís estar em um de seus lados. Do outro, estava o brasão real.

16. Antiga moeda espanhola de prata com valor de oito reais, cunhada na Espanha e em suas colônias americanas desde 1598 até a segunda metade do século XIX.

bater da bengala do cego na estrada coberta de geada. O ruído aproximava-se cada vez mais, enquanto prendíamos a respiração. Em seguida, bateu com força na porta da estalagem, e então pudemos ouvir a maçaneta sendo girada e o ferrolho estalando quando o miserável tentou entrar, e então houve um longo tempo de silêncio na parte de dentro e de fora. Por fim, as batidas recomeçaram e, para nossa indescritível alegria e gratidão, morreram lentamente de novo até deixarem de ser ouvidas.

– Mãe – falei – pegue tudo e vamos embora – pois eu tinha certeza de que a porta trancada deve ter parecido suspeita e traria todo o ninho de vespas sobre nossas orelhas, embora ninguém que nunca tivesse encontrado com o pavoroso cego pudesse imaginar como eu estava grato por tê-la trancado.

Mas, minha mãe, assustada como estava, não consentia em tirar uma fração a mais do que era devido a ela e estava obstinadamente disposta a se contentar com menos. Disse-me que ainda faltava muito para dar sete, que conhecia seus direitos e os teria, e estava discutindo comigo quando um pequeno assovio baixo soou bem longe na colina. Isso foi o suficiente, e mais do que suficiente, para nós dois.

– Vou pegar o que tenho – disse ela, levantando-se com um salto.

– E vou levar isso para acertar a conta – falei, pegando o pacote de oleado.

No momento seguinte, estávamos ambos tateando escada abaixo, deixando a vela perto da arca vazia e, imediatamente abrimos a porta e estávamos em plena retirada.

Saímos no momento certo. A névoa estava se dispersando rapidamente, a lua já brilhava bem clara nas terras altas de ambos os lados e apenas no fundo do vale e em volta da porta da taberna que um véu fino de sombra ainda pendia intacta para ocultar os primeiros passos de nossa fuga. Muito menos da metade do caminho para a aldeia, muito pouco além do sopé da colina, tivemos de nos expor ao luar. E isso não era tudo, pois o som de vários passos correndo já chegava aos nossos ouvidos e, quando olhamos para trás em sua direção, vimos uma luz oscilando de um lado para o outro avançando rapidamente, mostrando que um dos recém-chegados carregava uma lanterna.

– Querido – disse minha mãe de repente – pegue o dinheiro e vá embora. Eu vou desmaiar.

Era nosso fim, pensei. Como amaldiçoei a covardia dos vizinhos, como culpei minha pobre mãe por sua honestidade e ganância, por sua imprudência demonstrada antes e pela fraqueza presente! Estávamos na pequena ponte, por sorte, e eu a ajudei, cambaleando como estava, até a beira da margem, onde deu um suspiro e caiu no meu ombro. Não sei como encontrei forças para fazer tudo aquilo, e temo que tenha sido feito de maneira bruta, mas consegui arrastá-la pelo barranco até debaixo da ponte. Não pude movê-la para mais longe, pois a ponte era muito baixa para me deixar fazer mais do que rastejar abaixo dela. Portanto, lá tivemos que ficar, minha mãe quase totalmente exposta e nós dois ao alcance da voz da estalagem.

A Última do Homem Cego

Minha curiosidade, de certa forma, era mais forte do que meu medo, pois não pude permanecer onde estava, e voltei para a margem novamente, de onde, protegendo a visão de minha cabeça atrás de uma giesta, poderia observar a estrada mesmo de frente para a porta. Eu mal estava em posição quando meus inimigos começaram a chegar, sete ou oito deles, correndo muito, com os pés batendo desencontrados na estrada precedidos pelo homem com a lanterna alguns passos à frente. Três homens corriam juntos, de mãos dadas, e percebi, mesmo através da névoa, que o homem do meio deste trio era o mendigo cego. No momento seguinte, sua voz me mostrou que eu estava certo.

– Arrombem a porta! – ele vociferou.

– Sim, senhor! – responderam dois ou três, e uma investida foi lançada sobre a Almirante Benbow, com o portador da lanterna atrás, e então pude vê-los fazer uma pausa e ouvi discursos em voz baixa, como se estivessem surpresos ao encontrar a porta aberta. Mas a pausa foi breve, pois o cego voltou a dar suas ordens. Sua voz soava cada vez mais alta, como se ele estivesse em chamas de ansiedade e raiva.

– Para dentro! Vamos! – Gritou, amaldiçoando-os por sua demora. Quatro ou cinco deles obedeceram de uma vez, e dois permaneceram na estrada com o chocante mendigo. Houve uma pausa, depois um grito de surpresa e, em seguida, uma voz gritando da casa:

– Bill está morto!

Mas o cego tornou a praguejar contra eles pela demora.

– Revistem ele, e o resto de vocês, peguem a arca – ele gritou.

Eu podia ouvir os pés deles subindo nossas velhas escadas, de modo que a casa deve ter balançado com isso. Em seguida, novos sons de espanto surgiram, a janela dos aposentos do capitão foi aberta com um estrondo e um estilhaçar de vidro, e um homem se inclinou pela luz do luar, expondo cabeça e ombros, dirigindo-se ao mendigo cego na estrada abaixo dele.

– Pew – gritou ele – chegaram antes de nós. Alguém virou a arca do avesso.

– Está lá? – rugiu Pew.

– O dinheiro está.

O cego amaldiçoou o dinheiro.

– Refiro-me aos papéis de Flint – gritou ele.

– Não vemos nada disso aqui – respondeu o homem.

– Os que estão aqui embaixo, já olharam no Bill? – berrou o cego novamente.

Com aquela pergunta, outro sujeito, provavelmente aquele que havia permanecido ali para revistar o corpo do capitão, veio até a porta da hospedagem.

– Bill, ele já foi revistado – disse ele. – Não sobrou nada.

– Foram aquelas pessoas da estalagem, certamente o rapaz. É uma pena que não lhe arranquei os olhos! – gritou o cego Pew. Estiveram aqui há pouco tempo, a porta estava trancada quando eu tentei entrar. Espalhem-se, rapazes, e encontrem-nos.

– Com certeza, eles deixaram sua vela aqui – disse o sujeito da janela.

– Espalhem-se e encontrem-nos! Destruam a casa! – reiterou Pew, batendo com sua bengala na estrada.

Em seguida, houve uma grande agitação por toda a nossa antiga estalagem, com pés pesados batendo de um lado para o outro, móveis derrubados, portas arrombadas, até que as pedras ao redor ecoaram e os homens saíram novamente, um após o outro, na estrada, e declararam que não estávamos em lugar algum. E o mesmo assovio que alarmara minha mãe e eu quando contávamos o dinheiro do capitão morto foi mais uma vez claramente audível durante a noite, mas desta vez, repetiu-se duas vezes. Pensei que tivesse vindo do cego, para convocar sua tripulação para o assalto, mas agora descobri que era um sinal das falésias em direção ao povoado e, a julgar pelo efeito sobre os bucaneiros, aquele provavelmente era um sinal de alerta de que algum perigo se aproximava.

– Lá está Dirk de novo – disse um. – Duas vezes! Teremos que cair fora, companheiros!

– Cair fora coisa nenhuma! – gritou Pew. – Dirk sempre foi um tolo covarde desde o início. Não deem atenção a ele. Eles devem estar por perto, não podem estar longe. Estamos quase os pegando. Espalhem-se e procurem por eles, cães! Ah, por minha alma, ah, se eu tivesse olhos.

Esse apelo pareceu produzir algum efeito, pois dois dos

homens começaram a olhar aqui e ali pela lenha, mas sem entusiasmo, e com um olho no próprio perigo o tempo todo, enquanto o resto permanecia indeciso na estrada.

– Estão quase com as mãos no dinheiro, seus aparvalhados, e estão como baratas tontas! Se o encontrarem, ficarão ricos como reis, e ficam aí, como bestas. Nenhum de vocês se atreveu a enfrentar Bill, mas eu sim, um cego! E eu irei perder minha chance por causa de vocês! Serei um pobre mendigo rastejante, alcoólatra, quando poderia estar desfilando em uma carruagem! Se vocês tivessem a coragem de um caruncho em um biscoito, já o teriam achado.

– Espere aí, Pew, nós temos os dobrões! – resmungou um.

– Eles podem ter escondido a coisa abençoada – disse outro. – Pegue a grana, Pew, e não fique fazendo alarde.

Alarde era a palavra certa. A raiva de Pew cresceu tanto com essas objeções até que, finalmente, sua emoção assumiu completamente o controle, e mesmo cego, ele os atacou pela direita e pela esquerda com sua bengala ressoando pesadamente em mais de um.

Estes, por sua vez, praguejaram contra o canalha cego, ameaçaram-no com palavrões horríveis e tentaram em vão agarrar a bengala e arrancá-la de suas mãos.

Essa briga foi a nossa salvação, pois, enquanto acontecia, outro som veio do topo da colina ao lado do vilarejo, o do andar de cavalos galopando. Quase ao mesmo tempo, um tiro de pistola, um clarão e um ribombo vieram da cerca-viva lateral. E esse foi claramente o último sinal de perigo, pois os bucaneiros viraram-se imediatamente e correram, separando-se em todas as direções, um foi em direção ao mar ao longo da enseada, outro subiu a colina, e assim por diante, de modo que em meio minuto não havia nenhum sinal deles, exceto Pew. Eles o haviam abandonado, talvez por puro pânico ou por vingança por suas palavras e seus golpes. Não sei. Mas, lá, ele permaneceu, ficando para trás, tateando pela estrada em um frenesi, e chamando por seus camaradas. Finalmente, ele pegou o caminho errado e passou rápido a alguns passos por mim, em direção ao vilarejo, gritando:

– Johnny, Cão Negro, Dirk – e outros nomes –, vocês não vão deixar o velho Pew, companheiros... não o velho Pew!

Nesse momento, o barulho dos cavalos aumentou, e quatro ou cinco cavaleiros apareceram ao luar e desceram a todo galope encosta abaixo.

Nessa hora, Pew percebeu seu erro, virou-se com um grito e correu direto para a vala, para a qual rolou. Mas ele se levantou novamente e deu outra corrida, agora totalmente desnorteado, indo parar embaixo dos cavalos que vinham em sua direção.

O cavaleiro tentou salvá-lo, mas em vão. Pew caiu com um grito que ecoou alto na noite; e os quatro cascos o pisotearam e passaram por cima dele. Ele caiu de lado, e rolou suavemente até ficar de bruços e não se mover mais.

Com o susto, eu me levantei e chamei os cavaleiros. De qualquer forma, eles já estavam parando, pois ficaram horrorizados com o acidente, e logo pude ver quem eram. Um, seguindo mais atrás, era o rapaz que tinha ido da aldeia até casa do Dr. Livesey e o resto eram fiscais de alfândega que ele encontrou pelo caminho, os quais tivera a astúcia de convocar para acompanhá-lo. Notícias do lúgar Toca do Gato chegaram ao superintendente Dance, colocando-o naquela noite em nossa direção, e foi graças a essas circunstâncias que minha mãe e eu tivemos nossa vida preservada.

Pew estava morto, duro como pedra. Quanto à minha mãe, quando a carregamos até o vilarejo, um pouco de água fria e sais logo a trouxeram de volta, e o terror que passara não foi tão traumatizante ao ponto de fazê-la esquecer suas lamúrias por causa do dinheiro.

Nesse meio tempo, o superintendente cavalgou o mais rápido que pôde para Toca do Gato, mas seus homens tiveram que desmontar dos cavalos e seguir tateando pela encosta, conduzindo-os e, às vezes, tendo de ajudá-los, com o medo contínuo de emboscadas, de modo que não foi grande surpresa que, quando chegaram à Toca, o lúgar já havia partido, embora ainda estivesse perto. Ele acenou para a embarcação. Uma voz o respondeu, dizendo-lhe para ficar longe do luar ou ele levaria chumbo e, ao mesmo tempo, uma bala zuniu perto de seu braço. Logo depois, o lúgar dobrou o pontal[17] e desapareceu. O Sr. Dance ficou lá, como ele mesmo disse, "como um peixe fora d'água", e tudo o que

---

17. Distância medida na vertical da seção mestra da embarcação, desde a linha da base moldada do casco até a parte de cima do vau do convés corrido mais alto.

ele pôde fazer foi enviar um homem até B... para alertar o cúter[18] da alfândega.

– E isso dá no mesmo de não termos feito nada – disse ele. – Eles saíram ilesos e agora acabou. Mas estou contente por ter pisado nos calos do Mestre Pew – acrescentou, pois, a essa altura, ele já tinha ouvido toda a minha história.

Voltei com ele para a Almirante Benbow, e você não pode imaginar o estado de destruição de nossa residência. O relógio havia sido derrubado por esses caras em sua furiosa caça à minha mãe e a mim e, embora nada tivesse realmente sido levado, exceto a bolsa de dinheiro do capitão e um pouco de prata que estava no caixa, pude ver imediatamente que estávamos arruinados.

O Sr. Dance não conseguia acreditar no que havia acontecido ali.

– Eles estão com o dinheiro, você disse? Bem, então, Hawkins, do que diabos eles estavam atrás? Mais dinheiro, suponho?

– Não, senhor, não é dinheiro, acredito eu – respondi. – Na verdade, senhor, creio que tenho a coisa no bolso do paletó e, para falar a verdade, gostaria de colocá-la em segurança.

– Certamente, filho. Claro – disse ele. – Fico com ela se quiser.

– Eu pensei que talvez fosse melhor deixar com o Dr. Livesey – eu comecei.

---

18. Veleiro de pequeno porte com um mastro e duas a três velas de estai.

– Perfeito – ele interrompeu alegremente. – Está certíssimo... um cavalheiro e magistrado. E, pensando melhor, posso ir até lá relatar a ele ou ao fidalgo Trelawney. Com Pew morto, no fim das contas, não que eu me arrependa, mas ele está morto, sabe, e se as pessoas quiserem ficar contra um oficial da receita de sua Majestade, elas vão ficar. Hawkins, se você quiser, eu posso levar você comigo.

– Eu o agradeci de coração pela oferta e voltamos até o povoado onde estavam os cavalos. Quando contei à minha mãe meu propósito, todos já estavam na sela.

– Dogger – disse o Sr. Dance –, tem um bom cavalo, leve este rapaz com você.

Assim que montei, segurando o cinturão de Dogger, o superintendente deu a ordem, e o grupo começou a trotar na estrada para a casa do Dr. Livesey.

Os Papéis do Capitão

Cavalgamos depressa todo o caminho até pararmos diante da porta do Dr. Livesey. A casa estava toda escura na parte da frente e o Sr. Dance me disse para bater à porta, e Dogger me deu um estribo para descer. Quase imediatamente, a porta foi aberta pela criada.

– O Dr. Livesey está? – perguntei.

– Não – disse ela – ele tinha voltado para casa à tarde, mas saiu ao anoitecer para jantar na residência do fidalgo.

– Então, esse será nosso destino. Vamos lá, rapazes – disse o Sr. Dance.

Dessa vez, como a distância era curta, acabei não montando, mas corri agarrado ao estribo de couro de Dogger até os portões do casarão e subi a longa avenida de árvores desfolhadas iluminadas pelo luar até onde se erguia o solar sobre a extensão dos grandes e velhos jardins. Ali, o Sr. Dance desmontou e, levando-me junto com ele, rapidamente foi atendido.

Um criado nos conduziu por uma passagem acarpetada e nos mostrou no final uma grande biblioteca, repleta de estantes e bustos em cima delas, onde o fidalgo e o Dr. Livesey estavam sentados, ambos com cachimbo na mão, um de cada lado da lareira acesa.

Eu jamais vira o fidalgo tão de perto. Ele era um homem alto, com mais de um metro e oitenta de altura, de proporções largas, e tinha um rosto largo de traços rústicos, todo enrugado e avermelhado, heranças de suas longas viagens.

Suas sobrancelhas eram muito negras e se moviam facilmente, e isso lhe dava uma aparência de alguém com temperamento forte, não mau, mas astuto e empolgado.

– Entre, Sr. Dance – falou o homem, majestoso e condescendente.

– Boa noite, Dance – disse o médico com um aceno de cabeça. – E boa noite para você, amigo Jim. Que bons ventos os trazem aqui?

O superintendente, em posição de sentido, narrou a história como uma lição. E você deveria ter visto como os dois cavalheiros se inclinavam para frente e se entreolhavam, esquecendo-se de fumar tamanha era sua surpresa e interesse. Quando souberam como minha mãe voltou para a estalagem, o Dr. Livesey deu um tapa na coxa e o fidalgo gritou "Bravo!" e quebrou seu longo cachimbo contra a grelha da lareira. Muito antes de terminar o relato, o Sr. Trelawney havia se levantado de sua cadeira e caminhara pela sala, e o médico, como se quisesse ouvir melhor, tirara sua peruca e ficara sentado parecendo um tanto esdrúxulo com sua própria cabeleira negra cortada rente ao escalpo.

Por fim, o Sr. Dance terminou a história.

– Senhor, Dance – disse o fidalgo – vejo que é um sujeito honrado. E quanto a ter atropelado aquele homem atroz, considero isso um ato de virtude, senhor, como pisar em uma barata. Esse rapaz Hawkins é um trunfo, pelo que vejo. Hawkins, poderia, por gentileza, tocar aquela sineta? O Sr. Dance merece beber uma cerveja!

— E então, Jim — disse o médico —, é verdade que tem o que eles procuravam?

— Aqui está, senhor — respondi e entreguei-lhe o pacote de oleado.

O médico o examinou por todos os lados, como se seus dedos estivessem ansiosos para abri-lo, mas em vez de fazer isso, ele o guardou discretamente no bolso do casaco.

— Fidalgo — disse ele —, quando Dance tiver tomado sua cerveja, ele deverá, é claro, voltar ao serviço de Sua Majestade, mas pretendo manter Jim Hawkins aqui para que durma em minha casa e, com sua permissão, proponho mandarmos trazer a torta fria e deixá-lo cear conosco.

— Como quiser, Livesey — disse o fidalgo — Hawkins conquistou o direito de ter mais do que uma torta fria.

Então, uma grande torta de pombo foi trazida e colocada em uma mesa lateral, e eu tive um farto jantar, pois estava com tanta fome quanto um falcão, enquanto o Sr. Dance recebia cumprimentos para finalmente ser dispensado.

— E agora, senhor — disse o médico.

— E agora, Livesey — disse o fidalgo ao mesmo tempo.

— Um de cada vez, um de cada vez — riu o Dr. Livesey. — Suponho que já tenha ouvido falar desse Flint?

— Já ouvi falar dele! — gritou o fidalgo. E se ouvi! Ele foi o bucaneiro mais sanguinário que navegou por essas águas. Comparado ao Flint, Barba Negra era uma criança. Os espanhóis tinham tanto medo dele que, digo-lhe, senhor, às vezes, eu ficava orgulhoso de ele ser inglês. Com estes olhos que a terra há de comer, vi suas velas, muito ao longe, ao largo de Trinidad, e o borra-botas com quem eu velejava deu para trás, fugindo até o Porto de Espanha[19].

— Bem, eu mesmo já havia ouvido falar dele aqui na Inglaterra — disse o médico. — Mas a questão é: ele tinha alguma fortuna?

— Fortuna? — gritou o fidalgo. — Não ficou sabendo da história? O que esses aldrabões buscavam senão riqueza? Que mais lhes importava na vida, senão dinheiro? Por que arriscariam suas carcaças de patifes senão por fortuna?

— Isso logo saberemos — respondeu o médico. — Mas vejo que está tão eufórico e empolgado que não consigo dizer uma palavra. O que eu quero saber é o seguinte: supondo que eu tenha aqui no bolso alguma pista de onde Flint enterrou seu tesouro, esse tesouro valerá muito?

— Exorbitâncias, senhor! — gritou o fidalgo. É o seguinte: se tivermos de fato uma pista de que fala, preparo um navio na doca de Bristol, e o levo junto com Hawkins para procurá-lo, nem que isso dure um ano.

— Muito bem — disse o médico. — Ora, então, se Jim concordar, vamos abrir o pacote — disse, colocando-o diante dele sobre a mesa.

O feixe fora cosido, e o médico teve que pegar sua caixa de instrumentos e cortar os pontos com sua tesoura cirúrgica. Lá, continha duas coisas: um livro e um papel lacrado.

— Em primeiro lugar, vamos ao livro — observou o médico.

O fidalgo e eu estávamos olhando por cima de seu ombro

---

19. Atual capital de Trinidad e Tobago.

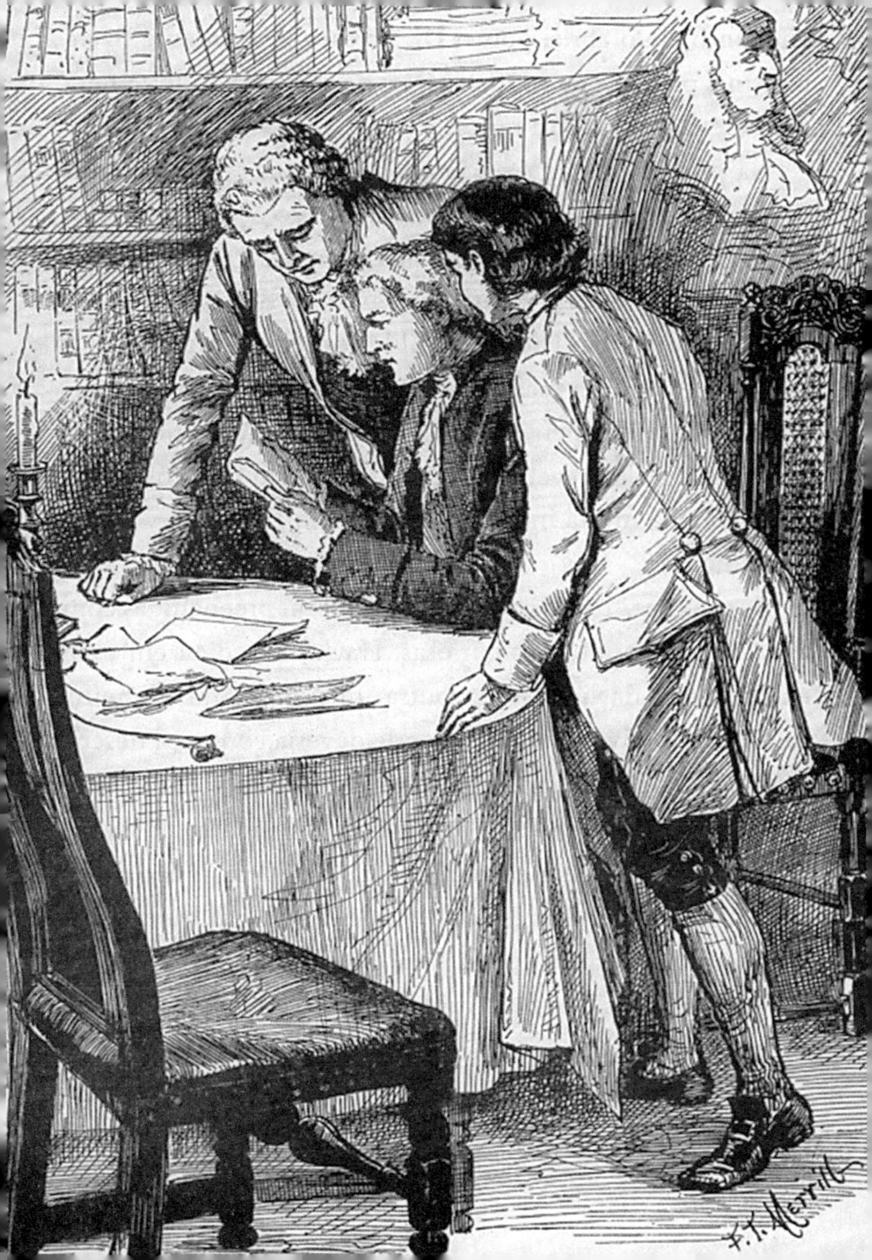
F. T. Merrill

enquanto ele o abria, pois o Dr. Livesey gentilmente fizera um sinal para que eu me levantasse da mesinha onde comera para me divertir com a busca.

Na primeira página, havia apenas alguns rabiscos, como se alguém estivesse tentando se distrair do ócio ou quisesse praticar escrita à pena. O primeiro era igual à tatuagem "Ao Gosto de Billy Bones", e então havia "Sr. W. Bones, imediato", "Acabou o rum, em Palm Key", "Ele conseguiu" e alguns outros rabiscos, cuja a maioria eram palavras isoladas e indecifráveis. Fiquei me perguntando quem seria ele e o que havia "conseguido". Provavelmente uma facada em suas costas.

– Não há muita informação – disse o Dr. Livesey ao seguir adiante.

As próximas dez ou doze páginas foram preenchidas com uma série de anotações curiosas. Havia uma data em uma extremidade da linha e na outra uma soma em dinheiro, como em um livro contábil e, onde deveria constar a descrição das atividades, constava apenas um número de cruzes. Por exemplo, no dia 12 de junho de 1745, uma soma de setenta libras[20] era com certeza devida a alguém, e não havia nada além de seis cruzes como justificativa. Em outras partes, havia a indicação de um local, como "perto de Caracas", ou uma informação de latitude e longitude, como "62° 17′ 20″, 19° 2′ 40″.

---

20. A Libra esterlina é a moeda oficial de todo o Reino Unido e é considerada uma das mais antigas em circulação no mundo. As primeiras moedas foram cunhadas na Inglaterra no século 8, pelo rei anglo-saxão Offa, que tinha seu nome gravado nelas.

O registro foi feito há uns vinte anos e, com o decorrer do tempo, continha registros crescentes. Ao final, um grande montante foi feito após cinco ou seis adições incorretas, e anexadas as palavras, "Bones, sua parte".

– Não consigo entender isso – disse o Dr. Livesey.

– Pois, para mim, a coisa está clara como o dia – gritou o fidalgo. – Este é o livro contábil do cachorro desalmado. Essas cruzes representam nomes de navios que afundaram ou cidades que saquearam. As somas são a parte do velhaco e, onde poderia gerar alguma dúvida, ele acrescentou algo mais claro. "Perto de Caracas" deve ter sido um navio abordado naquela costa. Deus ajude as pobres almas que o guarneciam, já viraram coral há muito tempo.

– Isso mesmo! – disse o médico. – Veja o que é ser um viajante. Certo! Observe que os valores aumentam, à medida que ele sobe de posto.

Pouco mais havia no livro, exceto algumas coordenadas de lugares anotados ao final das folhas em branco e uma tabela para reduzir os dinheiros franceses, ingleses e espanhóis a um valor comum.

– Sujeito esperto! – gritou o médico. – Ele que não iria ser enganado.

– E agora – disse o fidalgo para o outro.

O papel fora selado em vários lugares com um dedal a título de selo, talvez, o próprio dedal que eu encontrara no bolso do capitão. O médico abriu os lacres com muito cuidado e deles caiu o mapa de uma ilha contendo latitude e longitude, sondagens, nomes de colinas, baías e enseadas, e todos os detalhes para trazer um navio a um ancoradouro seguro em suas margens. Tinha cerca de quinze quilômetros de comprimento e cinco de largura, com formato que lembrava um dragão gordo em pé, e tinha dois belos portos rodeados de terra e uma colina na parte central marcada como "Morro da Luneta". Havia vários acréscimos de uma data posterior, mas acima de tudo, três cruzes em tinta vermelha, duas na parte norte da ilha, uma no sudoeste e, ao lado desta última, com a mesma tinta vermelha, escrita com caligrafia pequena e caprichada, muito diferente dos rabiscos do capitão, as palavras: "Abundância de tesouro aqui."

No verso, certamente a mesma pessoa escreveu:

Árvore alta, beira do Luneta, apontando para o N. de N.N.E.
Ilha do Esqueleto
E.S.E. e por E.
Dez pés.
A barra de prata está no esconderijo norte; você pode encontrá-la pela colina leste, dez braças[21] ao sul do penhasco preto com um rosto nele.
As armas são facilmente encontradas no monte de areia, N.
ponto de entrada norte do cabo, em direção à E. e um quarto N.
J.F.

Isso foi tudo, mas por mais breve que fosse, e para mim incom-

---

21. Antiga medida de comprimento equivalente a 2,20 metros linearmente.

preensível, encheu o fidalgo e o Dr. Livesey de contentamento.

– Livesey – disse o fidalgo – você vai desistir desta profissão miserável imediatamente. Amanhã, sigo para Bristol. Em três semanas... três semanas! duas semanas... dez dias, teremos o melhor navio, senhor, e a tripulação mais capacitada da Inglaterra. Hawkins virá como grumete. Você será um grumete famoso, Hawkins. E o senhor, Livesey será o médico do navio e eu serei o almirante. Vamos levar Redruth, Joyce e Hunter. Teremos ventos favoráveis, uma viagem rápida e nenhuma dificuldade em encontrar o local, e dinheiro a rodo para deitar, rolar e gastar, para o resto da vida.

– Trelawney – disse o médico –, irei junto sim, e pode confiar em mim e em Jim também, pois nos esforçaremos ao máximo. Somente tenho medo de um homem.

– E quem seria esse? – gritou o fidalgo. – Diga o nome do cachorro, senhor!

– O senhor – respondeu o médico –, pois não aguenta segurar sua língua. Não somos os únicos homens que conhecem este papel: aqueles sujeitos que atacaram a estalagem esta noite, certamente ousados e desesperados, e o resto que ficou a bordo daquele lugar, e mais, ouso dizer que, não muito longe, estão todos prontos para fazer o que for preciso para conseguir esse dinheiro. Nenhum de nós deve andar sozinho até irmos para o mar. Jim e eu continuaremos juntos enquanto isso. Leve Joyce e Hunter quando viajar para Bristol, e nenhum de nós deve dizer uma palavra do que descobrimos.

– Livesey – respondeu o fidalgo –, está certo. Serei mudo como um túmulo.

Parte 2

O Cozinheiro de Bordo

Irei para Bristol

Levou mais tempo do que o fidalgo imaginou para estarmos prontos para zarpar, e nenhum de nossos primeiros planos, nem mesmo o do Dr. Livesey, de me manter ao lado dele, pôde ser executado como pretendíamos. O doutor teve de ir a Londres encontrar um médico que cuidasse de seus pacientes, o fidalgo estava trabalhando duro em Bristol, e eu continuei a viver sob os cuidados do velho Redruth, o guarda-caça, quase um prisioneiro, mas cheio de sonhos com o mar e as maiores expectativas por aventuras e ilhas estranhas.

Eu passava horas a fio pensando no mapa, em todos os detalhes dos quais me lembrava bem. Sentado perto do fogo nos aposentos do mordomo, eu me aproximava daquela ilha em minha imaginação em todas as direções possíveis. Explorava cada acre de sua superfície. Subia mil vezes até aquela colina alta que eles chamam de Morro da Luneta e, do topo, apreciava as paisagens mais maravilhosas e mutáveis. Às vezes, a ilha estava repleta de selvagens, com quem lutávamos, às vezes, cheia de animais perigosos que nos caçavam, mas em todas as minhas fantasias não imaginei que nada seria tão estranho e trágico quanto foram nossas aventuras reais.

Assim, as semanas se passaram, até que um belo dia chegou uma carta endereçada ao Dr. Livesey, com uma anotação: "Para ser aberta, no caso de sua ausência, por Tom Redruth ou pelo jovem Hawkins". Obedecendo a esta ordem, encontramos, ou melhor, encontrei, pois o guarda-caça era péssimo em ler qualquer coisa que não estivesse impressa, as seguintes notícias importantes:

Antiga Pousada Âncora, Bristol, 1º de março de 17...
Caro Livesey,
como não sei se está no solar ou ainda em Londres, envio uma cópia para ambos os lugares. O navio foi comprado e preparado. Ele está ancorado e pronto para zarpar. O senhor nunca imaginaria uma escuna[22] tão adorável, uma criança pode navegar nela, tem duzentas toneladas e se chama HISPANIOLA.

Eu a consegui através do meu velho amigo Blandly, que provou ser o mais surpreendente trunfo. O admirável sujeito ficou literalmente escravizado por meus interesses, assim como, posso dizer, to-

---
22. Veleiro com velas de popa a proa em dois ou mais mastros. O que a distingue das demais embarcações é o mastro de ré (mezena) ser maior do que os demais.

dos em Bristol, assim que souberam qual era nosso porto de destino, o tesouro, quero dizer.

– Redruth – eu disse, interrompendo a carta –, Dr. Livesey não vai gostar disso. O fidalgo está falando demais.
– E ele não está no seu direito? – rosnou o guarda-caça. – Era só o que faltava... o fidalgo não poder falar por causa do Dr. Livesey.
Com isso, desisti de todas as tentativas de comentários e continuei lendo:

O próprio Blandly encontrou o Hispaniola e, com muita perícia, conseguiu-o por mera ninharia. Há uma classe de homens em Bristol com preconceitos monstruosos contra Blandly. Eles chegam ao ponto de declarar que esta criatura honesta faria qualquer coisa por dinheiro, que o Hispaniola pertencia a ele, e que ele me vendeu por uma quantia absurdamente alta. As calúnias mais infames. Nenhum deles atreveu-se, no entanto, a negar os méritos do navio.

Até agora não houve um obstáculo. Os trabalhadores, carpinteiros e os demais eram irritantemente lentos, mas o tempo curou isso. Foi a tripulação que me incomodou.

Eu desejava uma boa seleção de homens, poderiam ser nativos, bucaneiros ou até mesmo os odiosos franceses, mas foi difícil encontrar meia dúzia de homens, até que o golpe mais notável da fortuna me trouxe quem eu precisava. Eu estava em pé no cais, quando, pelo mero acaso, comecei a falar com ele. Descobri que ele era um velho marinheiro, tinha uma taberna, conhecia todos os homens do mar em Bristol, que havia perdido sua saúde em terra, e queria um bom lugar como cozinheiro para voltar para o mar. Disse que havia saído naquela manhã para sentir o cheiro do sal.

Fiquei muito comovido, o senhor também teria ficado e, por pura pena, eu o convidei para ser o cozinheiro do navio. Ele se chama Long John Silver e perdeu uma perna, o que eu considerei como uma recomendação, já que ele a perdeu a serviço do país, sob o comando do imortal Hawke. Ele não tem pensão, Livesey. Imagine que abominável a época em que vivemos!

Bem, senhor, eu pensei que só tinha encontrado um cozinheiro, mas era uma tripulação que eu havia descoberto. Com a ajuda de Silver, reunimos em alguns dias uma tripulação dos marujos mais valentes que se possa imaginar, nada bonitos de se olhar, mas companheiros com muita coragem e o espírito mais indomável. Eu declaro que poderíamos lutar contra uma fragata.

Long John até livrou-se de dois dos seis ou sete que eu já tinha contratado. Ele me explicou que eles eram apenas novatos de água doce e que tínhamos que temer em uma aventura de importância. Estou com uma saúde magnífica e muito animado, comendo como um touro, dormindo como uma árvore, ainda assim, não desfrutarei um momento até ouvir o som da minha velha lona rodando no cabrestante. Para o mar, alto! Levante o tesouro! Foi a glória do mar que virou minha cabeça. Então agora, Livesey, venha logo, não perca um minuto, se o senhor tiver algum respeito por mim. Deixe o jovem Hawkins ir imediatamente ver sua mãe, com Redruth como guarda, e então ambos venham depressa para Bristol.

John Trelawney

P.S.: Eu não lhe disse que Blandly, quem, aliás, deve mandar um resgate atrás de nós se não aparecermos até o final de agosto, descobriu um companheiro admirável para ser nosso capitão, um cara rígido, o que eu lamento, mas em tantos outros aspectos, um tesouro. Long John Silver desenterrou um homem competente como imediato, um homem chamado Arrow. E temos um contramestre que toca gaita de fole, Livesey. Então as coisas a bordo do Hispaniola devem seguir o estilo nau de guerra. Esqueci de dizer que Silver é um homem de posses. É do meu conhecimento que ele tem uma conta no banco, que nunca ficou no negativo. Ele deixa sua esposa para administrar a taberna e, como ela é uma mulher negra, um par de velhos solteiros como o senhor e eu podemos ser desculpados por supor que seja a esposa, tanto quanto a saúde, que o faz voltar ao mar.

J. T.

P.P.S.: Hawkins pode ficar uma noite com a mãe.

J. T.

Você pode imaginar a excitação que aquela carta me causou. Eu estava meio fora de mim de alegria e, se alguma vez desprezei um homem, esse foi o velho Tom Redruth, que nada fazia a não ser resmungar e lamentar. Qualquer um dos seus subordinados teria alegremente trocado de lugar com ele, mas essa não era a sua vontade, e a vontade do fidalgo era como a lei entre todos eles. Ninguém, exceto o velho Redruth, seria capaz de se atrever a resmungar.

Na manhã seguinte, eu e ele partimos a pé para a Almirante Benbow, e lá encontrei minha mãe com boa saúde e bom humor. O capitão que, por tanto tempo causou tanto desconforto, foi embora para onde os ímpios deixam de incomodar. O fidalgo mandou consertar tudo, repintar as áreas comuns e a tabuleta, e colocar alguns móveis, sobretudo, uma bela poltrona para a minha mãe se sentar. Ele também tinha encontrado um menino como aprendiz para que ela não ficasse sem ajuda enquanto eu estivesse fora.

Foi ao ver aquele menino que entendi, pela primeira vez, minha situação. Eu havia pensado até aquele momento nas aventuras que me aguardavam, não na casa que estava deixando, e agora, ao ver aquele estranho desajeitado, que deveria ficar aqui em meu lugar ao lado de minha mãe, tive meu primeiro ataque de lágrimas. Receio ter dado a vida de um cachorro para aquele menino, pois, como ele era novo no trabalho, tive uma centena de oportunidades de colocá-lo no seu lugar e diminuí-lo, e aproveitei cada uma delas.

A noite passou e no dia seguinte, depois do jantar, Redruth e eu estávamos de novo com o pé na estrada. Despedi-me de minha mãe e da enseada onde morei desde que nasci e da velha e querida *Almirante Benbow, e* já que ela foi repintada, não é mais tão querida. Um dos meus últimos pensamentos foi sobre o capitão, que tantas vezes havia caminhado pela praia com seu chapéu armado, sua bochecha cortada por sabre e sua velha luneta de latão. No momento seguinte, dobramos a esquina e minha casa estava fora de vista.

A mala-posta nos pegou ao anoitecer no Royal George, na charneca. Eu fiquei espremido entre Redruth e um senhor

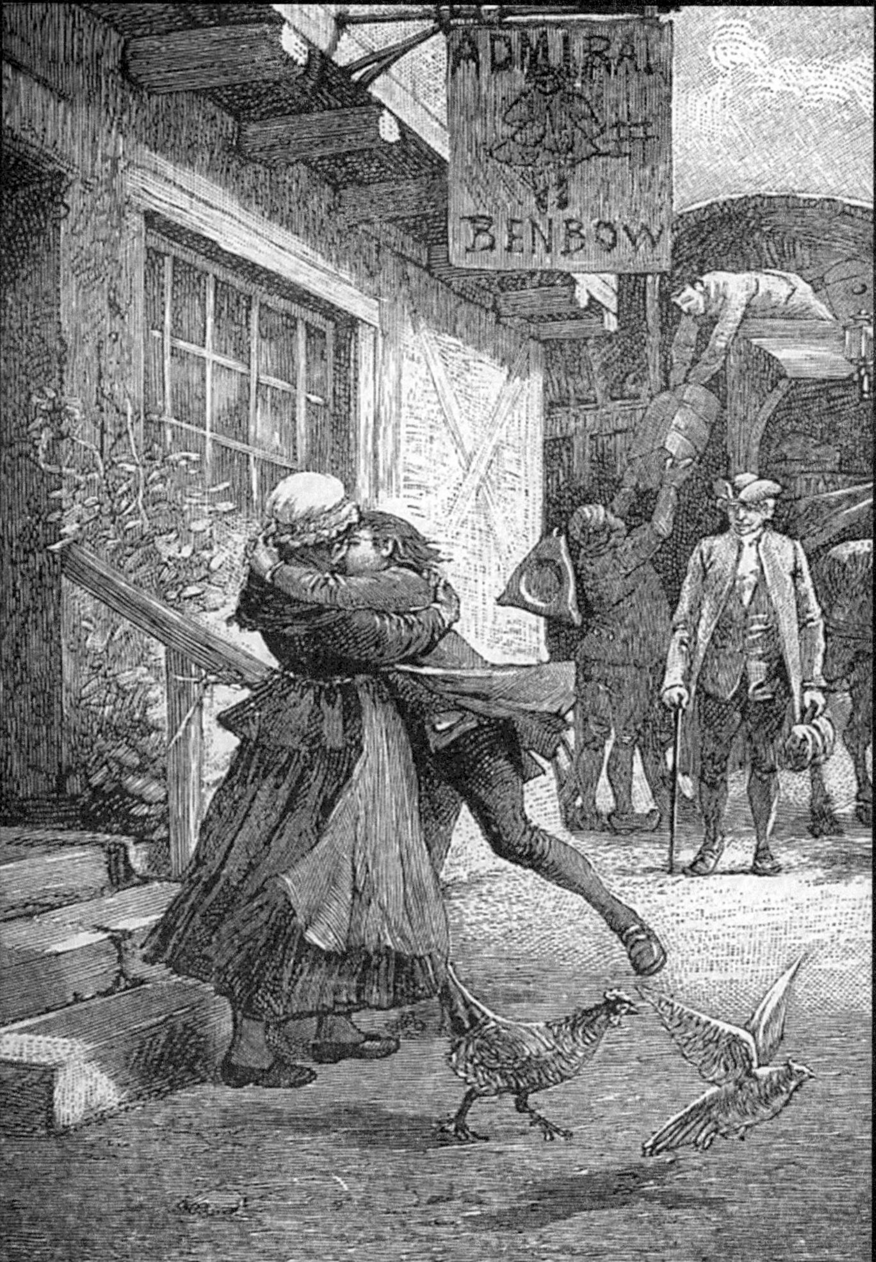
ADMIRAL
BENBOW

robusto e velho e, apesar do movimento rápido e do ar frio da noite, devo ter cochilado muito desde o início e, em seguida, dormido como uma lenha colina acima e vale abaixo, pois, quando fui finalmente acordado foi por um soco nas costelas, abri os olhos para descobrir que estávamos parados diante de um grande prédio em uma rua da cidade e que o dia já havia raiado há muito tempo.

– Onde estamos? – perguntei.

– Bristol – disse Tom. – Desça.

O Sr. Trelawney fixou residência em uma estalagem junto ao cais para supervisionar o trabalho na escuna. Para lá agora tínhamos que caminhar, e nosso caminho, para minha grande alegria, ficava ao longo do cais e ao lado da grande multidão de navios de todos os tamanhos, plataformas e nações. Em um deles, os marinheiros cantavam durante seu ofício, em outro, havia homens no alto, bem acima da minha cabeça, pendurados em fios que não pareciam mais grossos do que os de uma aranha. Embora eu tivesse vivido perto da praia toda a minha vida, parecia nunca ter estado perto do mar até então. O cheiro de alcatrão e sal era algo novo. Eu vi as mais maravilhosas figuras de proa, que tinham estado muito além do oceano. Vi, além disso, muitos velhos marinheiros, com argolas nas orelhas, suíças enroladas em cachos, rabos de cavalo alcatroados e seu andar desajeitado de mar e, se eu tivesse visto reis ou arcebispos, não teria ficado tão encantado.

E eu mesmo ia para o mar de escuna, com um contramestre tocador de gaita e marinheiros cantores com rabo de cavalo. Todos ao mar, com destino a uma ilha desconhecida, em busca de um tesouro enterrado!

Enquanto eu ainda estava neste sonho delicioso, de repente, chegamos na frente de uma grande taberna e encontramos o fidalgo Trelawney todo vestido como um imponente oficial do mar, em uma robusta farda azul, saindo pela porta com um sorriso no rosto e imitando o andar de um marinheiro.

– Aqui estão vocês – gritou ele. – O doutor chegou ontem à noite de Londres. A tripulação está completa!

– Ah, senhor – gritei –, quando zarpamos?

– Zarpamos amanhã!

Na Tabuleta da Luneta

Quando eu terminei de tomar o café da manhã, o fidalgo me deu um bilhete endereçado a John Silver, na Taberna da Luneta, e disse que eu encontraria facilmente o lugar seguindo o caminho das docas e mantendo os olhos abertos para uma pequena taberna com uma grande luneta de latão como tabuleta. Parti, muito feliz com a oportunidade de ver mais alguns navios e marinheiros, e abri meu caminho por entre uma grande multidão de pessoas, carroças e fardos, pois o cais estava agora mais movimentado, até que encontrei a tal taberna.

Era um pequeno local de entretenimento bem iluminado. A tabuleta fora pintada recentemente, as janelas tinham cortinas vermelhas elegantes, o chão tinha sido lixado. Havia uma rua de cada lado e uma porta aberta para ambas, o que tornava o grande salão de baixo bastante visível, apesar das nuvens de fumaça de tabaco.

Os clientes eram em sua maioria marinheiros e falavam tão alto que decidi ficar parado na porta, quase com medo de entrar.

Enquanto eu esperava, um homem saiu de uma sala ao lado e, à primeira vista, tive certeza de que era Long John. Sua perna esquerda foi cortada rente ao quadril e, sob o braço esquerdo, carregava uma muleta, que manejou com uma destreza maravilhosa, saltando sobre ela como um pássaro. Ele era muito alto e forte, com um rosto grande como uma peça inteira de presunto, simples e pálido, mas inteligente e sorridente. Na verdade, ele parecia muito animado, assoviando enquanto se movia entre as mesas, com uma palavra alegre ou um tapinha no ombro dos clientes favoritos.

Agora, para dizer a verdade, desde a primeira menção a Long John na carta do fidalgo Trelawney, em minha mente tive medo de que ele pudesse provar ser o mesmo marinheiro de uma perna só que eu havia observado por tanto tempo no antigo Benbow. Mas um olhar para o homem diante de mim foi o suficiente. Eu tinha visto o capitão, o Cão Negro e o cego Pew, e pensei saber o que era um bucaneiro, uma criatura muito diferente, a meu ver, deste senhorio limpo e de temperamento agradável.

Criei coragem imediatamente, cruzei a soleira e caminhei até onde o homem estava apoiado em sua muleta, conversando com um cliente.

– É o senhor Silver? – eu perguntei, mostrando o bilhete.

– Sim, meu rapaz – disse ele. – Esse é o meu nome, com certeza. E quem seria você? – e então, quando ele viu a carta do fidalgo, ele me pareceu ter tido algo como um sobressalto.

– Oh! – disse ele, bem alto, e estendendo a mão. – Entendi. Você é nosso novo grumete. Prazer em conhecê-lo.

E ele pegou minha mão em seu grande e firme aperto.

Nesse momento, um dos clientes do outro lado da sala levantou-se de repente e se dirigiu até a porta que estava perto dele, então, num minuto, ele estava na rua. Mas sua pressa chamou minha atenção e eu o reconheci de imediato. Era o homem com cara de sebo, sem dois dedos, o primeiro a chegar à Almirante Benbow.

– Ah – eu gritei – parem-no! É o Cão Negro!

– Arrrr. Eu não me importo com quem seja ele – gritou Silver. – Mas ele não pagou a conta. Harry, corra e pegue-o.

Um dos outros que estava mais próximo da porta saltou e começou a persegui-lo.

– Se ele fosse o almirante Hawke, ele pagaria sua conta – gritou Silver. E então, largando minha mão –, quem você disse que ele era? – perguntou. – Negro o quê?

– Cão Negro, senhor – eu disse. – O Sr. Trelawney não lhe contou sobre os piratas? Ele era um deles.

– É mesmo? – gritou Silver. – Na minha casa! Ben, corra e ajude Harry. Um daqueles malandros, não é? Era você quem estava bebendo com ele, Morgan? Venha aqui.

O homem a quem chamava de Morgan, um velho marinheiro de cabelos grisalhos e rosto moreno, avançou timidamente, mascando seu tabaco.

– Agora, Morgan – disse Long John muito severamente –, você nunca colocou seus olhos naquele Cão... Cão Negro antes, não é?

– Eu não, senhor – disse Morgan com uma saudação.

– Você não sabia o nome dele, não é?

– Não, senhor.

– Pela madrugada, Tom Morgan, que bom para você! – exclamou o proprietário da taberna. – Se tivesse se envolvido com um tipinho assim, nunca mais colocaria os pés aqui. E o que ele estava dizendo para você?

— Não sei bem, senhor — respondeu Morgan.

— Com mil demônios! Você chama de cabeça isso que tem sobre ombros? — gritou Long John. — Não sabe bem, não é? Talvez não saiba bem com quem está falando, não é? Vamos, agora, o que ele estava papagueando, viagens, capitães, navios? Desembuche logo! O que era?

— Estávamos falando em passar pela quilha[23] — respondeu Morgan.

— Passar quilha, é? É uma coisa que vem muito a calhar, você pode apostar nisso. Volte para o seu canto, Tom.

E então, quando Morgan voltou para o seu assento, Silver me disse em um sussurro confidencial, que foi muito lisonjeiro:

— Ele é um homem muito honesto, Tom Morgan, porém estúpido — e agora, ele falou novamente, em voz alta. — Vamos ver... Cão Negro? Não, eu não conheço o nome, não eu. No entanto, acho que sim, acredito que já vi esse vagabundo. Ele costumava vir aqui com um mendigo cego, costumava sim.

— Sim, pode ter certeza — eu disse. — Eu também conheci aquele cego. Seu nome era Pew.

— Era mesmo! — gritou Silver, agora bastante excitado. — Pew! Esse era o seu nome com certeza. Ah, ele parecia um tubarão, se parecia! Se pegarmos este Cão Negro agora,

---

23. A passagem pela quilha era uma punição aplicada em navios piratas que consistia em amarrar o marujo a uma corda ou um cabo, jogá-lo ao mar e puxá-lo por debaixo da quilha da embarcação. O sujeito tinha que suportar ficar sem respirar durante a travessia e passar pelos crustáceos presos ao casco do navio antes de surgir do outro lado. Tudo isso para sair vivo do castigo.

haverá novidades para o capitão Trelawney! Ben é um bom corredor, poucos marinheiros correm melhor do que Ben. Ele vai correr atrás dele e pegá-lo, macacos me mordam! Ele falava em passar quilha, não é? Eu mesmo o farei passar pela quilha!

O tempo todo em que repetia essas frases, ficava subindo e descendo pela taberna com sua muleta, batendo nas mesas com a mão e dando uma demonstração de empolgação que teria convencido um juiz de Old Bailey ou um caça-bandidos de Bow Street[24]. Minhas suspeitas foram totalmente reavivadas ao encontrar o Cão Negro na Luneta, e observei o cozinheiro de perto. Mas ele era muito dissimulado, muito intenso e muito inteligente para mim e, quando os dois homens voltaram sem fôlego e confessaram que haviam perdido o rastro do fugitivo na multidão, foram repreendidos como ladrões e, com isso, eu teria atestado a inocência de Long John Silver.

– Veja só, agora, Hawkins – disse ele – que diabos haveria de acontecer para um homem como eu, não é? Lá está o capitão Trelawney, o que ele iria pensar? Aqui eu tenho este filho de um holandês desgraçado sentado em minha própria casa bebendo do meu próprio rum! Aí vem você e me mostra o sujeito claramente, e eu o deixo escapar bem debaixo do meu nariz! Agora, Hawkins, faça-me justiça com o capitão.

---

24. Criados pelo escritor e juiz Henry Fielding, os Bow Street Runners foram a primeira força policial profissional de Londres. Já o Old Bailey é o Tribunal Central Criminal da Inglaterra.

Você é um rapaz, se é, mas você tem pinta de inteligente. Percebi isso quando o vi entrar pela primeira vez. Agora, aqui está: o que eu poderia fazer com esta madeira velha com que manco? Se eu ainda fosse um oficial da marinha, o teria agarrado com as próprias mãos, dando-lhe uma gravata, eu o faria, ora se não, mas agora..."

E então, de repente, ele parou, e seu queixo caiu como se ele tivesse se lembrado de algo.

– A conta! – ele explodiu. – Três doses de rum! Ora, pelas barbas do profeta, eu tinha esquecido a conta!

E caindo sobre o banco, ele riu até que as lágrimas corressem pelo seu rosto. Não pude deixar de me juntar a ele e rimos juntos, até as vozes na taberna ressoarem novamente.

– Ora, que velho lobo do mar eu sou! – ele disse finalmente, enxugando as lágrimas. – Você e eu devemos nos dar bem, Hawkins. Eu deveria ser classificado como grumete também. Mas vamos lá, agora já passou. Dever é dever. Vou colocar meu velho chapéu de marinheiro e ir com você até o capitão Trelawney para relatar o que aconteceu aqui. Pois acredite, jovem Hawkins, que o caso é sério e nem eu nem você saímos disso com o que eu deveria ser tão ousado a ponto de chamar de crédito. Mas, pelos meus botões, essa da conta foi uma boa.

E ele começou a rir de novo, e com tanto entusiasmo que, embora eu não tenha visto a piada como ele viu, fui novamente obrigado a acompanhá-lo em sua alegria.

Em nossa pequena caminhada ao longo do cais, ele se

tornou o companheiro mais interessante, contando-me sobre os diferentes navios por onde passamos, sua plataforma, tonelagem e nacionalidade, explicando o trabalho que estava acontecendo: como um estava descarregando, o outro levando carga, e um terceiro se preparando para o mar e, de vez em quando, contando-me alguma pequena anedota de navios ou marinheiros ou repetindo uma frase náutica até que eu tivesse aprendido perfeitamente. Comecei a ver que aqui estava um dos melhores companheiros possíveis.

Quando chegamos à pousada, o fidalgo e o Dr. Livesey estavam sentados juntos, terminando um litro de cerveja com um brinde antes de embarcarem na escuna para uma visita de inspeção.

Long John contou a história do início ao fim, com muito espírito e a verdade mais perfeita.

– Foi assim que tudo ocorreu, não foi, Hawkins? – ele dizia, de vez em quando, e eu sempre concordava inteiramente.

Os dois cavalheiros lamentaram que Cão Negro tivesse fugido, mas todos concordamos que não havia nada a ser feito e, depois de dispensado, Long John pegou sua muleta e partiu.

– Todos os tripulantes a bordo por volta das quatro da tarde – gritou o fidalgo atrás dele.

– Sim, sim, senhor – gritou o cozinheiro, na porta.

– Bem, fidalgo – disse o Dr. Livesey –, de modo geral, não coloco muita fé em suas descobertas, mas uma coisa é certa, John Silver é dos meus.

– O homem é um trunfo perfeito – declarou o fidalgo.

– E agora – acrescentou o médico – Jim pode vir a bordo conosco, não é?

– Com certeza ele pode – disse o fidalgo. – Pegue seu chapéu, Hawkins, e vamos ver o navio.

Pólvora e Armas

O *Hispaniola* estava ancorado um pouco afastado do cais, e passamos por baixo das figuras de proa[25] e contornamos a popa[26] de muitos outros navios, e seus cabos, às vezes, raspavam sob nossa quilha e, às vezes, balançavam acima de nós. Por fim, chegamos ao navio e, quando subimos a bordo, fomos recebidos e saudados pelo imediato, o Sr. Arrow, um velho marinheiro moreno com brincos nas orelhas e estrabismo. Ele e o fidalgo se entendiam bem, mas logo observei que as coisas não eram as mesmas entre o Sr. Trelawney e o capitão.

Este último era um homem de aparência severa e parecia zangado com tudo a bordo e logo nos contaria por que, pois mal tínhamos descido para a cabine quando um marinheiro nos seguiu.

– Senhor, o capitão Smollett deseja falar-lhe – disse ele.

– Estou sempre às ordens do capitão. Mande-o entrar – disse o fidalgo.

O capitão, que estava atrás de seu mensageiro, entrou imediatamente e fechou a porta atrás dele.

– Bem, capitão Smollett, o que tem a dizer? Tudo em ordem e em condições de navegar?

– Bem, senhor – disse o capitão – é melhor falar francamente, creio eu, mesmo correndo o risco de ofendê-lo. Eu

---
25. Parte dianteira de uma embarcação.
26. Parte posterior de uma embarcação, oposta à proa.

não gosto deste cruzeiro, não gosto dos homens, não gosto do meu oficial. Para ser curto e sincero.

– Talvez, o senhor não goste do navio? – perguntou o fidalgo, muito zangado, como pude ver.

– Não posso falar sobre isso, senhor, porque ainda não o testei – disse o capitão. Parece ser uma boa construção, mais eu não posso dizer.

– Possivelmente, senhor, e provavelmente também não gosta de seu empregador? – disse o fidalgo.

Mas aqui o Dr. Livesey interrompeu.

– Vamos com calma, senhores, disse ele. De nada adianta fazer perguntas como essa, só servirá para produzir mal-estar. O capitão disse muito ou muito pouco, e devo dizer que exijo uma explicação de suas palavras.

Você diz que não gosta deste cruzeiro. Mas por quê?

– Fui contratado, senhor, pelo que chamamos de ordens seladas, para conduzir este navio para onde aquele cavalheiro me pedisse – disse o capitão. – Por enquanto, tudo bem. Mas agora descubro que todo homem do convés sabe mais do que eu. Eu não acredito que isso seja justo, não é mesmo?

– Não – disse o Dr. Livesey. – Também não acredito.

– Em seguida – disse o capitão–, descobri que estamos indo atrás de um tesouro, e descobri por conta própria, veja bem. Agora, o tesouro é um assunto delicado. Não gosto de caças ao tesouro em hipótese alguma, e não gosto delas, acima de tudo, quando são secretas e quando, perdão, Sr. Trelawney, **o segredo foi contado a um papagaio.**

– O papagaio de Silver? – perguntou o fidalgo.

– É uma forma de falar – disse o capitão. – Blá blá blá, quero dizer. É minha convicção que nenhum de vocês, senhores, sabe o está fazendo, mas eu vou lhes contar o que acho: é um caso de vida ou morte, e uma corrida às cegas.

– Está tudo claro e, ouso dizer, que seja verdade – respondeu o Dr. Livesey. – Nós corremos o risco, mas não somos tão ignorantes quanto acredita. Em seguida, disse-nos que não gosta da tripulação. Eles não são bons marinheiros?

– Eu não gosto deles, senhor – respondeu o capitão Smollett. – E acho que eu deveria ter escolhido a tripulação.

– Talvez devesse mesmo – respondeu o médico. – Meu amigo deveria, talvez, tê-lo levado junto com ele, mas o desprezo, se houver, não foi intencional. E também não gosta do Sr. Arrow?

– Eu não, senhor. Eu acredito que ele é um bom marinheiro, mas ele dá muita confiança para a tripulação para ser um bom oficial. Um imediato deve ser reservado e não deve beber com os homens do convés!

– Está querendo dizer que ele bebe? – gritou o fidalgo.

– Não, senhor – respondeu o capitão – só que ele toma muita liberdade com eles.

– Bem, agora para encurtar a conversa, conte-nos o que quer afinal – adiantou o médico.

– Bem, senhores, estão determinados a ir nesta viagem?

– Como nunca – respondeu o fidalgo.

– Pois muito bem – disse o capitão. – Então, como os senhores me ouviram com muita paciência, dizendo coisas que eu não poderia provar, ouçam mais algumas palavras. Eles estão colocando a pólvora e as armas na proa. Ora, os senhores têm um bom lugar sob a cabine, por que não colocá-las lá? Esse é o primeiro ponto. O segundo ponto é que se estão trazendo quatro de seu próprio pessoal, por que não os alojar nos beliches ao lado da cabide ao invés de pô-los lá na frente?

– Mais alguma sugestão? – perguntou o Sr. Trelawney.

– Sim, mais uma – disse o capitão. – Já houve muita conversa fiada.

– De fato – concordou o médico.

– Vou lhe contar o que eu mesmo ouvi – continuou o Capitão Smollett. – Que os senhores têm o mapa de uma ilha, que há cruzes no mapa para mostrar onde está o tesouro e que a ilha está... – e então ele nomeou a latitude e a longitude com precisão.

– Eu nunca contei isso a ninguém – gritou o fidalgo.

– Até os peixes sabem disso, senhor – respondeu o capitão.

– Livesey, deve ter sido o senhor ou o Hawkins – gritou o fidalgo.

– Não importa quem foi – respondeu o médico. E pude ver que nem ele nem o capitão deram muita atenção aos protestos do Sr. Trelawney. Nem eu, que já conhecia sua língua solta, mas neste caso acredito que ele estava mesmo certo e que ninguém havia contado a localização da ilha.

– Bem, senhores – continuou o capitão –, não sei quem está com esse mapa, mas eu quero dizer que ele deve ser mantido em segredo até mesmo de mim e do Sr. Arrow. Caso contrário, eu pediria que me deixassem renunciar ao cargo.

– Entendo – disse o médico. – Deseja que mantenhamos este assunto obscuro e façamos uma barricada na parte da popa do navio, tripulada com o próprio povo do meu amigo e munida de todas as armas e pólvora a bordo. Em outras palavras, tem medo de um motim.

– Senhor – disse o Capitão Smollett –, sem intenção de ofendê-lo, eu nego seu direito de colocar palavras em minha boca. Nenhum capitão, senhor, teria justificativa para ir para o mar se tivesse base suficiente para dizer isso. Quanto ao Sr. Arrow, acredito que ele seja totalmente honesto, alguns dos homens também são, pelo que eu sei. Mas eu sou responsável pela segurança do navio e pela vida de todos os homens a bordo dele. Eu vejo as coisas indo e, a meu ver, não vão muito bem. E peço que tome certas precauções ou me deixe pedir demissão. E isso é tudo.

– Capitão Smollett – começou o médico com um sorriso –, por acaso já ouviu a fábula da montanha e do rato? Queira me desculpar, ouso dizer, mas o senhor me lembra aquela fábula. Quando entrou aqui, vou apostar minha peruca, quis dizer mais do disse.

– Doutor – disse o capitão –, o senhor é um homem inteligente. Quando eu vim aqui, pretendia ser dispensado. Não pensei que o Sr. Trelawney ouviria uma palavra.

– Eu não o ouviria mesmo – gritou o fidalgo. – Se Livesey não estivesse aqui, eu deveria tê-lo mandado para o diabo. Mas eu o ouvi. Farei o que deseja, mas penso o pior de sua pessoa.

– Como quiser, senhor – disse o capitão. – Logo descobrirá que apenas cumpro meu dever.

E com isso ele se despediu.

– Trelawney – disse o médico –, ao contrário de eu pensava inicialmente, acredito que conseguiu trazer dois homens honestos a bordo, esse homem e John Silver.

– Silver, concordo – gritou o fidalgo –, mas quanto a esse farsante intolerável, declaro que considero que sua conduta não é de homem, nem de marinheiro e totalmente anti-inglesa.

– Bem – disse o médico –, veremos.

Quando chegamos ao convés, os homens já haviam começado a tirar as armas e a pólvora, cantando durante o trabalho, enquanto o capitão e o Sr. Arrow ficavam supervisionando.

O novo arranjo ficou bastante do meu agrado. A escuna inteira foi reformada. Seis cabines haviam sido montadas à popa fora a parte externa do porão[27] principal, e esse conjunto de cabines só era unido à cozinha e ao castelo de proa[28] por uma passagem estreita a bombordo. Originalmente, pretendia-se que o capitão, o Sr. Arrow, Hunter, Joyce, o médico e o fidalgo ocupassem essas seis cabines. Agora Redruth e eu pegaríamos duas delas e o Sr. Arrow e o capitão dormiriam no convés, que tinha sido aumentado de cada lado até que você quase pudesse chamá-lo de cabine de popa. Estava muito baixo, é claro, mas havia espaço para balançar duas redes, e até o imediato

---

27. Parte interior do casco do navio.
28. Tabuado à proa de pequenas embarcações, no mesmo nível da bancada de remar.

pareceu satisfeito com o arranjo. Até ele, talvez, tivesse dúvidas quanto à tripulação, mas isso é apenas suposição, pois, como você ouvirá, não tivemos muito o benefício da sua opinião.

Estávamos todos trabalhando arduamente, trocando a pólvora e os leitos, quando os últimos homens, e Long John entre eles, saíram em um barco de praia.

O cozinheiro embarcou ágil como um macaco e, assim que viu o que estava acontecendo, disse:

– Esperem, companheiros! O que é isso?

– Estamos mudando a pólvora, John – respondeu um.

– Ora, mas que diabos! – gritou Long John. – Se o fizermos, perderemos a maré matinal!

– Minhas ordens! – disse o capitão secamente. – Se quiser, pode descer, meu caro. Os homens vão querer comer.

– Sim, sim, senhor – respondeu o cozinheiro e, tocando a testa, desapareceu imediatamente na direção de sua cozinha.

– É um bom homem, capitão – disse o médico.

– Muito provavelmente, senhor – respondeu o capitão Smollett. – Muita calma com isso, homens, cuidado – ele continuou. – Ele estava ralhando os marujos que estavam trocando a pólvora e, de repente, quando me viu observando a plataforma giratória que carregávamos uma longa nove de bronze[29] à meia-nau, ele gritou "Ei, grumete, saia daí! Vá para a cozinha e arranje algum trabalho."

E então, enquanto eu estava saindo com pressa, eu o

---

29. Um canhão de rodízio era uma peça confeccionada para ficar em cima de um suporte giratório, permitindo um ângulo de 360° para o disparo de balas de calibre nove.

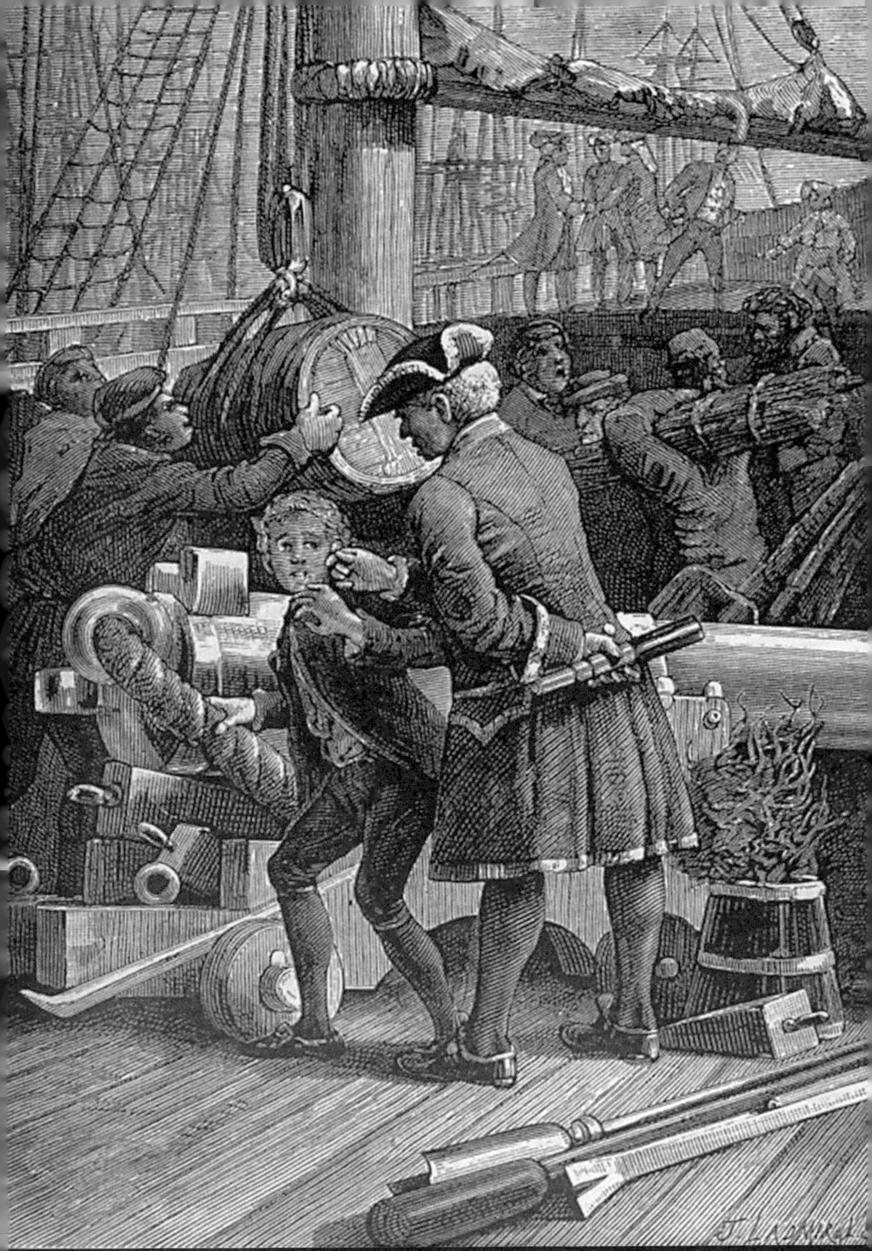

ouvi dizer, bem alto, para o médico: "Não terei favoritos no meu navio."

Garanto-lhe que concordava com a maneira de pensar do fidalgo e odiava profundamente o capitão.

A Viagem

Durante toda a noite, estávamos em um grande alvoroço para arrumar as coisas em seus lugares, enquanto barcos cheios de amigos do fidalgo, o Sr. Blandly e semelhantes vinham desejar-lhe uma boa viagem e um retorno seguro. Nunca passamos uma noite na Almirante Benbow com a metade daquele trabalho, e eu estava muito cansado quando, um pouco antes do amanhecer, o contramestre tocou seu apito, e a tripulação começou a rodar as barras do cabrestante. Eu poderia estar duas vezes mais cansado, mas não teria saído do convés, tudo era tão novo e interessante para mim, os comandos breves, a nota estridente do apito, os homens se movimentando para seus lugares no brilho das lanternas do navio.

– Agora, Churrasqueiro, dê uma canja para nós – gritou uma voz.

– Aquela antiga – gritou outro.

– Sim, sim, companheiros – disse Long John, que estava de pé, com a muleta debaixo do braço, imediatamente irrompendo no ar palavras que eu conhecia tão bem:

"Quinze homens no Baú da Morte"

E então toda a tripulação disse em coro:

"Io-ho-ho e uma garrafa de rum!"

E no terceiro "Ho!", puxaram as barras do cabrestante com vontade.

Mesmo naquele momento emocionante, ele me levou de volta à velha Almirante Benbow e, em um segundo, eu parecia ouvir a voz do capitão cantando no coro. Mas logo a âncora foi erguida, e ficou suspensa, pingando na proa. As velas começaram a enfunar, e a terra e os navios a ficar para trás. E, antes que eu pudesse me deitar para tirar uma soneca, o *Hispaniola* havia começado sua viagem à Ilha do Tesouro.

Não vou relatar essa viagem em detalhes. Tudo correu bem. O navio provou ser uma boa embarcação, a tripulação era formada por marinheiros competentes, e o capitão entendia perfeitamente de seu negócio. Mas, antes de chegarmos à Ilha do Tesouro, duas ou três coisas aconteceram que precisam ser conhecidas. O Sr. Arrow, em primeiro lugar, ficou ainda pior do que o capitão temia. Ele não tinha comando entre os homens e as pessoas faziam o que queriam com ele. Mas isso não foi de forma alguma o pior de tudo, pois, depois de um ou dois dias no mar, ele começou a aparecer no convés com olhos turvos, bochechas vermelhas, língua gaguejante e outras marcas de embriaguez. Repetidas vezes ele foi condenado a descer e se recolher. Às vezes, ele caía e se cortava. Outras vezes, ficava o dia todo deitado em seu beliche ao lado do companheiro. Também havia momentos em que, por um ou dois dias, ficava quase sóbrio e cuidava de sua função pelo menos razoavelmente.

Nesse ínterim, nunca conseguimos descobrir de onde ele tirava a bebida. Esse era o mistério do navio. Por mais que o vigiássemos, não podemos fazer nada para resolver isso. E, quando perguntávamos na cara, ele só ria se estivesse bêbado e, se estivesse sóbrio, negava solenemente que alguma vez provou qualquer coisa, exceto água.

Ele não era apenas inútil como oficial e uma má influência entre os homens, mas estava claro que nesse ritmo ele logo deveria se matar de uma vez, então ninguém ficou muito surpreso, nem muito triste, quando uma noite escura, com um mar agitado, ele desapareceu completamente e não foi mais visto.

– Homem ao mar! – disse o capitão. – Bem, senhores, isso nos poupa o trabalho de colocá-lo a ferros.

Mas lá estávamos nós, sem um imediato, e era necessário, é claro, promover um dos homens. O contramestre, Job Anderson era o homem mais provável a bordo e, embora mantivesse seu antigo título, serviu de certa forma como imediato. O Sr. Trelawney tinha muita experiência no mar, e seu conhecimento o tornava muito útil, pois ele mesmo costumava fazer a vigília quando o tempo estava bom. E o timoneiro, Israel Hands era um marinheiro cuidadoso, astuto, velho e experiente em quem se podia confiar para quase tudo. Ele era um grande confidente de Long John Silver, e então a menção de seu nome me leva a falar do cozinheiro de nosso navio, Churrasqueiro, como os homens o chamavam.

A bordo do navio, ele carregava sua muleta por um cordão em volta do pescoço, para ter as duas mãos o mais livres possível. Foi incrível vê-lo cravar o pé da muleta em uma antepara e, apoiado nela, ceder a todos os movimentos do navio, continuando a cozinhar como alguém seguro em terra. Ainda mais estranho foi vê-lo atravessar o convés no pior tempo. Ele tinha um ou dois cordões para ajudá-lo a atravessar os espaços mais amplos, brincos de Long John, como eram chamados. Ele se movia de um lugar para outro, ora usando a muleta, ora arrastando-se pelo cordão, tão rápido quanto outro homem pudesse andar. No entanto, alguns dos homens que haviam navegado com ele antes expressaram sua pena por vê-lo tão reduzido.

– Ele não é um homem comum, o Churrasqueiro – disse o timoneiro para mim. – Ele teve uma boa escolaridade na juventude e pode falar como um livro quando está disposto a isso. E tem enorme bravura, um leão não é nada ao lado de Long John! Eu o vi agarrar quatro e bater suas cabeças juntas, com ele desarmado.

Toda a tripulação o respeitava e até obedecia. Ele tinha um jeito de falar com cada um e prestar um serviço particular a todos. Comigo ele era incansavelmente gentil, e sempre feliz por me ver na cozinha, que ele mantinha limpa como um broche novo, os pratos pendurados polidos e seu papagaio em uma gaiola em um canto.

– Chega mais, Hawkins – ele dizia. – Venha conversar com o John. Ninguém é mais bem-vindo do que você, meu filho. Sente-se e ouça as novidades. Este é o Capitão Flint, eu chamo meu papagaio de Capitão Flint, em homenagem ao famoso bucaneiro, aqui está o Capitão Flint prevendo o sucesso da nossa viagem. Não é mesmo, Capitão?

E o papagaio dizia, com grande rapidez: "Reais de oito! Reais de oito! Reais de oito!" Até você se perguntar se não estava sem fôlego, ou até que John jogasse seu lenço sobre a gaiola.

– Olha esse pássaro – ele dizia – tem, talvez, duzentos anos, Hawkins. Eles vivem para sempre. E se alguém viu mais maldade do que ele, deve ser o próprio diabo. Ele navegou com England[30], o grande capitão England, o pirata. Ele já esteve em Madagascar, Malabar, Suriname, Providence e Portobello e esteve nos navios de prata naufragados. Foi lá que ele aprendeu a dizer "Reais de oito", e não é de se admirar, pois eram trezentos e cinquenta mil deles, Hawkins! Ele estava a bordo do saque ao vice-rei das Índias perto de Goa, ele estava sim. E, ao olhar para ele, você pensaria que ela era um bebê. Mas você cheira à pólvora, não é, Capitão?

– Prepare-se para andar – gritava o papagaio.

– Ah, que belezinha, ele é – dizia o cozinheiro, e lhe dava açúcar do bolso, e então o pássaro bicava os cubos e soltava palavrões, passando de anjo a demônio. – Pronto – John acrescentaria –, você não pode tocar no peixe e não se sujar, rapaz. Aqui está este pobre pássaro inocente a dizer palavrões sem saber o que diz. Ele proferiria as mesmas palavras, por assim dizer, pe-

---

30. Edward England (1685-1721) foi um célebre pirata irlandês, que atuou no oceano Índico e na costa da África entre 1717 a 1720. Foi comandante do Pérola e sua bandeira era a clássica Jolly Roger, com uma caveira sobre dois fêmures em um fundo negro.

rante o capelão – e John tocava sua testa com uma maneira solene que me fazia pensar que ele era o melhor dos homens.

Nesse ínterim, o fidalgo e o capitão Smollett ainda maontinham relações bastante distantes um com o outro. O fidalgo não escondeu o assunto: ele desprezava o capitão. O capitão, por sua vez, nunca falava senão quando alguém falava com ele, sempre brusco, curto e seco, e nenhuma palavra era perdida. Ele admitiu, quando foi encurralado, que parecia ter se enganado sobre a tripulação, que alguns deles eram tão ágeis quanto ele queria e todos haviam se comportado muito bem. Quanto ao navio, gostava muito dele.

– Ele se adapta melhor ao vento do que um homem que espera isso de sua esposa, senhor – mas acrescentava. – Tudo o que digo é que não voltamos para casa e não gosto do cruzeiro.

O fidalgo, com isso, se viraria e marcharia para cima e para baixo no convés, com o queixo erguido.

– Mais uma daquele homem – dizia ele – e eu explodirei.

Tivemos um mau tempo, o que só comprovou as qualidades do *Hispaniola*. Todos os homens a bordo pareciam bem contentes, caso contrário, teriam sido difíceis de agradar, pois acredito que nunca houve uma companhia de navio tão paparicada desde que Noah foi para o mar.

Grogue duplo era servido com a menor desculpa. Havia doces em dias estranhos, como, por exemplo, se o fidalgo soubesse que era o aniversário de qualquer homem, e sempre um barril de maçãs ficava aberto para qualquer um se servir.

– Nunca soube que isto traria algo bom – disse o capitão

ao Dr. Livesey. – Estrague os marinhos e eles virarão demônios. Essa é minha crença.

Mas o bem veio do barril de maçã, como você logo saberá, porque se não fosse por isso, não teríamos recebido nenhuma nota de advertência e poderíamos todos ter perecido pelas mãos da traição.

Foi assim que aconteceu.

Tínhamos acelerado o trabalho para obter o vento que soprasse em direção à ilha que procurávamos, não tenho permissão para ser mais claro, e agora estávamos correndo para lá com uma vigia dia e noite. Era mais ou menos o último dia de nossa viagem de ida pelos meus cálculos. Em algum momento naquela noite, ou o mais tardar antes do meio-dia da manhã, deveríamos avistar a Ilha do Tesouro.

Estávamos indo para sul-sudoeste e tinha uma brisa constante e um mar calmo. O *Hispaniola* avançava firmemente, mergulhando seu gurupés[31] de vez em quando como um esguicho. Tudo estava subindo e descendo, todos estavam com os ânimos mais corajosos porque estávamos agora muito perto do fim da primeira parte de nossa aventura.

Logo após o pôr do sol, quando todo o meu trabalho havia acabado e eu estava a caminho do meu beliche, me ocorreu que gostaria de comer uma maçã. Corri para o convés. A vigilância estava toda voltada para a ilha. O homem ao leme observava a direção da vela e assoviava baixinho para si mes-

---

31. Mastro que aponta para vante, colocado no bico de proa dos veleiros.

mo, e esse era o único som, exceto o farfalhar do mar contra a proa e ao redor dos costados do navio.

Entrei no barril de maçã e descobri que havia quase nenhuma maçã sobrando, (ti-12) mas sentado ali no escuro, com o som das águas e o balanço do navio, ou eu tinha adormecido ou estava prestes a adormecer quando um homem pesado se sentou bastante próximo fazendo um estrondo. O barril balançou quando ele encostou os ombros nele, e eu estava prestes a pular quando o homem começou a falar. Era a voz de Silver, e antes que eu tivesse ouvido uma dúzia de palavras, eu não teria me mostrado por nada no mundo, mas fiquei ali, tremendo e ouvindo, no extremo do medo e da curiosidade, pois, dessas dezenas de palavras, eu entendi que a vida de todos os homens honestos a bordo dependia apenas de mim.

O Que Ouvi No Barril De Maçã

– Não, eu não – disse Silver. – Flint era capitão, eu era contramestre, junto com minha perna de madeira. Do mesmo jeito que perdi minha perna, o velho Pew perdeu a visão. Foi um mestre cirurgião, ele que me amputou... fora à faculdade e tudo, sabia latim como ninguém, mas ele foi enforcado como um vira-latas e seco ao sol como os outros, no Castelo do Cabo[32]. Eram os homens de Roberts[33], claro, sempre mudavam os nomes de seus navios, o *Royal Fortune* e assim por diante. Ora, o navio foi batizado, então deixe-o ficar, eu digo. Foi o que aconteceu com o *Cassandra*, que nos trouxe todos em segurança de Malabar, depois que o England o tomou do vice-rei das Índias. Assim foi com o velho *Morsa*, o velho navio de Flint, como eu vi banhado com o sangue vermelho e pronto para afundar com ouro.

– Ah! – gritou outra voz, a da mão mais jovem a bordo, e evidentemente cheia de admiração. – Ele era a flor do rebanho, esse Flint!

– Davis também foi um grande homem, ao que tudo indicava – disse Silver. – Nunca naveguei junto com ele. Primeiro

---

32. O Castelo da Costa do Cabo é um dos fortes no Gana onde escravos de diferentes lugares, como Burkina Faso e Nigéria, foram aprisionados. Esta antiga fortaleza da escravatura chegou a aprisionar mais de 1.500 pessoas antes que fossem carregadas em navios e vendidas como escravos no Novo Mundo, nas Américas e nas Caraíbas.

33. Capitão John "Bartholomew" Roberts (1682-1722), conhecido por Black Bart, foi um pirata galês que mais capturou navios, totalizando quatrocentos. Ele também teria sido responsável pela criação de onze leis do Código dos Piratas.

fui com o England, depois com Flint, essa é a minha história, e agora aqui por minha própria conta, por assim dizer. Com o England, fiz novecentas libras e duas mil depois com o Flint. Isso não é ruim para um homem de convés, está tudo seguro no banco. O que importa não é o que se ganha, mas sim, o que se guarda, você pode apostar nisso. Onde estão todos os homens do England agora? Não sei. Onde estão os de Flint? Ora, a maioria está a bordo aqui, e feliz por ter doces para comer, antes disso, alguns deles estavam mendigando. O velho Pew, que havia perdido a visão e poderia ter sido mais inteligente, gastava mil e duzentas libras por ano, como um lorde no Parlamento. Onde ele está agora? Bem, ele está morto e enterrado, mas por dois anos antes disso, raios me partam, o homem estava morrendo de fome! Ele pedia esmolas pelas ruas, roubava, cortava gargantas e passava muita fome, diabos!

– Bem, não adianta muita coisa no fim das contas – disse o jovem marinheiro.

– Nunca é muito útil para os tolos, você pode apostar, nem isso, nem nada – gritou Silver. – Mas agora, veja bem: você é jovem, se é, mas é inteligente e esperto. Eu vejo isso quando eu coloco meus olhos em você, e vou falar com você de homem para homem.

Você pode imaginar como me senti quando ouvi esse velho e abominável malandro se dirigir a outro com as mesmas palavras de bajulação que usara comigo. Acho, se tivesse sido capaz, que o teria matado no barril. No entanto, ele continuou a falar, sem perceber que eu o ouvia.

– Aqui se trata de cavalheiros da fortuna. Eles vivem muito mal e se arriscam a morrer pendurados, mas comem e bebem como galos de briga e, quando uma viagem termina, ora, enchem seus bolsos com centenas de libras em vez de centenas de centavos. Agora, a maior parte vai para o rum e uma boa aventura, depois voltam para o mar só com roupa do corpo. Mas esse não é meu objetivo. Eu guardo tudo, alguns aqui, outros ali, mas nunca grandes quantias num só banco, para não levantar suspeita. Eu tenho cinquenta anos, veja bem; uma vez de volta desta viagem, vou viver como um homem de bem. Já não é sem tempo, dirá você. Ah, mas vivi bem todo este tempo, nunca me privei de nada, dos desejos do coração, dormi no macio e comi do melhor todos os meus dias, exceto quando estava no mar. E como eu comecei? No convés, como você!

– Bem – disse o outro – mas , todo o resto do dinheiro se foi agora, não é? Você não ousaria mostrar sua cara em Bristol depois disso.

– E onde você acha que ele está? – perguntou Silver ironicamente.

– Em Bristol, em bancos e lugares assim – respondeu seu companheiro.

– E estava mesmo – disse o cozinheiro – quando levantamos âncora. Agora está todo com a minha velha senhora. E a Taberna da Luneta foi vendida, com clientes e aparelhamento, e a velha vai me encontrar. Eu diria onde, pois confio em você, mas causaria ciúme entre os companheiros.

– E pode confiar em sua senhora? – perguntou o outro. – Cavaleiros da fortuna – respondeu o cozinheiro – geralmente confiam pouco entre si, e eles têm razão, você pode apostar nisso. Mas eu tenho astúcia, se tenho. Quando um companheiro tenta me passar para trás, alguém que me conhece, quero dizer, não viverá no mesmo mundo que o velho John. Alguns temiam Pew e outros temiam Flint, mas o próprio Flint temia por mim. Ele tinha medo, mas era corajoso. A tripulação de Flint era a mais durona sobre as águas, o próprio diabo teria medo de ir para o mar com eles. Bem, eu lhe digo, não sou um homem de se vangloriar, e você viu como sou fácil de se conviver, mas quando eu era contramestre, cordeirinhos não era a palavra certa para os velhos piratas de Flint. Ah, você pode ter certeza de que estará seguro no navio do velho John.

– Bem, eu lhe digo agora – respondeu o rapaz. – Não gostei nem um pouco do trabalho até ter uma conversa com o senhor, John. Mas agora, pode contar comigo.

– E você foi um rapaz corajoso e esperto também – respondeu Silver, apertando-lhe as mãos com tanto entusiasmo que todo o barril tremeu – Nunca pus os olhos em melhor figura de proa para um cavalheiro de fortuna.

A essa altura, comecei a entender o significado de seus termos. Por um "cavalheiro de fortuna" eles claramente queriam dizer nem mais nem menos do que um pirata comum, e o pequeno relato que eu ouvira foi o último ato na corrupção de um marujo honesto, talvez do último que restou a bordo.

Mas, nesse ponto, eu logo tive certeza, pois Silver deu um pequeno assovio e um terceiro homem se aproximou e se juntou a nós.

– O Dick é de fé – disse Silver.

– Oh, eu já sabia que Dick era de fé – respondeu a voz do timoneiro, Israel Hands. – Ele não é bobo, o Dick – e ele mascou o tabaco e cuspiu.

– Mas olhe aqui – ele continuou –, eis o que eu quero saber, Churrasqueiro, por quanto tempo vamos ficar parados e firmes como uma balsa de suprimentos? Já estou farto do capitão Smollett. Ele me humilhou por tempo suficiente, raios! Quero entrar naquela cabine, se quero. Eu quero seus picles e vinhos, e tudo mais.

– Israel – disse Silver –, sua cabeça não vale muita coisa, nem nunca valeu. Mas você é capaz de ouvir, eu acho, pelo menos, suas orelhas são grandes o suficiente. Agora, aqui está o que eu digo: você dormirá na frente, trabalhará muito, falará suavemente e ficará sóbrio até eu mandar, você pode apostar nisso, meu filho.

– Bem, eu não disse o contrário, disse? – rosnou o timoneiro. – O que eu quero saber é quando. Isto é o que eu quero saber.

– Quando? Por raios! – gritou Silver. – Bem, agora, se você quiser saber, eu direi quando. Será no último momento que eu conseguir chegar, e é quando. Aqui temos um marinheiro de primeira classe, capitão Smollett, que comanda o navio. Temos aquele fidalgo e o médico com um mapa e tal... não sei onde está, certo? E você também não, claro. Bem, então, quero dizer que este fidalgo e o médico podem encontrar o tesouro e nos ajudar a colocá-lo a bordo, com mil demônios. Então veremos. Se eu pudesse confiar em todos vocês, seus filhos de holandeses trapaceiros, faria com que o capitão Smollett nos conduzisse até meio caminho de volta, antes de atacar.

– Ora, somos todos marinheiros a bordo, acho eu – disse o rapaz Dick.

– Somos todos mãos para toda obra, você quer dizer – disparou Silver. – Podemos seguir um curso, mas quem o definirá e calculará? Foi neste ponto que todos vocês se enganaram. Eu faria com que o capitão Smollett nos levasse pelos mares tortuosos, pelo menos. Não correríamos o risco de ter algum erro de cálculo e nos reste apenas uma colher de água por dia. Mas eu sei como vocês são. É uma pena terem que acabar com eles na ilha, assim que o tesouro estiver a bordo. Mas vocês nunca estão felizes até estarem todos bêbados. Que os deuses me amaldiçoem, mas fico com enjoo só de pensar em navegar com gente como vocês!

– Calma, Long John – gritou Israel. – Quem o está chateando?

– Inferno, quantos navios de carga vocês imaginam que eu já vi serem abordados? E quantos rapazes secando ao sol na doca de execução? – gritou Silver. – E tudo pela mesma pressa, pressa e pressa. Vocês me escutam? Eu vi algumas coisas no mar, se vi. Quem conseguir traçar sua rota e seguir na direção do vento andará de carruagem. Mas vocês não! Eu conheço vocês. Vocês encherão a boca de rum amanhã e acabarão enforcados.

– Todo mundo sabe que você é uma espécie de capelão, John, mas havia outros que sabiam manobrar e guiar tão bem quanto você – disse Israel. – Eles gostavam de um pouco de diversão. Eles não eram tão pomposos e frios, de maneira alguma, mas tiveram sua aventura, como bons companheiros.

– É mesmo? – disse Silver. – Bem, e onde eles estão agora? Pew era esse tipo de pessoa e morreu como um mendigo. Flint era, e morreu afogado em rum, em Savannah. Ah, eles eram uma bela equipe, eles eram sim, mas onde eles estão?

– Mas – perguntou Dick –, quando cairmos em cima deles, o que vamos fazer com eles?

– Este é o homem certo para mim! – gritou o cozinheiro com admiração. – Isso é o que eu chamo de negócios. Bem, o que você acha? Abandoná-los numa ilha deserta? Este teria sido o jeito do England. Ou cortá-los em fatias como porcos? Isso é o que fariam Flint ou Billy Bones.

– Billy era o homem certo para isso – disse Israel. "Homens mortos não mordem", dizia ele. Bem, ele está morto agora, mas conhecia muito e o assunto, e se havia alguém inflexível no mar, este era o Billy.

– Você está certo – disse Silver – mão forte e pesada. Mas veja bem, sou um homem acessível, sou um verdadeiro cavalheiro, dirá você, mas desta vez é sério. Dever é dever, companheiros. Eu dou meu voto: morte. Quando estiver no Parlamento e cavalgando em minha carruagem voltando para casa, não quero nenhum convidado indesejável na cabine, como o diabo em orações. O que eu digo é que devemos esperar o momento certo, mas quando chegar a hora, botamos para quebrar!

– John – grita o timoneiro –, você é o cara!

– Você vai dizer isso, Israel, quando a hora chegar – disse Silver. – Só uma coisa eu reivindico, eu quero Trelawney. Vou arrancar a cabeça de novilho de seu corpo com estas mãos. – Dick! – ele acrescentou, se interrompendo. – Dê um pulo ali, como um bom rapaz, e pegue uma maça para mim, para molhar minha boca de cachimbo.

Você pode imaginar o terror em que eu estava! Eu deveria ter pulado fora e corrido se tivesse encontrado forças, mas meus membros e meu coração me prejudicaram. Ouvi Dick começar a se levantar, e então alguém aparentemente o parou, e a voz de Hands exclamou:

– Oh, deixe isso para lá, John! Vamos tomar uma rodada de rum.

– Dick – disse Silver –, eu confio em você. Veja se o barril tem um medidor. Essa é a chave. Encha uma caneca e traga para cá.

Aterrorizado como estava, não pude deixar de pensar comigo mesmo que fora deste modo que o Sr. Arrow conseguiu as "águas fortes" que o liquidaram.

Dick se foi por pouco tempo e, durante sua ausência, Israel confidenciou algo diretamente no ouvido do cozinheiro.

Captei apenas uma ou duas palavras e, no entanto, recolhi algumas informações importantes, pois, além de outros fragmentos do mesmo teor, uma frase se tornou audível:

– Nenhum outro homem deles vai se juntar a nós.

Portanto, ainda havia homens fiéis a bordo.

Quando Dick voltou, um após o outro do trio pegou sua caneca e brindou, um com "Um brinde para a sorte", outro com um "Um brinde ao velho Flint" e o próprio Silver dizendo, em uma espécie de canção: "Um brinde a nós mesmos, para que tenhamos bons ventos, muitos prêmios e muitos doces.

Nesse exato momento, uma espécie de claridade caiu sobre mim no barril e, olhando para cima, descobri que a lua havia nascido e estava prateando o topo da mezena[34] e brilhando de branco a vela dianteira; e quase ao mesmo tempo a voz do vigia gritou:

– Terra à vista!

---

34. Designa-se por mezena, ou mesena, a vela que se encontra no mastro com o mesmo nome. É a vela de maior dimensão do mastro de ré

Conselho de Guerra

Uma grande correria se instalou no convés. Eu podia ouvir as pessoas tropeçando, saindo da cabine e da proa e, escorregando em um instante para fora do meu barril, mergulhei atrás da vela de proa, fiz uma curva em direção à popa e saí para o convés aberto a tempo de me juntar a Hunter e ao Dr. Livesey na corrida para a borda da proa.

Ali todos estavam reunidos. Quase que simultaneamente com o aparecimento da lua, surgiu um cinturão de névoa. Longe, a sudoeste de nós, vimos dois morros baixos, a cerca de alguns quilômetros de distância um do outro, e por trás de um deles, surgiu um terceiro morro mais alto, cujo pico ainda estava envolto na névoa. Todos os três pareciam pontiagudos e cônicos.

Vi tudo como se estivesse em um sonho, pois ainda não havia me recuperado do pavor que sentira um ou dois minutos antes. E então ouvi a voz do capitão Smollett dando ordens. O *Hispaniola* foi colocado alguns pontos mais na direção do vento e agora navegava em um curso que deixaria a ilha a leste.

– E agora, homens – disse o capitão –, algum de vocês já viu aquela terra adiante?

– Sim, senhor – disse Silver. – Fiz guarda lá quando era cozinheiro em um barco mercante.

– Imagino que o ancoradouro fique ao sul, atrás de recife, certo? – perguntou o capitão.

– Sim senhor, é chamada de Ilha do Esqueleto. Já foi um

lugar de pouso para piratas, um verdadeiro covil, e um marujo que tínhamos a bordo sabia todos os seus nomes. Eles chamam esse morro ali para o norte de Morro do Traquete. Há três morros em uma fileira seguindo para o sul, o Traquete, Principal e Mezena, senhor. Mas, o principal, aquele maior, encoberto pela nuvem, costumam chamá-lo de Morro da Luneta, porque de um vigia ficava de guarda enquanto faziam a limpa nos navios, senhor, com seu perdão.

– Eu tenho um mapa aqui – disse o capitão Smollett. – Veja se é esse o lugar.

Os olhos de Long John brilharam quando pegou o mapa, mas quando viu a aparência nova do papel, percebi seu desapontamento. Este não era o mapa que encontramos no baú de Billy Bones, mas uma cópia muito precisa, completa em todos os detalhes, nomes, altitudes e sondagens, com a única exceção das cruzes vermelhas e das anotações. Por mais que lhe custasse, Silver teve presença de espírito para disfarçar sua desilusão.

– Sim, senhor – disse ele. – Este é o lugar, com certeza, e muito bem desenhado. Eu me pergunto quem poderia ter feito isso? Não deve ter sido os piratas, que eram ignorantes demais. Sim, aqui está: Ancoradouro do "Capitão Kidd"[35], era este o nome que meu companheiro de bordo o chamava. Há uma forte correnteza ao longo da costa sul e, em seguida, ao longo da costa oeste. O senhor tinha razão – disse ele –, em direcionar o navio para o lado do vento e manter a borda do

---

35. William Kidd (1654-1701) foi um pirata inglês, antigo capitão, que, supostamente, teria enterrado um tesouro onde hoje seria Long Island, em Nova York.

barco no lado oposto. Pelo menos, se era sua intenção entrar e carenar[36], não há lugar melhor para isso nessas águas.

– Obrigado, meu caro – disse o Capitão Smollett. – Vou pedir a você mais tarde para nos dar uma ajuda. Pode se retirar.

Fiquei surpreso com a frieza com que Long John confessou seu conhecimento da ilha, e reconheço que fiquei meio assustado quando o vi se aproximando de mim. Ele não sabia, com certeza, que eu tinha escutado sua conversa dentro no barril de maçã, e ainda assim eu tinha tomado tanto horror de sua crueldade, falsidade e poder, que mal pude esconder um estremecimento quando ele colocou sua mão em meu ombro.

– Ah – disse ele –, este aqui é um lugar ideal para um rapaz desembarcar. Tomar banho, subir em árvores, caçar cabras. E você pode subir nas colinas como um cabrito. Ora, isso me faz sentir jovem novamente. Eu ia esquecer minha muleta, ah se ia. É uma coisa agradável ser jovem e ter dez dedos nos pés, posso garantir. Quando você quiser explorar um pouco, basta pedir ao velho John, e ele preparará um lanche para você levar.

E batendo em meu no ombro de uma maneira muito amigável, ele se afastou mancando e desceu.

O capitão Smollett, o fidalgo e o Dr. Livesey estavam conversando no tombadilho e, por mais ansioso que eu estivesse para contar-lhes minha história, não me atrevi a interrompê-los de imediato. Enquanto eu ainda estava pensando em en-

---

36. Carenar consistia em fazer a limpeza ou a reparação da carena, parte inferior do casco de um navio que fica abaixo da linha da água.(fonte alterada)

contrar alguma desculpa qualquer para falar, o Dr. Livesey me chamou para ficar ao seu lado. Ele havia deixado seu cachimbo lá embaixo e, escravo do tabaco como era, significava que eu deveria buscá-lo, mas assim que cheguei perto o suficiente para falar e não ser ouvido, interrompi-o imediatamente:

– Doutor, escute-me. Leve o capitão e o fidalgo para a cabine e ache uma boa desculpa para me chamar, pois tenho notícias terríveis.

O semblante do doutor se alterou por um momento, mas em seguida, voltou ao normal.

– Obrigado, Jim, era tudo o que eu queria saber – disse ele em voz alta e em tom exagerado, como se ele tivesse me feito uma pergunta.

Dito isso, virou-se e se juntou aos outros dois. Eles conversaram um pouco e, embora nenhum deles tenha demonstrado algum gesto de surpresa ou levantado o tom da voz ou mesmo murmurado, estava claro que o Dr. Livesey havia comunicado o que eu havia lhe contado, pois a próxima coisa que ouvi foi o capitão dando uma ordem a Job Anderson para que chamasse todos os marujos ao convés.

– Rapazes – disse o capitão Smollett –, tenho algo a dizer a vocês. Esta terra que avistamos é o destino da nossa viagem. O Sr. Trelawney que, como todos sabemos, é um cavalheiro muito generoso, acaba de me fazer algumas perguntas, e eu disse a ele que todos os homens a bordo cumpriram seu dever, acima e abaixo do convés, como eu nunca teria imaginado, e, por este motivo, ele, eu e o doutor vamos descer para a cabine para beber à SUA saúde e sorte, e vocês terão grogue para beberem à NOSSA. Vou dizer o que acho disso: acho uma maravilha. E se vocês pensam como eu, darão um viva ao cavalheiro, que bem o merece.

A comemoração se seguiu como esperado, mas com tamanho entusiasmo que confesso que mal pude acreditar que esses mesmos homens estavam conspirando para nos matar.

– Mais um viva para o capitão Smollett – gritou Long John quando todos se calaram. E esse também foi dado por aclamação.

No auge da comemoração, os três cavalheiros desceram e, não muito depois, fui avisado de que Jim Hawkins estava sendo requisitado na cabine.

Encontrei os três sentados em volta da mesa, uma garrafa de vinho espanhol e algumas passas diante deles, e o doutor fumando compulsivamente, com a peruca no colo, e isso, eu sabia, era um sinal de que ele estava nervoso. A janela da popa estava aberta, pois era uma noite quente, e você podia ver o brilho da lua na esteira do navio.

– Agora, Hawkins – disse o fidalgo –, se tem algo a dizer, fale.

Obedeci e, o mais breve que pude, contei todos os detalhes da conversa de Silver. Ninguém me interrompeu até que eu terminasse, nenhum dos três fez qualquer movimento, mas eles mantiveram seus olhos em meu rosto do início ao fim.

– Jim – disse o Dr. Livesey –, sente-se.

E eles me fizeram sentar à mesa ao lado deles, serviram-

-me uma taça de vinho, encheram minhas mãos de passas, e todos, um após o outro, e cada um fazendo uma reverência, brindaram à minha boa saúde, em reconhecimento pela minha sorte e coragem.

– Pois é, capitão – disse o fidalgo –, estava certo e eu, errado. Eu reconheço que fui um burro e aguardo suas ordens.

– Não mais burro do que eu, senhor – respondeu o capitão. – Nunca ouvi falar de uma tripulação que pretendia se amotinar, sem deixar sinais para que qualquer homem que tivesse um olho na cara pudesse perceber a traquinagem e ficar atento. Mas essa tripulação –acrescentou ele – de fato me enganou.

– Capitão – disse o doutor –, com sua permissão, foi o Silver. Um homem muito notável.

– Ele parece que ficaria muito bem pendurado no alto pelo pescoço, senhor – respondeu o capitão. – Mas isso é conversa e não leva a nada. Vejo três ou quatro possibilidades e, com a permissão do Sr. Trelawney, vou nomeá-las.

– O senhor é o capitão. Cabe à sua pessoa falar – disse o Sr. Trelawney solenemente.

– Primeiro ponto – começou o Sr. Smollett – devemos continuar, porque não podemos voltar atrás. Se eu desse a ordem de retornar, eles se rebelariam imediatamente. Segundo ponto, ainda temos tempo, pelo menos até que este tesouro seja encontrado. Terceiro ponto, existem marujos fiéis. Ora, senhor, mais cedo ou mais tarde, isso virá à tona, e o que eu proponho é administrarmos nosso tempo, e ir à briga algum dia, quando menos esperarem. Podemos contar, suponho, com seus criados, Sr. Trelawney?

– Assim como comigo – declarou o fidalgo.

– Três – calculou o capitão. – Nós mesmos somamos sete, contando o Hawkins aqui. Agora, e quanto aos marujos honestos?

– Muito provavelmente os próprios homens de Trelawney – disse o doutor. – Aqueles que ele mesmo escolheu antes da intromissão do Silver.

– Não – respondeu o fidalgo. – O Hands era um dos meus.

– Eu achei que poderia ter confiado em Hands – acrescentou o capitão.

– E pensar que são todos ingleses! – interrompeu o fidalgo. – Senhor, eu poderia encontrar razões para explodir o navio.

– Bem, senhores – disse o capitão – o melhor que posso dizer não é muito. Encerramos por aqui. Devemos fingir que não sabemos de nada, e, por favor, fiquem de olhos bem abertos. Sei que seria bem melhor entrar em conflito logo para resolver isso. Mas não há como evitar até que conheçamos nossos homens para saber com quem podemos contar. Vamos aguardar o vento soprar, essa é a minha opinião.

– O Jim aqui – disse o doutor – pode nos ajudar mais do que qualquer pessoa. Os homens ficam à vontade com ele, e Jim é um rapaz observador.

– Hawkins, eu tenho uma fé prodigiosa em você – acrescentou o fidalgo.

Comecei a me sentir muito desesperado com isso, pois me sentia totalmente desamparado e, no entanto, por uma estranha sequência de circunstâncias, foi realmente por meu intermédio que nos salvamos. Nesse ínterim, por mais que procurássemos, havia apenas sete dos vinte e seis com quem sabíamos que poderíamos confiar. E, desses sete, um era um rapaz, de modo que os homens adultos do nosso lado eram seis contra dezenove.

Parte 3

Minha Aventura em Terra

Como minha aventura na terra começou

A aparência da ilha, quando cheguei ao convés na manhã seguinte, havia mudado completamente. Embora a brisa tivesse cessado totalmente, havíamos percorrido um longo caminho durante a noite e agora em águas calmas cerca de oitocentos metros a sudeste da costa oriental. Uma floresta acinzentada cobria grande parte da superfície. Essa tonalidade uniforme foi realmente quebrada por faixas de areia amarela nas terras mais baixas e por muitas árvores altas da família dos pinheiros, cujas copas superavam as outras, algumas isoladas, outras em grupos. Mas a coloração geral era uniforme e triste. Os morros se erguiam acima da vegetação em espirais de rocha nua. Todos tinham formas estranhas, e o Morro da Luneta, que era por uns cem metros o mais alto da ilha, era também o mais estranho de todos, subindo verticalmente de quase todos os lados e, de repente, cortado no topo como um pedestal para colocar uma estátua.

O *Hispaniola* deslizava pelas ondas do oceano. As polias rangiam, o leme balançava de um lado para o outro e o navio inteiro estalava, gemia e vibrava como uma fábrica. Tive que me agarrar com força ao mastro e o mundo girou vertiginosamente diante dos meus olhos, pois embora eu fosse um bom marinheiro quando havia mau tempo, ficar parado e ser rolado como uma garrafa era algo que nunca aprendi a suportar sem náuseas, sobretudo, de manhã, com o estômago vazio.

Talvez fosse isso, talvez fosse pelo ar da ilha, com seus bosques cinzentos e melancólicos e torres de pedra selvagem, e as ondas que podíamos ver e ouvir espumando e trovejando na praia íngreme. E, embora o sol brilhasse forte e quente, e os pássaros da costa pescassem e gritassem ao nosso redor, seria fácil deduzir que alguém ficaria feliz em chegar a terra depois de passar tanto tempo no mar, mas meu coração foi parar na boca. E, desde a primeira visão dela, passei a odiar até mesmo a simples lembrança da Ilha do Tesouro.

Tínhamos uma manhã dura de trabalho pela frente, pois não havia sinal de vento, e os barcos tiveram que ser retirados e tripulados, e o navio rebocado por três ou quatro milhas ao redor do pontal da ilha e subir o canal estreito para o ancoradouro atrás da Ilha do Esqueleto. Eu me ofereci para um dos barcos, onde eu não tinha, é claro, nenhuma experiência. O calor era sufocante, e os homens resmungavam ferozmente por causa do trabalho. Anderson estava no comando do meu barco e, em vez de manter a tripulação em ordem, era quem mais praguejava.

– Bem – disse ele com um palavrão – não é para sempre.

Achei que era um péssimo sinal, pois até aquele dia os homens cuidavam de seus afazeres de maneira rápida e bom ânimo, mas a simples visão da ilha havia relaxado as rédeas da disciplina.

Por todo o caminho, Long John ficou ao lado do timoneiro manobrando o navio. Ele conhecia a passagem como a palma de sua mão e, embora o encarregado da sonda mostrasse águas mais fundas do que no mapa, John não hesitou uma única vez.

– Há uma forte correnteza com a vazante – disse ele – e esta passagem aqui foi feita com uma pá, por assim dizer.

Seguimos exatamente até onde a âncora estava no mapa, cerca de um terço de uma milha de cada costa, o continente de um lado e a Ilha do Esqueleto do outro. O fundo era de areia limpa. O mergulho de nossa âncora espantou nuvens de pássaros que saíram voando e gritando sobre a floresta, mas em menos de um minuto, já estavam no chão novamente e tudo estava mais uma vez em silêncio.

O local era protegido na floresta, totalmente sem litoral, com as árvores descendo até a marca da maré alta, as margens quase totalmente planas e os topos dos morros se erguiam a distância em uma espécie de anfiteatro, um aqui, outro ali. Dois pequenos rios, ou melhor, dois pântanos, desaguavam nesta lagoa, como preferir chamá-la, e a folhagem ao redor daquela parte da costa tinha uma espécie de brilho doentio. Do navio, não podíamos ver nada da construção ou paliçada[37], pois estariam totalmente encobertas pela mata, e se não fosse pelo mapa que tínhamos na cabine, poderíamos achar que éramos os primeiros a ancorar ali desde que a ilha surgiu dos mares.

Não havia um sopro de ar se movendo, nem um som, exceto o das ondas quebrando a oitocentos metros de distância ao longo das praias e contra as rochas lá fora. Um cheiro peculiar de estagnação pairava sobre o ancoradouro – um cheiro de folhas encharcadas e troncos de árvore podres. Observei o doutor cheirando e fungando, como quem prova um ovo estragado.

– Não sei quanto ao tesouro – disse ele –, mas vou apostar minha peruca que há febre aqui.

Se a conduta dos homens havia sido alarmante no barco, tornou-se realmente ameaçadora quando subiram a bordo. Eles ficaram estendidos pelo convés resmungando juntos, conversando em grupos. A menor ordem era recebida com contrariedade e obedecida de má vontade e descuido. Até mesmo os mais honestos devem ter contraído aquela infecção, pois não havia um homem a bordo que corrigisse o outro. Estava claro que o motim pairava sobre nós como uma nuvem de trovão.

---

37. Cerca constituída por estacas pontiagudas, fincadas em terra, servindo de barreira defensiva.

E não fomos apenas nós, do grupo da cabine, que percebemos o perigo. Long John estava trabalhando duro, indo de grupo em grupo, dedicando-se a bons conselhos, nenhum homem poderia ter demonstrado algo melhor. Ele superou a si mesmo em boa vontade e civilidade, ele era todo sorrisos para todos. Se uma ordem fosse dada, John estaria pronto com sua muleta em um instante, com o mais alegre "Sim, sim, senhor!" e, quando não havia mais nada a fazer, ele cantava uma música após a outra, tentando alegrar e espantar o descontentamento dos demais.

De todos os detalhes sombrios daquela tarde, a óbvia ansiedade de Long John parecia o mais ameaçador.

Fizemos uma reunião na cabine.

– Senhor – disse o capitão –, se eu arriscar a dar outra ordem, todo o navio vai cair em cima de nós. Veja, senhor, assim está a situação. Recebo uma resposta áspera, não é? Bem, se eu responder de volta, me cortarão com duas facadas, se eu me calar, Silver vai achar que estou escondendo algo e o jogo recomeça. Agora, temos apenas um homem em quem confiar.

– E quem seria este? – perguntou o fidalgo.

– Silver, senhor – respondeu o capitão. – Ele está tão ansioso quanto o senhor e eu para resolver as coisas. A crise é passageira e ele será capaz de dissuadi-los se tiver a oportunidade, e o que eu proponho é dar a ele a chance de tentar. Vamos permitir aos homens uma tarde em terra. Se todos eles forem, poderemos defender o navio. Se nenhum deles for, bem, então, nós manteremos a cabine, e seja o que Deus quiser. Se alguns forem, você pode memorizar minhas palavras, senhor, Silver os trará a bordo novamente, tão dóceis quanto cordeiros.

Estava tudo decidido. Pistolas carregadas foram distribuídas a todos os homens de confiança. Hunter, Joyce e Redruth receberam a notícia com menos surpresa e melhor ânimo do que esperávamos, e então o capitão subiu ao convés e se dirigiu à tripulação.

– Meus rapazes – disse ele –, tivemos um dia quente e estafante e estamos todos cansados e indispostos. Uma volta em terra não fará mal a ninguém. Os barcos ainda estão na água, podem pegar os arpões e, quantos quiserem, podem ir a terra durante a tarde. Vou disparar um tiro de canhão meia hora antes do pôr do sol.

Acredito que os idiotas devem ter pensado que tropeçariam no tesouro assim que pousassem, pois todos eles deixaram o mau humor de lado e, em um instante, deram gritos de vivas que ecoaram em um morro distante e levantou a passarinhada em volta do ancoradouro.

O capitão era astuto demais para ficar ali parado. Ele sumiu de vista em um momento, deixando o Silver para organizar a tripulação, e acho que foi bom o que ele fez. Se estivesse no convés, não conseguiria mais fingir que não entendia a situação. Estava claro como água. Silver era quem comandava, e ele tinha uma tripulação completamente rebelde. Os marujos honestos, e eu, logo teríamos a prova de que existiam alguns a bordo, deviam ser uns caras muito estúpidos. Ou melhor, suponho que a verdade seja esta: que todos os marujos ficaram insatisfeitos com o exemplo dos líderes, alguns mais, outros menos. E, alguns, sendo bons camaradas no geral, não podiam ser recrutados e nem conduzidos para mais longe. Uma coisa é ficar ocioso e se esconder e outra totalmente diferente é pegar um navio e matar vários homens inocentes.

Por fim, porém, o grupo foi formado. Seis companheiros deveriam permanecer a bordo e os treze restantes, incluindo Silver, começaram a desembarcar.

Foi então que me veio à cabeça a primeira das noções malucas que tanto contribuíram para salvar nossas vidas. Se Silver deixasse seis homens, ficaria claro que nosso grupo não poderia tomar e defender o navio e, como restavam apenas seis, estava igualmente claro que o grupo das cabines não precisava da minha ajuda. Imediatamente me ocorreu a ideia de desembarcar. Em um instante, escorreguei para o lado e me enrolei na amura[38] do barco mais próximo, e quase no mesmo momento em que ele se afastou.

Ninguém reparou em mim, apenas o remador de proa dizendo.

– É você, Jim? Mantenha sua cabeça abaixada.

Mas, Silver, do outro barco, olhou atentamente e gritou para saber se era eu e, a partir daquele momento, comecei a me arrepender do que havia feito.

---

38. Direção a 45° da proa da embarcação, para boreste (estibordo) ou bombordo.

A tripulação remou em direção à praia, mas o barco em que eu estava, tendo alguma vantagem e sendo ao mesmo tempo o mais leve e mais bem guarnecido, disparou muito à frente dos demais, e a proa bateu entre as árvores da costa. Eu peguei um galho, lancei-me para fora do barco e mergulhei no matagal mais próximo enquanto Silver e o resto ainda estavam cem metros atrás.

– Jim, Jim! – eu o ouvi gritar.

Mas você pode supor que não dei atenção. Pulando, esquivando-me e abrindo caminho, corri em linha reta até não conseguir mais.

O Primeiro Golpe

Fiquei tão satisfeito por ter escapado ao Long John que comecei a me divertir e a olhar em volta com algum interesse na terra estranha onde me encontrava.

Eu havia cruzado uma área pantanosa cheia de salgueiros, juncos e árvores estranhas e pantanosas e havia chegado a uma clareira de terreno ondulado e arenoso, com cerca de um quilômetro de comprimento, semeada com alguns pinheiros e um grande número de árvores retorcidas, não muito diferentes do carvalho em crescimento, mas de folhagem clara como a dos salgueiros. Na outra extremidade da clareira, ficava um dos morros, com dois picos pitorescos e escarpados brilhando intensamente ao sol.

Eu agora senti pela primeira vez a alegria da exploração. A ilha estava desabitada, meus companheiros eu deixara para trás, e nada vivia na minha frente a não ser aves e outros bichos mansos. Vagueei por entre as árvores. Aqui e ali havia plantas com flores, desconhecidas para mim. Aqui e ali, vi cobras, e uma delas ergueu a cabeça de uma saliência de rocha (ti-14) e sibilou para mim com um ruído semelhante ao de um pião girando. Mal imaginei que ela fosse um inimigo mortal e o barulho fosse o famoso chocalho.

Então cheguei a um extenso bosque dessas árvores parecidas com carvalhos, azinheiras que, mais tarde, descobri que deveriam ser chamados, que cresciam ao longo da areia como amoreiras, os ramos curiosamente retorcidos, a folhagem compacta, como palha. O bosque se estendia do topo de uma das colinas arenosas, espalhando-se e crescendo à medida que avançava, até chegar à margem do amplo pântano juncado, através do qual o mais próximo dos riachos embebia no ancoradouro. O pântano escaldava sob o sol forte, e o contorno do Morro da Luneta tremia através da névoa.

De repente, começou uma espécie de alvoroço entre os juncos, um pato selvagem voou com um grasnado, outro o seguiu, e logo, sobre toda a superfície do pântano, uma grande nuvem de pássaros pairou gritando e circulando no ar. Julguei imediatamente que alguns dos meus companheiros deviam estar se aproximando ao longo das margens do pântano. Não me enganei, pois logo ouvi os tons muito distantes e baixos de uma voz humana, que, à medida que eu continuava a dar ouvidos, ficava cada vez mais alta e próxima.

Isso me deixou com muito medo, e rastejei sob a cobertura do carvalho vivo mais próximo e me agachei ali, ouvindo, silencioso como um rato.

Outra voz respondeu, e então a primeira voz, que agora reconheci ser a de Silver, mais uma vez retomou a história e continuou por um longo tempo sem parar, apenas de vez em quando interrompida pela do outro. Pelo som, eles deviam ter discutido com quase violência, mas não consegui entender palavra alguma.

Por fim, pareceram ter feito uma pausa e talvez se sentado, pois não apenas pararam de se aproximar, mas os próprios pássaros começaram a ficar mais quietos e pousar novamente em seus lugares no pântano.

E agora comecei a sentir que estava negligenciando minhas obrigações, já que tinha feito a loucura de desembarcar com esses bandidos desesperados, o mínimo que podia fazer era ouvir suas conversas, e claramente o meu dever era de chegar o mais perto que pudesse, encoberto pelas árvores baixas.

Eu poderia dizer a direção das vozes com bastante exatidão, não apenas pelo seu som, mas pelo comportamento dos poucos pássaros que ainda pairavam alarmados sobre as cabeças dos intrusos.

Rastejando de quatro, avancei firme, mas lentamente, em direção a eles, até que, finalmente, erguendo minha cabeça para uma abertura entre as folhas, pude ver claramente um pequeno vale verde ao lado do pântano e, perto das árvores, onde Long John Silver e outro membro da tripulação conversaram em pé.

O sol batia forte sobre eles. Silver tinha jogado o chapéu ao lado dele no chão, e seu rosto grande, liso e loiro, todo brilhando com calor, estava fixo no do outro homem em uma espécie de apelo.

– Cara – ele estava dizendo –, é porque eu penso que você é ouro em pó, ouro fino, pode apostar nisso! Se eu não tivesse confiado, acha que eu estaria aqui avisando você? Tudo está pronto, não pode fazer nem mudar nada. É para salvar o seu pescoço que estou falando, e se um dos malditos soubesse, onde eu estaria, Tom, agora, diga-me, onde eu estaria?

– Silver – disse o outro homem – e eu observei que ele não estava apenas com o rosto vermelho, mas falava rouco como um corvo e sua voz tremia também, como uma corda esticada – Silver – disse ele – você é velho e honesto, ou tem fama de ser. Você também tem dinheiro, o que muitos marinheiros pobres não têm, e é corajoso, ou estou muito enganado. E você vai me dizer que vai se deixar levar por escória? Você não! Tão certo quanto Deus me vê, eu preferiria perder minha mão do que faltar com o meu dever.

E então, de repente, ele foi interrompido por um barulho. Eu tinha encontrado um dos marujos honestos e, naquele mesmo instante, outro apareceu. Ao longe, no pântano surgiu, de repente, um som como o de um grito de raiva, depois outro atrás dele; e então um berro horrível que se prolongou e ecoou várias vezes nas pedras do Morro da Luneta; todas as aves do pântano se ergueram novamente num rodopio que escureceu o céu, com um zumbido simultâneo; e muito depois daquele grito de morte ainda ressoar na minha cabeça, o silêncio restabeleceu seu império, e apenas o farfalhar dos pássaros redescendentes e o estrondo das ondas distantes perturbaram a quietude da tarde.

Tom saltou como um cavalo esporado ao ouvir aquele som, mas Silver não piscou um olho. Ele ficou parado onde estava, descansando à vontade sobre sua muleta, observando seu companheiro como uma cobra prestes a saltar.

— John! — disse o marujo, estendendo a mão.

— Tire as mãos! — gritou Silver, saltando para trás, que aos meus olhos pareceu, com a velocidade e a segurança de um atleta.

— Como queira, John Silver — disse o outro. — É uma consciência pesada que faz você temer a mim. Mas, por Deus, diga-me, o que foi aquilo?

— Aquilo? — devolveu Silver, sorrindo, mas mais cauteloso do que nunca, com os olhos feito pontas de aguda, mas brilhantes como vidro.

— Aquilo? Oh, acho que deve ter sido o Alan.

E neste ponto Tom brilhou como um herói.

— Oh, Alan! — ele gritou. — Que sua alma de marujo encontre a paz! E quanto a você, John Silver, que há muito foi meu parceiro, agora não é mais. Se eu morrer como um cachorro, vou morrer cumprindo meu dever. Você matou Alan, não foi? Mate-me também, se puder. Mas eu o desafio.

Dito isso, o bravo marinheiro deu as costas para o cozinheiro e saiu caminhando para a praia. Mas ele não estava destinado a ir longe. Com um rugido, John se agarrou ao tronco de uma árvore, arrancou a muleta da axila e a lançou como um dardo pelo ar. A ponta atingiu o pobre Tom, com espantosa violência, bem entre os ombros, no meio das costas. Ergueu os braços, deu uma espécie de suspiro e caiu.

Se ele se machucou muito ou pouco, ninguém poderia dizer, mas a julgar pelo som, sua coluna fora quebrada no local. Contudo, ele não teve tempo para se recuperar. Silver, ágil como um macaco mesmo sem perna ou muleta, saltou em cima dele no momento seguinte e, por duas vezes, enterrou a faca até o cabo naquele corpo indefeso. Do lugar onde eu estava escondido, eu podia ouvi-lo arfar em voz alta enquanto desferia os golpes.

Não sei bem o que é desmaiar, mas sei que nos próximos instantes o mundo inteiro se afastou de mim em uma névoa rodopiante. Vi Silver e os pássaros, e o alto do Morro da Luneta, girando e girando e, de pernas para o ar, ouvi todo tipo de sinos tocando e vozes distantes gritando em meus ouvidos.

Quando voltei a mim, o monstro havia se recomposto, a muleta debaixo do braço e o chapéu na cabeça. A seus pés, Tom estava imóvel no gramado, mas o assassino não se importou nem um pouco com ele, enquanto limpava sua faca manchada de sangue em um punhado de grama. Todo o resto estava inalterado, o sol ainda brilhava impiedosamente no pântano fumegante e, no alto do morro, e eu mal conseguia acreditar que um assassinato ocorrera e uma vida humana fora cruelmente interrompida por um momento, diante dos meus olhos.

Em seguida, John tirou um apito do bolso, e nele soprou várias notas moduladas que ecoaram no ar aquecido. Eu não poderia dizer, é claro, o significado do sinal, mas ele imediatamente despertou meus temores. Mais homens viriam. Posso ser descoberto. Eles já haviam matado duas pessoas honestas, depois de Tom e Alan, não poderia eu ser o próximo?

Instantaneamente, comecei a sair do meu esconderijo e a rastejar de volta, com a velocidade e o silêncio que pude para a parte mais aberta da mata. Ao fazer isso, pude ouvir gritos trocados entre o velho bucaneiro e seus camaradas, e esse som de perigo me deu asas. Assim que saí do matagal, corri como nunca correra antes, mal me importando com a direção de minha fuga, desde que ela me afastasse dos assassinos e, enquanto eu corria, o medo cresceu cada vez mais em mim até que se tornou uma espécie de frenesi.

Na verdade, alguém poderia estar mais perdido do que eu? Quando a arma disparou, como me atreveria a descer para os barcos com aqueles demônios, ainda fumegantes dos crimes praticados? O primeiro que me visse não seria capaz torcer meu pescoço como o de uma galinha? Não seria minha ausência uma evidência para eles de meu alarme e, portanto, de meu conhecimento fatal acontecido? Convenci-me de que estava tudo acabado, pensei. Adeus ao *Hispaniola*, adeus ao fidalgo, ao doutor e ao capitão! Não sobrou nada para mim a não ser a morte por inanição ou a morte pelas mãos dos amotinados.

Todo esse tempo, como já disse, ainda estava correndo, e sem perceber, eu me aproximei do sopé do pequeno morro com os dois picos, em uma parte da ilha onde os carvalhos cresceram mais amplamente separados e pareciam mais com árvores da floresta em seu porte e tamanho. Misturados a eles, havia alguns pinheiros dispersos, uns com cinquenta, outros com mais de vinte e dois metros de altura. Também sentia que o ar era mais fresco do que ao lado do pântano.

E foi ali que um novo alarme me fez paralisar com o coração batendo forte.

O Homem da Ilha

Da encosta, que era íngreme e pedregosa, uma porção de cascalho caiu chocalhando e saltando por entre as árvores. Olhei instintivamente naquela direção e vi um vulto saltar com grande rapidez para atrás do tronco de um pinheiro. Não pude ver o que era, se urso, homem ou macaco, eu não saberia dizer. Parecia escuro e peludo, mas eu não sabia. O terror dessa nova aparição me fez parar.

Ao que parecia, eu estava agora isolado de ambos os lados. Atrás de mim, os assassinos, diante de mim, aquela coisa à espreita. Imediatamente comecei a preferir os perigos que conhecia àqueles que eram desconhecidos. O próprio Silver parecia menos medonho comparado a essa criatura da floresta, e eu me virei e, olhando bruscamente para trás, por cima do ombro, comecei a refazer meus passos na direção dos barcos.

Instantaneamente, a figura reapareceu e, fazendo uma grande volta, começou a me desviar. Eu estava cansado, mas mesmo se eu estivesse tão revigorado como quando me levantei, poderia ver que seria inútil competir com a velocidade daquele adversário. De árvore em árvore, a criatura deslizava como um cervo, correndo como um homem com duas pernas, mas diferentemente de qualquer homem que eu já tinha visto, curvando-se quase ao meio enquanto corria. Aquilo se tratava de um homem, eu não tinha mais dúvidas sobre isso.

Lembrei-me do que tinha ouvido sobre canibais. Eu estava a ponto de pedir ajuda. Mas, o simples fato de ele ser um homem, por mais selvagem que fosse, tranquilizou-me um pouco, e o medo que sentia pelo Silver começou a renascer na mesma proporção. Fiquei imóvel e a lembrança de minha pistola passou pela minha mente e, enquanto pensava, procurei alguma maneira de fugir. Ciente de não estar indefeso, a coragem voltou ao meu coração e eu virei decidido para este homem da ilha e caminhei com passos firmes em sua direção.

Ele estava me observando escondido atrás de outro tronco de árvore e reapareceu tão logo comecei a me mover em sua direção. Deu um passo para me encontrar e então hesitou, recuou, avançou novamente e, por fim, para minha surpresa e confusão, se ajoelhou e estendeu as mãos entrelaçadas em súplica. (ti-15)

Com isso eu parei mais uma vez.

– Quem é você? – perguntei.

– Ben Gunn – ele respondeu, sua voz soou rouca e estranha, como uma fechadura enferrujada. – Eu sou o pobre Benjamim Gunn, sou sim. Faz três anos que não falo com nenhum cristão.

Eu podia ver agora que ele era um homem branco como eu e que suas feições eram até agradáveis. Sua pele, onde quer que estivesse exposta, era queimada pelo sol. Até seus lábios eram negros e seus olhos claros se destacavam em um rosto tão escuro. De todos os pobres que eu tinha visto ou imaginado, ele era o rei dos maltrapilhos. Ele estava vestido com farrapos de lona e velas de navio velho, e esta colcha de retalhos extraordinária era toda mantida unida por um sistema dos mais diversos botões de latão, pedaços de pau e de borracha de alcatrão. Na cintura, usava um velho cinto de couro com fivela de latão, que era a única coisa sólida em todo o seu vestuário.

– Três anos! – exclamei. – Você naufragou?

– Não, moço – disse ele. – Fui abandonado.

Eu tinha ouvido falar daquilo e sabia que se tratava de um cruel castigo muito comum entre os bucaneiros, em que o réu é abandonado em uma ilha deserta e distante, apenas com um pouco de pólvora.

– Fui largado há três anos – continuou ele–, e, desde então, vivo de cabras, frutas vermelhas e ostras. Onde quer que um homem esteja, ele pode sobreviver sozinho, eu que o diga. Mas, moço, meu coração está doente por uma comida cristã. Por acaso você não tem um pedaço de queijo com você, agora? Não? Bem, nem imagina quantas foram as noites em que sonhei com queijo torrado, principalmente e, ao acordar, aqui estava eu.

– Se eu conseguir embarcar de novo no navio – disse – você terá muito queijo.

Enquanto conversávamos, ele ia apalpando o tecido do meu casaco, tateava minhas mãos, olhando minhas botas e, geralmente, nos intervalos de sua fala, demonstrando um prazer infantil na presença de um semelhante. Mas, com minhas últimas palavras, ele reagiu em uma espécie de desconfiança assustada.

– Se você conseguir embarcar de novo, é? – ele repetiu. – Ora, quem vai impedi-lo?

– Não você, certamente – foi a minha resposta.

– E nisso você está certo – gritou ele. – Agora, como você se chama moço?

– Jim – respondi a ele.

– Jim, Jim – disse ele, aparentemente bastante satisfeito. – Bem, agora, Jim, eu levei uma vida tão dura que você teria vergonha de ouvir. Agora, por exemplo, ao olhar para mim, você não pensaria que eu tive uma mãe piedosa? – ele perguntou.

– Ora, não, não em particular – respondi.

– Pois é – disse ele –, mas eu tinha e era mesmo uma santa. E eu era um menino educado e devoto, e podia recitar meu catecismo tão rápido que você não conseguiria distinguir uma palavra da outra. E aqui está o que aconteceu, Jim, e começou com um jogo de moedas nas lápides do cemitério! Foi assim que começou, mas foi além disso, e assim minha mãe me avisou, e previu tudo, aquela santa! Mas foi a Providência que me colocou aqui. Eu pensei em tudo nesta ilha solitária e voltei a ser devoto. Você não me pega bebendo tanto rum, mas apenas um dedal para dar sorte, é claro, na primeira chance que tiver. Estou certo de que serei bom e sei o que devo fazer. E, Jim – olhando ao seu redor e baixando a voz para um sussurro – eu sou rico.

Eu agora tinha certeza de que o pobre sujeito tinha enlouquecido em sua solidão, e suponho que devo ter demostrado na expressão do meu rosto, pois ele repetiu a declaração com veemência: "Rico! Rico! Eu digo. E vou fazer de você um homem, Jim. Ah, Jim, você vai abençoar suas estrelas, você vai, porque você foi o primeiro que me encontrou!

E com isso veio de repente uma sombra baixando sobre seu rosto, e ele apertou ainda mais a minha mão e levantou o dedo indicador em riste ameaçadoramente diante de meus olhos.

– Agora, Jim, diga-me a verdade: aquele não é o navio do Flint? – ele perguntou.

Nisto tive uma inspiração feliz. Comecei a acreditar que havia encontrado um aliado e respondi imediatamente.

– Não é o navio do Flint, Flint está morto, mas direi a verdade, como você me pergunta: há alguns homens de Flint a bordo, a pior sorte para o resto de nós.

– Não seria um homem... com uma perna? – ele se engasgou.

– Silver? – perguntei.

– Ah, Silver! – disse ele. – Esse era o nome dele.

– Ele é o cozinheiro e o líder também.

Ele ainda estava me segurando pelo pulso, e ao ouvir isso, o torceu com força.

– Se você foi enviado por Long John – disse ele – já estou frito e sei disso. Mas para onde você pensa que estava indo?

Eu refleti por um momento e decidi contar-lhe toda a história de nossa viagem e a situação em que nos encontramos. Ele me ouviu com grande interesse e, quando terminei, deu um tapinha na minha cabeça.

– Você é um bom rapaz, Jim – disse ele. – E você está em apuros, não é? Bem, você acabou de depositar sua confiança em Ben Gunn... Ben Gunn é o homem certo para ajudá-lo. Você acharia provável que seu fidalgo fosse generoso em caso de ajuda, ele estando em apuros, como você disse?

Eu disse a ele que o fidalgo era o mais liberal dos homens.

– Sim, mas veja – respondeu Ben Gunn –, eu não quis dizer que me interessa trabalhar de porteiro, de usar um terno de libré. Essa não é minha ideia, Jim. O que quero saber é se ele é um homem, digamos, disposto a me arranjar umas mil libras em dinheiro sendo que na prática o dinheiro já seria meu de direito.

– Tenho certeza de que sim – respondi. – Foi combinado que todos receberiam a sua parte.

E uma passagem para casa – ele acrescentou com um olhar de grande astúcia.

– Ora – gritei – o fidalgo é um cavalheiro. E, além disso, se nos livrarmos dos outros, devemos querer que você ajude a levar o navio para casa.

– Ah – disse ele – que assim seja – e ele parecia muito aliviado. – Agora, eu vou dizer uma coisa – ele continuou. Irei lhe contar só isso, e nada mais. Eu estava no navio de Flint quando ele enterrou o tesouro, ele e mais seis... seis marinheiros fortes. Eles estavam em terra há quase uma semana, e nós ficamos aguardando no velho *Morsa*. Um belo dia, deram o sinal e lá veio o Flint sozinho em um pequeno barco, com a cabeça envolta em um lenço azul. O sol estava nascendo, e Flint estava mais branco que um morto. Mas lá estava ele, veja bem, e os outros seis todos mortos... mortos e enterrados. Como ele fez isso, nenhum homem a bordo poderia entender. Foi batalha, assassinato e morte súbita, pelo menos ele contra seis. Billy Bones era o imediato, Long John era o contramestre e perguntaram-lhe onde estava o tesouro. "Ah", disse ele, "podem ir a terra, se quiserem, e por lá ficarem, mas quanto ao navio, ele vai zarpar, pelo trovão" Foi o que ele disse.

– Bem, eu estava em outro navio há três anos, e avistamos esta ilha. "Rapazes", eu disse, "aqui está o tesouro de Flint. Vamos procurá-lo." O capitão ficou descontente com isso, mas meus companheiros de refeitório estavam todos de acordo e desembarcaram. Durante doze dias, eles procuraram pelo tesouro, e, a cada dia mais, eles me insultavam, até que, em uma bela manhã, todos os homens foram a bordo. "Quanto a você, Benjamin Gunn, aqui está um mosquete, uma pá e uma picareta. Você pode ficar aqui sozinho e encontrar o dinheiro de Flint", disseram eles. Bem, Jim, estou aqui há três anos, e não comi nem um pouco de comida cristã daquele dia até hoje. Mas agora olhe para mim. Pareço um marujo qualquer? Não, dirá você. Não sou mesmo, digo eu.

E com isso ele piscou e me beliscou com força.

– Basta você mencionar essas palavras para seu fidalgo, Jim – ele continuou. – Isso é o que deve dizer: por três anos, ele foi o homem desta ilha, dia e noite, com sol ou chuva e, às vezes, talvez pensasse em uma oração (dirá você), e, às vezes, ele talvez pensasse em sua mãe, se ela estava viva (você dirá), mas a maior parte do tempo de Gunn (isso é o que você dirá), a maior parte do tempo, ele andava ocupado com outro assunto. E então você vai dar-lhe um beliscão, como eu faço.

E ele me beliscou novamente de modo mais confidencial.

– Então – ele continuou –, você se levantará e dirá o seguinte: Gunn é um bom homem (você dirá), e deseja confiar novamente. Não se esqueça que mais vale um verdadeiro cavalheiro de berço do que aqueles cavalheiros de fortuna, com os quais se juntou.

– Bem – eu disse – não entendo uma palavra do que disse. Mas isso não vem ao caso, o que importa agora é saber como vou embarcar.

– Ah – disse ele – esse é o problema, com certeza. Bem, aí está o meu barco, que fiz com as minhas próprias mãos. Eu o mantenho sob a pedra branca. Se o pior acontecer, podemos tentar isso depois de escurecer. Uôl! – ele explodiu. O que é isso?

Neste instante, embora ainda tivesse uma ou duas horas para o pôr do sol, todos os ecos da ilha acordaram e rugiram com o estrondo de um canhão.

– Eles começaram a luta! – gritei. – Siga-me!

E comecei a correr em direção ao ancoradouro, com meus terrores todos esquecidos, enquanto ao meu lado o homem abandonado, vestido em farrapos, trotava com facilidade e leveza.

— Esquerda, esquerda – diz ele. Siga pela esquerda, camarada Jim! Fique debaixo das árvores! Foi ali que matei minha primeira cabra. Elas não vêm aqui agora, pois têm medo de Benjamin Gunn. Ah! E aí está o *cetimério* – o que ele queria dizer era cemitério.

— Você vê os montes? Eu vim aqui rezar de vez em quando nas vezes em que pensava que talvez fosse domingo. Não era nenhuma igreja, mas parecia mais solene e então, você dirá, Ben Gunn andava mal das pernas... sem capelão, nem mesmo uma Bíblia ou uma bandeira.

Ele continuou falando enquanto eu corria, sem esperar nem receber resposta.

O tiro de canhão foi seguido após um intervalo considerável por uma salva de armas pequenas.

Outra pausa, e então, a menos de quatrocentos metros à minha frente, vi a bandeira do Reino Unido tremular no ar acima de um bosque.

Parte 4

A Paliçada

Narrativa Continuada Pelo Médico: Como o Navio Foi Abandonado

Era cerca de uma e meia, três badaladas na gíria do mar, quando os dois escaleres[39] saíram do *Hispaniola* para desembarcar em terra. O capitão, o fidalgo e eu estávamos conversando na cabine. Se houvesse um sopro de vento, teríamos caído sobre os seis amotinados que ficaram conosco a bordo, soltado os cabos e partido para o mar. Mas o vento estava escasso e para completar nosso desamparo, Hunter veio com a notícia de que Jim Hawkins havia entrado em um barco e desembarcado com os outros.

Nunca nos ocorreu duvidar de Jim Hawkins, mas ficamos

---

39. Pequena embarcação, de popa larga e proa fina, movida a remo, a vela ou a motor, usada para prestar pequenos serviços de transporte, reconhecimento, etc.

alarmados por sua segurança. Com os homens mal-humorados como estavam, seria muita sorte se voltássemos a ver o rapaz. Corremos para o convés. O alcatrão estava borbulhando nas costuras, e o fedor desagradável do lugar me deixou com náuseas. Se alguma vez um homem sentiu o cheiro da febre e da disenteria, foi naquele lugar abominável. Os seis canalhas estavam sentados, resmungando sob uma vela no castelo de proa. Em terra, podíamos ver os barcos amarrados e havia um homem sentado em cada um, perto de onde o rio passava. Um deles estava assoviando "Lillibullero[40]".

Esperar era um tormento e foi decidido que Hunter e eu deveríamos desembarcar em busca de informações.

Os escalares tinham se inclinado para a direita, mas Hunter e eu entramos direto na direção da paliçada indicada no mapa. Os dois que ficaram guardando seus barcos pareceram muito agitados com a nossa aparição.

Quando o "Lillibullero" parou, eu pude ver a dupla discutindo o que eles deveriam fazer. Se eles tivessem contado a Silver, tudo poderia ter acabado de forma diferente, mas eles tinham suas ordens, suponho, e decidiram sentar-se em silêncio onde estavam e voltar novamente a assoviar "Lillibullero".

Havia uma ligeira curva na costa e manobrei para deixá-la entre nós, mas perdemos os barcos de vista mesmo antes de tocarmos a terra. Eu saltei e me pus a andar o mais rápido

---

40. Composta por Henry Purcell, esta música fora tocada por apoiadores de Guilherme de Orange durante a Revolução Gloriosa de 1688, assim que o rei Jaime II da Inglaterra foi deposto.

que consegui, com um grande lenço de seda sob o meu chapéu para me sentir mais fresco e um par de pistolas prontas para a segurança.

Eu não tinha andado cem metros quando cheguei à paliçada.

Ela era assim: uma nascente de água límpida subia quase no topo de uma colina. Então, sobre a colina, e cercando a nascente, eles construíram uma robusta casa de troncos adequada para abrigar uns quarenta homens e com abertura para mosquetes em ambos os lados. Em toda a volta, eles haviam aberto uma clareira, que fora circundada por uma paliçada de quase dois metros de altura, sem porta ou abertura, forte demais para ser derrubada com pouco tempo e trabalho e aberta demais para abrigar os sitiantes. As pessoas na casa de toras sempre levariam a melhor. Eles ficavam quietos, bem abrigados, e atiravam nos outros como em perdizes. Tudo o que queriam era um bom refúgio e comida, pois, se não houvesse uma surpresa, eles poderiam resistir a um regimento.

O que mais me atraiu foi a nascente. Pois, embora tivéssemos um bom lugar na cabine do *Hispaniola*, com muitas armas e munições, muitas coisas para comer e vinhos excelentes, uma coisa havia sido esquecida: não tínhamos água. Estava pensando nisso quando ressoou pela ilha o grito de um homem à beira da morte. Eu não era novato em mortes violentas, servi à sua Alteza Real, o Duque de Cumberland, e também fui ferido em Fontenoy, mas sei que minha pulsação disparou. "Jim Hawkins se foi", foi meu primeiro pensamento.

Uma coisa é ter sido um soldado, outra é ser doutor. Não

há tempo para atrasos em nosso trabalho. E então me decidi imediatamente e, sem perder tempo, voltei para a costa e saltei para o barco.

Por sorte, Hunter sabia remar bem. Fizemos a água voar, e logo o barco acostou e pulei para bordo da escuna.

Encontrei-os todos abalados, como era natural. O fidalgo estava sentado, branco como um lençol, pensando no mal que nos havia causado, pobre alma! E um dos seis homens da proa estava um pouco melhor.

– Ali está um homem – diz o capitão Smollett, acenando com a cabeça em sua direção – novo neste trabalho. Quase desmaiou, doutor, quando ouviu o grito. Outro toque no leme e aquele homem se juntaria a nós.

Contei meu plano ao capitão e, entre nós, acertamos os detalhes de sua realização.

Colocamos o velho Redruth no corredor entre a cabine e o castelo de proa, com três ou quatro mosquetes carregados e um colchão de proteção. Hunter fez a volta com o barco sob a popa, e Joyce e eu começamos a trabalhar carregando-o com latas de pólvora, mosquetes, sacos de biscoitos, barris de porco, um barril de conhaque e minha valiosa caixa de remédios.

Nesse ínterim, o fidalgo e o capitão permaneceram no convés, e este último chamou o timoneiro, que era o principal homem a bordo.

– Sr. Hands – disse ele –, aqui estamos dois de nós com duas pistolas cada. Se qualquer um dos seis fizer um gesto suspeito, será um homem morto.

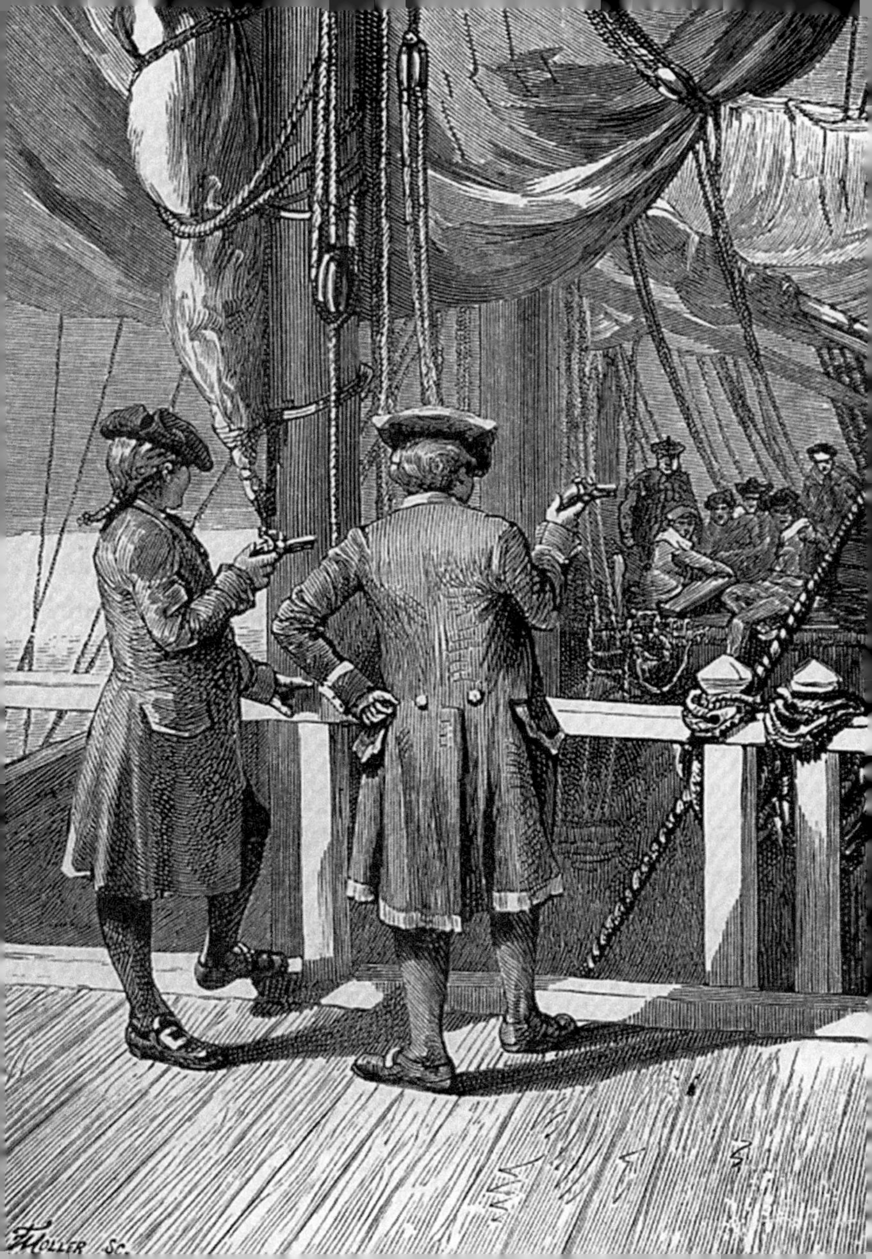
FMOLLER SC.

Eles ficaram bastante surpresos e, após uma pequena reunião, desceram pela escotilha de proa, sem dúvida, pensando em nos pegar pelas costas. Mas, quando viram Redruth esperando por eles no corredor, deram a volta no navio imediatamente e uma cabeça apareceu novamente no convés.

– Para baixo, cão! – gritou o capitão.

E a cabeça desapareceu de novo e não ouvimos mais falar, por enquanto, desses seis marujos covardes.

A essa altura, amontoando tudo às pressas à medida que chegavam, carregamos o barco tanto quanto ousávamos. Joyce e eu saímos pela janela da popa e voltamos para a costa o mais rápido que os remos podiam nos levar.

Essa segunda viagem despertou a atenção dos guardas ao longo da costa. O "Lillibullero" foi interrompido novamente e, pouco antes de os perdermos de vista ao virar o pontal, um deles saltou para a praia e desapareceu. Eu estava quase decidido a mudar meu plano e destruir seus barcos, mas temia que Silver e os outros pudessem estar por perto, e tudo poderia muito bem ser perdido por arriscar demais.

Desembarcamos no mesmo lugar de antes e começamos o abastecimento da casa de troncos. Nós três fizemos a primeira viagem, carregados de carga, e jogamos nossas provisões sobre a paliçada. Então, deixando Joyce para protegê-los, um homem, de fato, mas com meia dúzia de mosquetes, Hunter e eu voltamos para o barco e nos carregamos mais uma vez. Assim, prosseguimos sem parar para respirar, até que toda a carga foi entregue, quando os dois homens assumiram suas posições na casa de troncos, e eu, com todas as minhas forças, remei de volta ao *Hispaniola*.

Arriscar uma segunda carga de barco pareceu mais ousado do que realmente foi. Eles tinham a vantagem de número, é claro, mas nós tínhamos a vantagem das armas. Nenhum dos homens em terra tinha um mosquete e, antes que pudessem ficar ao alcance do tiro de pistola, nos gabamos de poder dar conta de pelo menos meia dúzia.

O fidalgo estava esperando por mim na janela da popa, com toda a energia recuperada. Ele prendeu a amarra e a puxou rápido, e começamos a carregar o barco para salvar nossas vidas. Carne de porco, pólvora e biscoito eram a carga, com apenas um mosquete e um sabre para o fidalgo, eu, Redruth e o capitão. O resto das armas e da pólvora jogamos no mar em duas braças e meia de água, de modo que pudéssemos ver o aço brilhando bem abaixo de nós ao sol, no fundo de areia limpa.

A essa altura, a maré estava começando a baixar, e o navio estava balançando para ancorar. Vozes foram ouvidas falando baixinho na direção dos dois escaleres e, embora isso nos tranquilizasse quanto a Joyce e Hunter, que estavam bem a leste, alertou nosso grupo para partir.

Redruth retirou-se de seu posto no corredor e lançou-se no barco, que então levamos para a amurada[41] do navio, para ser mais prático para o capitão Smollett.

---

41. Parte do costado do navio que fica acima do convés.

– Agora, homens – disse ele – estão me ouvindo?

Não houve resposta do castelo de proa.

– É com você, Abraham Gray... é com você que estou falando.

Ainda sem resposta.

– Grey – retomou o Sr. Smollett, um pouco mais alto –, estou deixando este navio e ordeno que siga seu capitão. Eu sei que você no fundo é um homem bom, e ouso dizer que nenhum de vocês é tão ruim quanto parece. Eu tenho meu relógio aqui na minha mão. Dou-lhe trinta segundos para se juntar a mim.

Houve uma pausa.

– Venha, meu bom camarada – continuou o capitão. – Não perca tempo. Estou arriscando minha vida e a vida desses bons cavalheiros a cada segundo.

Houve uma briga repentina, um som de pancadas, e Abraham Gray apareceu com um corte de faca na lateral da bochecha, e veio correndo para o capitão como um cão que foi chamado pelo dono.

– Estou com o senhor, capitão – disse ele.

E, no momento seguinte, ele e o capitão pularam no bote conosco, e nos afastamos rapidamente. Estávamos fora do navio, mas ainda não tínhamos desembarcado em nossa paliçada.

Narrativa Continuada Pelo Médico:
A Última Viagem Do Bote

Aquela quinta viagem foi muito diferente das outras. Em primeiro lugar, aquele potinho disfarçado de bote em que nos encontrávamos estava perigosamente sobrecarregado. Cinco homens adultos, e três deles, Trelawney, Redruth e o capitão, com mais de um metro e oitenta de altura, já eram mais do que a capacidade do bote. Acrescente a isso pólvora, carne de porco e sacos de biscoitos. A água já estava batendo na borda. Várias vezes, tiramos um pouco, e meus calções e as pontas de meu casaco ficaram todos molhados antes que tivéssemos percorrido cem metros. O capitão nos mandou equilibrar o bote, e redistribuímos o peso de modo mais uniforme. Mesmo assim, tínhamos medo até mesmo de respirar.

Em segundo lugar, a vazante estava começando a puxar, uma forte correnteza ondulante repuxava para o oeste através da bacia, e depois para o sul e para o mar, descendo os estreitos pelos quais entramos pela manhã. Até mesmo as ondulações eram um perigo para nossa embarcação sobrecarregada, mas o pior de tudo era que fomos arrastados de nosso curso normal e para longe de nosso local de desembarque adequado. Se deixássemos a correnteza seguir seu caminho, deveríamos desembarcar ao lado dos barcos, onde os piratas poderiam aparecer a qualquer momento.

– Não consigo manter o bote na direção da paliçada, senhor – disse ao capitão.

Eu estava no leme, enquanto ele e Redruth, que estavam mais descansados, se ocupavam dos remos. – A maré fica nos empurrando. Consegue remar com mais força?

– Não sem afundar o barco – disse ele. — Tente aguentar, senhor, por favor, aguente até ver se avança.

Tentei e descobri, por experiência, que a maré continuava nos levando para o oeste até que eu acertei a proa para o leste, ou quase em ângulo reto com o caminho que deveríamos seguir.

– Jamais chegaremos nesse ritmo – falei.

– Se é o único curso que podemos seguir, senhor, devemos segui-lo – respondeu o capitão. – Devemos nos manter rio acima e seguir contra a correnteza. Veja, senhor – continuou ele –, se nos deixamos levar a sotavento do local de desembarque, será difícil dizer onde devemos desembarcar, além da chance de sermos abordados pelos escaleres, ao passo que, no caminho que seguirmos, a correnteza deve diminuir, e então podemos nos esquivar de volta ao longo da costa.

– A correnteza está cada vez menor, senhor – disse o Gray, que estava sentado na proa – pode aliviar um pouco.

– Obrigado, meu caro – eu disse, quase como se nada tivesse acontecido, pois todos nós tínhamos silenciosamente decidido tratá-lo como um de nós.

De repente, o capitão falou de novo, e achei que sua voz estava um pouco mudada.

– O canhão! – disse ele.

– Já pensei nisso – falei para me certificar de que ele estava pensando em um bombardeio ao forte. – Eles nunca poderiam levar o canhão para terra e, se o fizessem, jamais poderiam transportá-lo pela floresta.

– Olhe para trás, doutor – respondeu o capitão.

Tínhamos esquecido completamente do calibre nove, e lá estavam, para nosso horror, os cinco velhacos ocupados com ele, tirando sua jaqueta, como chamavam a robusta capa de lona sob a qual o canhão navegava. Não só isso, mas veio à minha mente o momento em que a bala e a pólvora para o canhão foram deixadas para trás, e bastava um golpe de machado para colocar tudo na posse daqueles demônios.

– Israel era o canhoeiro de Flint – disse Gray com voz rouca.

Correndo qualquer risco, apontamos a proa do barco direto para o local de desembarque. A essa altura, tínhamos nos distanciado tanto do curso da correnteza que mantivemos a direção mesmo com o nosso ritmo suave de remar. Mas, o pior de tudo, é que, com o curso que eu agora mantinha, viramos nosso costado em vez de nossa popa para o *Hispaniola* oferecendo assim um alvo do tamanho de uma porta de celeiro.

Eu podia ouvir e ver aquele patife com cara de bebum, Israel Hands, rolando uma bala pelo convés.

– Quem é o melhor atirador? – perguntou o capitão.

– Sr. Trelawney, sem dúvida – respondi.

– Sr. Trelawney, por favor, poderia derrubar um daqueles homens, Hands se possível? – disse o capitão.

Trelawney estava tão frio quanto aço. Ele verificou a carga de sua arma.

– Agora – gritou o capitão. – Cuidado com essa arma, senhor, ou afundará o barco. Todos devem equilibrar o barco quando ele apontar.

O fidalgo ergueu a arma, as remadas cessaram e nós nos inclinamos para o outro lado para manter o equilíbrio, e tudo foi tão bem planejado que não entrou uma gota de água no barco.

A essa altura, eles já estavam com o canhão girado sobre seu eixo, e Hands, que estava com a vareta na boca do canhão, era, por consequência, o mais exposto. No entanto, não tivemos sorte, pois assim que Trelawney atirou, ele se abaixou, e a bola passou assoviando sobre ele atingindo um dos outros quatro.

O grito que ele deu foi ecoado não apenas por seus companheiros a bordo, mas por um grande número de vozes na costa e, olhando naquela direção, vi os outros piratas correndo entre as árvores e caindo em seus lugares nos barcos.

– Aí vêm eles, senhor – eu disse.

– Vamos com tudo então – gritou o capitão. – Não devemos nos importar em afundar agora. Se não conseguirmos desembarcar, está tudo perdido.

– Apenas um dos escaleres tem homens, senhor – acrescentei. – A tripulação do outro provavelmente vai dar a volta pela costa para nos isolar.

– Eles ficarão cansados de tanto correr – respondeu o capitão. – Marujo em terra, você sabe como é. Não são com eles que me importo, mas com o tiro do canhão. É como jogar

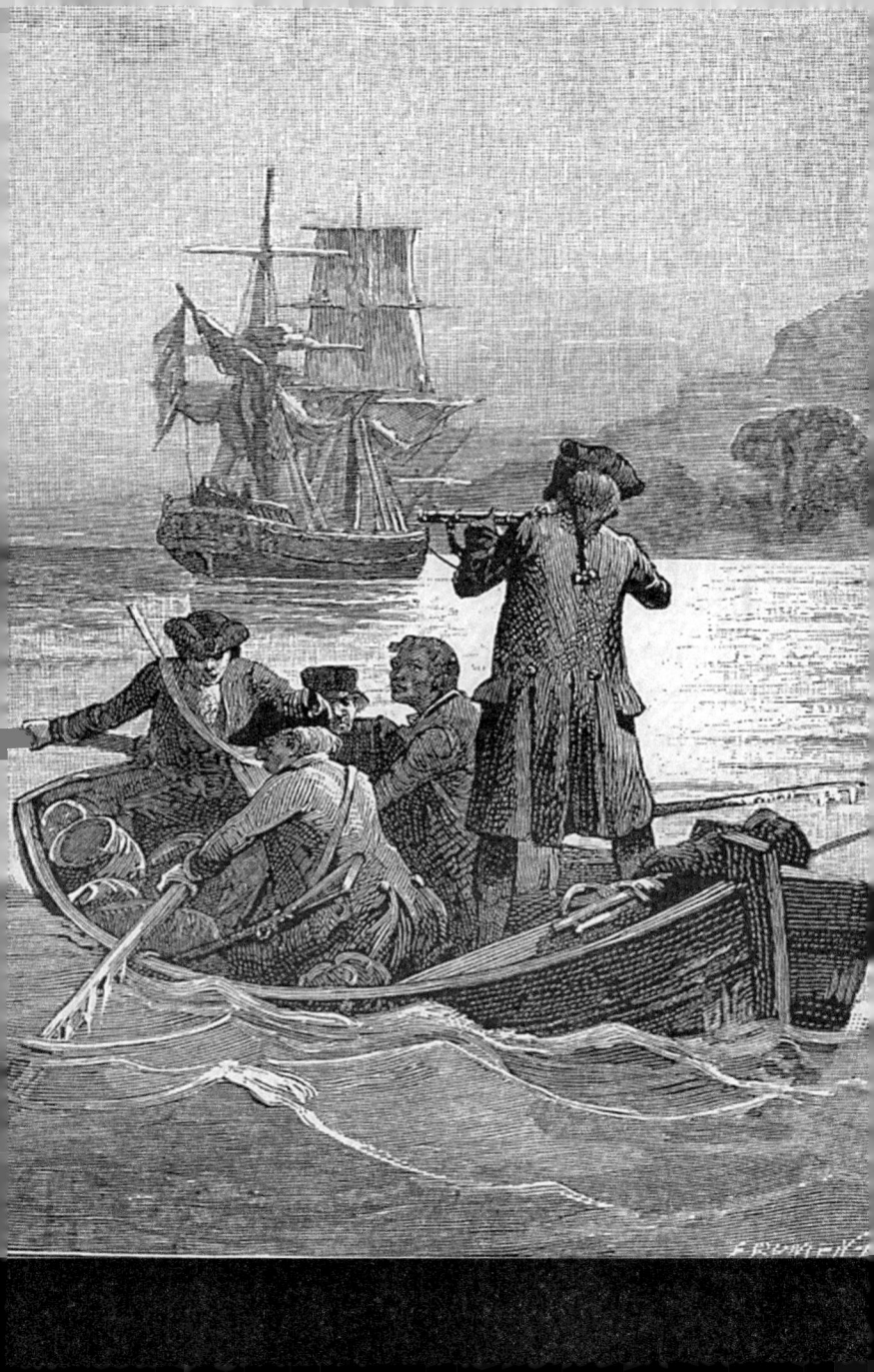

boliche em um tapete! Nem a criada de minha esposa erraria o tiro. Diga-nos, fidalgo, quando os vir girando o canhão, que seguraremos o bote.

Tínhamos avançado em bom ritmo para um barco tão sobrecarregado e transportamos pouca água no processo. Estávamos agora próximos, trinta ou quarenta remadas e chegaríamos à praia, pois a vazante já havia revelado uma estreita faixa de areia abaixo das árvores agrupadas. O escaler não era mais para ser temido, o pequeno pontal já havia nos escondido de seus olhos. A maré vazante, que nos atrasara tão cruelmente, agora estava reparando e atrasando nossos agressores. A única fonte de perigo era o canhão.

– Se eu me atrevesse – disse o capitão –, pararia e mataria outro homem.

Mas estava claro que eles não queriam que nada atrasasse seu tiro. Eles nem ao menos olhavam para o camarada caído, ainda que não estivesse morto, e eu pudesse vê-lo tentando rastejar para longe.

– Preparar! – gritou o fidalgo.

– Firmes! – gritou o capitão, rápido como um eco.

E ele e Redruth recuaram com um grande impulso que fez a popa ficar totalmente submersa. No mesmo instante, soou o tiro. Esta foi a primeira vez que Jim ouviu o som do tiro do canhão não o tendo atingido. Por onde a bala passou, nenhum de nós sabia exatamente, mas imagino que deve ter passado por cima de nossas cabeças e que o vento pode ter contribuído para o nosso desastre.

A Ilha do Tesouro

O certo foi que o barco afundou pela popa, com bastante suavidade, a um metro de profundidade, deixando o capitão e eu, um de frente para o outro, de pé. Os outros três mergulharam de cabeça e emergiram encharcados e borbulhantes.

Até agora não houve grande dano. Nenhuma vida foi perdida e poderíamos navegar até a costa em segurança. Mas, havia todas as nossas provisões no fundo e, para piorar as coisas, apenas duas das cinco armas permaneceram em condições de uso. A minha, eu havia arrancado dos joelhos e segurado sobre a cabeça, como uma espécie de instinto. Quanto ao capitão, ele a carregava sobre o ombro por uma bandoleira e, como um homem sábio, mantinha a coronha para cima. As outras três haviam afundado com o barco.

Para aumentar nossa preocupação, ouvimos vozes já se aproximando de nós na floresta ao longo da costa, e não tínhamos apenas o perigo de ser mos isolados da paliçada em nosso estado de inferioridade, mas o medo diante de nós de que, se Hunter e Joyce fossem atacados por meia dúzia deles, eles teriam o bom senso e a conduta para permanecerem firmes. Hunter era estável, isso nós sabíamos, Joyce era um caso duvidoso, um homem agradável e educado para um criado na função de escovar as roupas, mas não inteiramente adequado para ser um homem de guerra.

Com tudo isso em mente, chegamos à praia o mais rápido que pudemos, deixando para trás o pobre barco e uma boa metade de toda a nossa pólvora e reservas.

Narrativa Continuada Pelo Médico:
Fim Da Luta Do Primeiro Dia

Atravessamos a zona do bosque que nos separava da paliçada com a nossa maior velocidade e, a cada passo que dávamos, as vozes dos bucaneiros soavam mais perto. Logo, podíamos ouvir seus passos enquanto corriam e o estalar dos galhos enquanto avançavam pelo matagal.

Comecei a perceber que teríamos um confronto e olhei para o meu armamento.

– Capitão – falei – Trelawney tem o tiro certeiro. Dê a ele sua arma, a dele é inútil.

Eles trocaram armas e Trelawney, silencioso e frio como estivera desde o início do alvoroço, ficou por um momento nos calcanhares para ver se tudo estava pronto para o serviço. Ao mesmo tempo, observando Gray desarmado, entreguei-lhe meu sabre. Fez bem a todos nossos corações vê-lo cuspir na mão, franzir as sobrancelhas e fazer a lâmina cantar no ar. Estava claro em cada linha de seu corpo que nosso novo aliado valia o sal que comia.

Quarenta passos adiante, chegamos à margem do bosque e avistamos a paliçada à nossa frente. Alcançamos o cercado pelo meio do lado sul e, quase ao mesmo tempo, sete amotinados, com o timoneiro Job Anderson à frente, apareceram em grito no canto sudoeste.

Eles pararam como se tivessem sido surpreendidos e, antes que se recuperassem, não apenas o fidalgo e eu, mas Hunter e Joyce na paliçada, tivemos tempo de atirar. Os quatro tiros saíram em uma saraivada espalhada, mas foram certeiros: um dos inimigos realmente caiu, e o resto, sem hesitação, se virou e se lançou no arvoredo.

Depois de recarregar, descemos pelo lado de fora da paliçada para ver o inimigo caído. Ele estava morto de pedra com um tiro no coração.

Começamos a nos alegrar com nosso sucesso quando, naquele exato momento, uma pistola disparou no mato, uma bala passou sibilando perto de minha orelha e o pobre Tom Redruth cambaleou e caiu no chão. Tanto o fidalgo quanto eu devolvemos o tiro, mas como não tínhamos nada para mirar, é provável que apenas tenhamos desperdiçado pólvora. Então recarregamos e voltamos nossa atenção para o pobre Tom.

O capitão e Gray já o estavam examinando, e só de bater o olho soube que tudo estava acabado.

Acredito que a prontidão de nossa rajada como resposta espalhou os amotinados mais uma vez, pois fomos deixados em paz sem mais molestações para que o pobre velho guarda-caça fosse erguido sobre a paliçada e carregado, gemendo e sangrando, para a casa de troncos.

Pobre camarada, ele não havia pronunciado uma palavra de surpresa, reclamação, medo ou mesmo aquiescência desde o início de nossos problemas até agora, quando o deitamos na casa de troncos para morrer. Aguentara como um troiano atrás do colchão no corredor do navio. Ele havia seguido todas as ordens silenciosa e obstinadamente. Ele era o mais velho de nosso grupo em vinte anos e agora, servo taciturno, velho e prestativo, era ele que ia morrer.

O fidalgo se ajoelhou ao lado dele e beijou sua mão, chorando como uma criança.

– Estou partindo, doutor? – ele perguntou.

– Tom, meu caro – eu disse – você está voltando para casa.

– Eu gostaria de ter dado uma surra neles primeiro – respondeu ele.

– Tom – disse o fidalgo –, diga que me perdoa?

– Isso seria desrespeitoso de minha parte, não seria, fidalgo? – foi a resposta. – Seja como for, que assim seja, amém!

Depois de algum tempo de silêncio, ele disse que achava que alguém poderia ler uma oração.

– É o costume, senhor – acrescentou ele se desculpando. E não muito depois, sem dizer outra palavra, ele faleceu.

Entretanto, o capitão, cujos bolsos e peito que eu observei estarem maravilhosamente estufados, tinha tirado deles muitas coisas diferentes – a bandeira britânica, uma Bíblia, um rolo de corda robusta, pena, tinta, o livro de bordo e um quilo de tabaco. Ele havia encontrado um pinheiro comprido caído dentro do cercado e, com a ajuda de Hunter, fixara-o ao canto da casa onde os troncos se entrecruzavam. Feito isso, subiu no telhado, desdobrou e içou a bandeira. Isso pareceu aliviá-lo enormemente. Ele voltou a entrar na casa de troncos e começou a contar o material como se nada mais existisse. Mas ele estava atento à morte de Tom e, assim que tudo acabou, avançou com outra bandeira e estendeu-a reverentemente sobre o corpo.

— Não se deite abater, senhor — disse ele, apertando a mão do fidalgo. — Está tudo bem com ele, não tema, pois ele foi morto no cumprimento do seu dever. Isso pode não ser muito agradável, mas é um fato.

Então ele me puxou de lado.

— Dr. Livesey — disse ele — em quantas semanas o senhor e o fidalgo esperam obter ajuda?

Expliquei-lhe que não era uma questão de semanas, mas sim de meses, que se não estivéssemos de volta no final de agosto, Blandly mandaria nos encontrar, nem mais cedo nem mais tarde.

— Você pode calcular por si mesmo — eu disse.

— Ora, sim — respondeu o capitão, coçando a cabeça. — E mesmo que façamos uma grande concessão para todos os dons da Providência, devo dizer que estamos em grandes apuros.

— O que quer dizer? — perguntei.

— É uma pena, doutor, perdemos aquela segunda carga. É isso que quero dizer — respondeu o capitão. — Quanto à pólvora e à munição, não há nenhuma novidade. Mas os mantimentos são pouco, muito pouco, muito pouco mesmo, Dr. Livesey, que talvez nossa situação não melhore mesmo estando sem essa boca extra.

E ele apontou para o cadáver sob a bandeira.

Neste instante, com um rugido e um assovio, uma bala de

canhão passou bem acima do telhado da casa de troncos e caiu muito além de nós no bosque.

– O-oh! – disse o capitão. – Atirem à vontade! Vocês já devem estar com pouca pólvora para gastar, meus rapazes.

Na segunda tentativa, a pontaria foi melhor, e a bala desceu para dentro da paliçada, espalhando uma nuvem de areia, mas sem causar mais danos.

– Capitão – disse o fidalgo – a casa é totalmente invisível do navio. Deve ser na bandeira que eles estão apontando. Não seria mais sensato retirá-la?

– Arriar a bandeira! – gritou o capitão. – Não, senhor, eu não.

E assim que ele disse as palavras, acho que todos concordamos com ele. Pois não era apenas um sentimento de valentia próprio dos marujos, estava além disso, era uma boa política e mostrava aos nossos inimigos que desprezávamos seus canhões.

Durante toda a tarde, eles continuaram a nos bombardear. Bala após bala voava ou caía ou remexia a areia dentro do cercado, e eles tinham que atirar tão alto que o tiro caía em queda livre e se enterrava na areia fofa. Não tínhamos por que temer algum ricochete e, embora uma delas saltasse pelo telhado e saísse pelo chão da casa de troncos, logo nos acostumamos com aquela brincadeira e não lhe demos mais atenção do que a uma partida de críquete.

– Há uma coisa boa nisso tudo – observou o capitão. – A mata à nossa frente provavelmente não está ocupada. A maré já deve ter recuado e nossos mantimentos devem estar expostos. Peço voluntários para buscar a carne de porco.

Os primeiros a se oferecer foram Gray e Hunter. Bem armados, eles saíram furtivamente da paliçada, mas foi uma missão inútil. Os amotinados foram mais ousados do que imaginávamos ou confiavam bastante na artilharia de Israel. Quatro ou cinco deles estavam ocupados carregando nossas provisões, levando-as para um dos barcos que estavam mais próximo, usando um remo ou algo assim para mantê-lo firme contra a correnteza. Silver comandava do banco de popa, e cada um deles agora estava munido de um mosquete de algum paiol secreto.

O capitão sentou-se com o seu diário de bordo e começou o registo do dia com as seguintes palavras:

> *"Alexander Smollett, comandante; David Livesey, médico do navio; Abraham Gray, carpinteiro; John Trelawney, proprietário; John Hunter e Richard Joyce, criados do proprietário e grumetes, sendo estes todos os que restam da leal tripulação do navio – com suprimentos para dez dias com racionamento, desembarcaram neste dia e içaram a bandeira britânica na casa de troncos da Ilha do Tesouro. Thomas Redruth, criado do proprietário, grumete, morto a tiros pelos amotinados; James Hawkins, grumete..."*

E, ao mesmo tempo, estava me perguntando sobre o destino do pobre Jim Hawkins.

Um grito do lado da fora.

– Alguém está nos chamando – disse Hunter, que estava de sentinela.

– Doutor! Fidalgo! Capitão! Olá, Hunter, é você? – vieram os gritos.

E corri para a porta a tempo de ver Jim Hawkins, são e salvo, chegar escalando a paliçada.

Jim Hawkins Retoma a Narrativa: A Guarnição na Paliçada

Assim que Ben Gunn viu a bandeira, parou, segurou meu braço e se sentou.

– Agora – disse ele –, aí estão seus amigos, com certeza.

– É muito mais provável que sejam os amotinados – respondi.

– Que nada! – exclamou. – Ora, em um lugar como este, onde só aparecem ladrões e piratas, Silver içaria a bandeira negra, não tenha dúvidas disso. Não. Aqueles são seus amigos certamente. Houve algum combate também, e acho que seus amigos levaram a melhor. E aqui estão eles em terra na velha paliçada, como foi feita anos e anos atrás por Flint. Ah, ele tinha boa cabeça, o Flint, com exceção do rum. Ele não tinha medo de ninguém, ele não, só do Silver... Silver tinha essa qualidade.

– Bem – eu disse –, talvez sejam eles, melhor que seja. Mais uma razão para eu me apressar e me juntar aos meus amigos.

– Não, parceiro – respondeu Ben – não você. Você é um bom rapaz se não estou enganado, mas não passa mesmo de um menino, no final das contas. Agora, Ben Gunn é esperto. Nenhum rum me levaria lá, para onde você está indo... não mesmo, não até que você fale com o fidalgo e dar sua palavra de honra. E não se esqueça de minhas palavras: "Acima de tudo (é o que você dirá), confiança acima de tudo", e então o belisca.

E ele me beliscou pela terceira vez com o mesmo ar de esperteza.

– E quando mandarem chamar o Ben Gunn, você saberá onde encontrá-lo, Jim. No mesmo lugar onde o encontrou hoje. E, quando vier, deve ter um pano branco na mão e deve vir sozinho. Oh! E você dirá o seguinte: "Ben Gunn", diz você, "tem seus próprios motivos".

– Bem, acho que entendi – falei. – Você tem algo a propor e deseja ver o fidalgo ou o doutor e será encontrado onde eu o encontrei. Isso é tudo?

– "Mas quando", dirá você, acrescentou. Ora, desde o turno do meio-dia até cerca de três da tarde.

– Bom – eu disse – e agora, posso ir?

– Você não vai esquecer? – ele perguntou ansiosamente. – Tem seus próprios motivos, dirá você. Próprios motivos: isso é o mais importante, de homem para homem. Pois bem – ainda me segurando –, acho que você pode ir, Jim. E, Jim, se você encontrar o Silver, por acaso, não iria vender o Ben Gunn, não é? Por nada neste mundo? Não, diz você. E se os piratas desembarcarem, Jim, o que você diria, haveria mais viúvas pela manhã?

Ben foi interrompido por um estrondo alto, e uma bala de canhão veio rasgando as árvores e caiu na areia a menos de cem metros de onde estávamos conversando. No momento seguinte, cada um de nós seguiu em uma direção diferente.

Por uma boa hora que se seguiu, os tiros foram frequentes, sacudiram a ilha, e balas continuaram caindo na floresta.

Passei de esconderijo em esconderijo, sempre perseguido, ou assim me pareceu, por esses terríveis projéteis. Mas, perto do fim do bombardeio, embora eu ainda não me aventurasse na direção da paliçada, onde as bolas caíam com mais frequência, eu havia começado, de certa forma, a recuperar a presença de espírito e, após um longo desvio para o leste, abriguei-me sob as árvores da costa.

A brisa do mar penetrava a floresta e agitava a superfície cinza do ancoradouro. O sol acabara de se pôr, a maré também estava baixa e grandes extensões de areia estavam descobertas. O ar, depois do calor do dia, gelou-me através do casaco.

O *Hispaniola* ainda estava onde havia ancorado, mas com certeza, havia a Jolly Roger, a bandeira negra da pirataria, voando de seu pico. Mesmo enquanto eu olhava, veio outro clarão vermelho, um novo estrondo com ecos retumbantes, e mais um tiro assoviou pelo ar. Foi o último canhão.

Fiquei algum tempo observando a agitação que se seguiu ao ataque. Homens estavam demolindo algo com machados na praia perto da paliçada e descobri mais tarde que se tratava do pobre barco. Ao longe, perto da foz do rio, uma grande fogueira ardia entre as árvores, e entre aquele ponto e o navio, um dos escaleres ia e vinha, os homens, que eu tinha visto tão sombrios, gritavam como crianças agarrados aos remos. Mas havia um som em suas vozes que sugeria rum.

Por fim, pensei que já poderia voltar para a paliçada. Eu estava bem longe no estreito arenoso que circunda o ancoradouro a leste e se juntava à Ilha do Esqueleto na maré baixa, e agora, ao me levantar, vi, a certa distância, surgindo entre arbustos baixos, uma rocha isolada, muito alta e de cor peculiarmente branca. Ocorreu-me que aquela poderia ser a rocha branca de que Ben Gunn havia falado e que um dia ou outro, poderia ser necessário um barco e eu saberia onde encontrar um.

Em seguida, contornei o bosque até que cheguei à parte de trás da paliçada, e logo fui calorosamente recebido pelo fiel grupo.

Assim que contei minha história, comecei a olhar ao redor. A cabana era feita de toras irregulares, telhado, paredes e piso. O último ficava a cerca de trinta centímetros acima da superfície da areia. Havia um alpendre na porta e, sob este alpendre, uma pequena fonte brotava em uma bacia artificial de um tipo um tanto estranho de um grande caldeirão de bordo, de ferro, com o fundo arrancado e afundado na areia "até a amurada", como disse o capitão.

Pouco havia sobrado além da estrutura da casa, mas em um canto, havia uma laje de pedra colocada em forma de lareira e um velho cesto de ferro enferrujado para conter o fogo.

O terreno e todo o interior da paliçada tinham sido limpos e a madeira usada para a construção da casa, e podíamos ver pelos tocos que o belo e majestoso bosque tinha sido destruído. A maior parte do terreno havia sido lavada pela chuva ou coberta por detritos após a remoção das árvores.

Somente onde o córrego descia do caldeirão de ferro é que brotava uma espessa camada de musgo, algumas samambaias e pequenos arbustos rastejantes ainda verdes entre a areia. Muito perto da paliçada, perto demais para defesa, diziam, a mata ainda florescia alta e densa, toda de pinheiros no lado da ilha, mas em direção ao mar com uma grande mistura de azinheiras.

A brisa fria da noite, da qual falei, assoviava por cada fresta do prédio rústico e borrifava o chão com uma chuva contínua de areia fina. Tínhamos areia em nossos olhos, areia em nossos dentes, areia em nossos jantares, areia dançando no fundo do caldeirão, para todo o lado como mingau começando a ferver. A chaminé era um buraco quadrado no telhado por onde apenas uma pequena parte da fumaça era expelida para fora, o restante rodopiava pela casa e nos mantinha tossindo e com os olhos ardendo.

Acrescente a tudo isso que Gray, o novo aliado, teve seu rosto amarrado em uma bandagem por causa do corte que ganhou ao se livrar dos amotinados, e o corpo do pobre e velho Tom Redruth, ainda não enterrado, continuava estendido junto à parede, rígido e debaixo da bandeira.

O fato de não termos permissão para ficar parados nos impedia de entrar em estado de total melancolia diante destas circunstâncias, mas o capitão Smollett nunca foi homem para se deixar abater. Todos os integrantes do grupo foram chamados diante dele, e ele nos dividiu em turnos de vigia. O doutor, Gray e eu, no primeiro; o fidalgo, Hunter e Joyce no seguinte. Embora todos estivessem cansados, dois foram enviados para buscar lenha e outros dois foram colocados para cavar uma sepultura para Redruth. O doutor foi nomeado cozinheiro, eu fui colocado como sentinela na porta, e o próprio capitão ia de um lado para outro, mantendo nosso ânimo e ajudando onde fosse preciso.

De vez em quando, o doutor vinha até a porta para tomar um pouco de ar e descansar os olhos, que estavam quase defumados em meio a toda aquela fumaça, e sempre que o fazia, conversava um pouco comigo.

– Aquele homem, Smollett – disse ele uma vez –, é um grande homem e melhor do que eu. E se digo isso é porque tem muito significado, Jim.

Outra vez, ele veio e ficou em silêncio por um tempo. Então ele inclinou a cabeça para o lado e olhou para mim.

– E este Ben Gunn é doente da cabeça? – ele perguntou.

– Não sei, senhor – eu disse. – Não tenho muita certeza se ele é são.

– Se há alguma dúvida sobre isso, então ele é – respondeu o doutor. – Jim, um homem que está roendo as unhas há três anos em uma ilha deserta não pode parecer tão normal quanto você ou eu. Não é da natureza humana. Você disse que ele gostava de queijo?

– Sim, senhor, queijo – respondi.

– Bem, Jim – diz ele –, veja o que há de bom em ser requintado com comida. Você viu minha caixa de rapé, não viu? E você nunca me viu fumar rapé, não é? A razão é que, na minha caixa de rapé, carrego um pedaço de queijo parmesão, um queijo feito na Itália, muito nutritivo. Pois bem, isso é para Ben Gunn!

Antes do jantar, enterramos o velho Tom na areia e ficamos um tempo em volta dele com a cabeça abaixada em sinal de respeito. Uma boa quantidade de lenha foi colocada, mas não o suficiente segundo o capitão, que balançou a cabeça e nos disse que "deveríamos retomar o trabalho com mais ânimo na manhã seguinte".

Então, depois que comemos nossa carne de porco e bebermos um bom copo de conhaque quente, os três líderes se reuniram em um canto para discutir nossas perspectivas.

Debateram sobre nossa quantidade de suprimentos. Nossas reservas estavam tão baixas que morreríamos de fome muito antes de a ajuda chegar. Concluíram que nossa maior esperança seria matar os bucaneiros até que se rendessem ou fugissem com o *Hispaniola*. Os dezenove já estavam reduzidos a quinze, outros dois foram feridos, ou pelo menos um, o homem baleado e gravemente ferido, se não estivesse morto. Toda vez que tivéssemos uma chance com eles, não podíamos desperdiçá-la e tínhamos que pegá-los, tomando o máximo de cuidado para salvar nossas próprias vidas. E, além disso, contávamos com dois aliados de confiança: o rum e o clima.

Quanto ao primeiro, podíamos ouvi-los berrar e cantar até tarde da noite, embora estivéssemos a cerca de meia milha de distância. E, quanto ao segundo, o doutor apostou sua peruca que, acampados no pântano e sem remédios, a metade estaria morta antes de uma semana.

– Então – acrescentou ele –, se não formos todos abatidos primeiro, eles ficarão contentes em embarcar na escuna. Um navio é sempre um navio, e eles podem voltar a piratear, suponho.

– Será o primeiro navio que perdi na vida – disse o capitão Smollett.

Eu estava morto de cansaço, como você pode imaginar e, depois de muito me revirar, dormi como um tronco de madeira.

Os outros já haviam despertado há muito tempo, tomado o desjejum e aumentado a pilha de lenha pela metade novamente quando fui acordado por um alvoroço.

"Bandeira da trégua!", eu ouvi alguém dizer. E então, imediatamente depois, com um grito de surpresa, "É o Silver, é ele mesmo!".

E com isso, pulei e, esfregando os olhos, corri para uma abertura na parede.

Embaixada De Silver

Certo, havia dois homens do lado de fora da paliçada, um deles agitando um pano branco, o outro, nada menos que o próprio Silver, calmamente parado ao seu lado.

Ainda era muito cedo, e a manhã mais fria de que me lembro ter passado em terras estranhas, um frio de cortar os ossos. O céu estava claro e sem nuvens, e os raios de sol deixavam as copas das árvores com um brilho rosado. Mas onde Silver estava com seu ajudante, ainda era um mistério, e eles mergulharam até os joelhos em uma bruma branca que durante a noite se acumulara no pântano. O frio e a névoa juntos contaram uma triste história da ilha. Era claramente um local úmido, febril e insalubre.

– Fiquem dentro de casa, homens – disse o capitão. – Aposto dez contra um, que isso é um truque.

Então ele se dirigiu ao pirata.

– Quem vem lá? Identifique-se ou nós atiramos.

– Bandeira da trégua", gritou Silver.

O capitão estava na soleira da porta, mantendo-se cuidadosamente fora do caminho de um tiro traiçoeiro. Ele se virou para nós e falou:

– Vigília do doutor à espreita. Dr. Livesey, vá para o lado norte, por favor. Jim, o leste. Gray, oeste. Os vigias de baixo, todos prontos para recarregar os mosquetes. Alerta, homens, cuidado.

E então ele se virou novamente para os piratas.

– E o que pretende com esta bandeira de trégua? – ele gritou.

Desta vez foi o outro homem quem respondeu.

– Capitão Silver, senhor, gostaria de conversar e propor um acordo – gritou ele.

– Capitão Silver! Não o conheço. Quem é ele? – gritou o capitão. E podíamos ouvi-lo acrescentando a si mesmo. – Capitão, é isso? Minha nossa, isso é que é promoção!

Long John respondeu por si mesmo. – Sou eu, senhor. Esses pobres miseráveis me escolheram capitão, depois de sua deserção, senhor – colocando uma ênfase particular na palavra "deserção". Estamos dispostos a nos submeter, se pudermos chegar a um acordo, e não temos dúvidas sobre isso. Tudo que peço é sua palavra, capitão Smollett, de me deixar sair são e salvo desta paliçada, e um minuto para sair antes que uma arma seja disparada.

– Homem – disse o capitão Smollett –, não tenho a menor vontade de falar com você. Se quiser falar comigo, pode vir, e só. Se houver alguma traição, será do seu lado e o Senhor que o ajude.

– Está certo, capitão – gritou Long John alegremente. – Uma palavra sua é o suficiente. Eu sei que você é um cavalheiro.

Pudemos ver o homem que carregava a bandeira da trégua tentando conter Silver. Isso não nos causou surpresa devido ao quão diplomática tinha sido a resposta do capitão. Mas Silver riu dele em voz alta e deu um tapa em suas costas como se a ideia de perigo fosse absurda. Então ele avançou para a paliçada, jogou sua muleta, levantou uma perna e, com grande energia e habilidade, pulou a cerca e caiu em segurança no outro lado.

Com tudo o que estava acontecendo, confesso que a esta altura já tinha abandonado meu cargo de vigia e me arrastado atrás do capitão que estava sentado na soleira com os cotovelos apoiados nos joelhos, a cabeça nas mãos e os olhos fixos na água enquanto ela borbulhava do velho caldeirão de ferro na areia. Ele estava assoviando "Come, Lasses and Lads[42]".

Silver teve muito trabalho para subir a colina. Com o declive íngreme, os tocos de árvore grossos e a areia fofa, ele e sua muleta estavam tão desamparados quanto um navio encalhado. Mas ele se manteve em silêncio e, por fim, chegou diante do capitão, a quem reverenciou com elegância. Ele estava vestido com seu melhor traje, um imenso casaco azul grosso com botões de latão, caindo até os joelhos, e um belo chapéu de fitas inclinado em sua cabeça.

– Então aqui está, você – disse o capitão, erguendo a cabeça. – É melhor se sentar.

– Não vai me deixar entrar, capitão? – reclamou Long John. – É uma manhã muito fria para sentar do lado de fora na areia.

– Ora, Silver – disse o capitão –, se tivesse gostado de ser um homem honesto, poderia estar sentado em sua cozinha.

---

42. Tradicional canção inglesa.

É sua própria escolha. Ou você é o cozinheiro do meu navio, e então você será tratado como deve ser, ou o capitão Silver, um amotinado e pirata vil. E, neste caso, pode se enforcar!

– Ora, ora, capitão – respondeu o cozinheiro do mar, sentando-se na areia, conforme o capitão havia sugerido – vai ter que me ajudar de novo, só isso. É um lugar lindo e confortável aqui. Ah, aí está Jim! Bons ventos para você, Jim. Doutor, meus cumprimentos. Ora, aí estão vocês todos juntos como uma família feliz, por assim dizer.

– Se você tem algo a dizer, diga logo – disse o capitão.

– Tinha toda a razão, capitão Smollett – respondeu Silver. – Dever é dever, com certeza. Veja bem, vocês se saíram muito bem na noite passada. Não nego. Alguns de vocês são muito bons com armas. E eu não vou negar nada, mas o fato é que algumas pessoas foram abaladas, talvez todos tenham sido abalados, talvez eu mesmo tenha ficado um pouco balançado, talvez seja por isso que estou aqui para conversarmos. Mas anote isso, capitão, não vai acontecer novamente, pelas barbas do profeta! Teremos que organizar a vigia e diminuir o rum. Talvez pense que todos nós estávamos bêbados. Eu estava sóbrio e apenas muito cansado, mas se eu tivesse acordado um segundo antes, eu o pegaria ainda com as calças na mão, se pegaria.

– Continue – disse o capitão Smollett completamente frio.

Tudo o que Silver disse foi um enigma para ele, mas não demonstrou em sua voz. Quanto a mim, comecei a ter uma ideia. Recordei as últimas palavras de Ben Gunn. Comecei a supor que ele fizera uma visita aos bucaneiros enquanto todos jaziam bêbados ao redor da fogueira, e calculei com alegria que tínhamos apenas quatorze inimigos para lidar.

– Bem, aqui está – disse Silver. – Queremos esse tesouro e o teremos, esse é o nosso ponto! Preferem salvar suas vidas, creio eu. Vocês têm um mapa, não têm?

– Pode ser que sim – respondeu o capitão.

– Ora, ora... claro que têm! Eu sei disso – respondeu Long John. – Não precisa ser tão reticente. O que quero dizer é que queremos seu mapa. Ora, eu mesmo nunca quis machucá-lo.

– Suas palavras para mim não valem nada, homem – interrompeu o capitão. – Nós sabemos exatamente o que vocês pretendiam e não nos importamos, e por enquanto, veja bem, não podem fazer nada.

E o capitão olhou para ele calmamente e começou a encher um cachimbo.

– Se Abe Gray... – Silver explodiu.

– Alto lá! – gritou o Sr. Smollett. – Gray não me disse nada e eu não lhe perguntei nada, e quer saber? Por mim, vocês e toda esta ilha poderiam ir para o quinto dos infernos. Então aí está minha opinião sobre a sua pessoa neste caso.

Este pequeno rompante do capitão pareceu esfriar Silver. Ele estava ficando irritado antes, mas agora se recompôs.

– Está bem – disse ele. – Eu não posso lhe dizer o que é certo ou errado. E, vendo como está prestes a pegar um cachimbo, capitão, eu vou me liberar para fazer o mesmo.

E ele encheu um cachimbo e o acendeu, e os dois homens ficaram sentados, em silêncio, fumando por um bom tempo, ora se encarando, ora parando de fumar, ora inclinando-se para cuspir. Parecia que estava assistindo a uma peça de teatro.

– Então – resumiu Silver –, é o que temos. Dê-nos o mapa para pegar o tesouro e deixe de atirar nos pobres marinheiros e queimar suas cabeças enquanto dormem. Em retribuição, ofereceremos uma escolha. Ou pode vir a bordo conosco, assim que o tesouro for resgatado, e darei minha palavra de honra que os deixarei em algum lugar seguro em terra. Ou, se isso não for do seu agrado, pode ficar aqui mesmo, se pode. Vamos dividir os suprimentos, homem por homem, e como já disse, dou minha palavra de que pedirei ao primeiro navio que avistar, para vir buscá-lo. Deve reconhecer que são duas ótimas opções e melhor não conseguirá. E espero – levantando a voz – que todos os que vivem nesta casa de troncos pensem sobre o que acabo de propor. Esta proposta serve para todos.

O capitão Smollett levantou-se de seu assento e bateu as cinzas do cachimbo na palma da mão esquerda.

– Isso é tudo? – ele perguntou.

– Até a última palavra, por mil trovões! – respondeu John. – Recuse isso e só receberá de mim tiros de mosquete.

– Muito bem – disse o capitão. – Agora você vai me ouvir. Se você vier um por um, desarmado, vou me empenhar para prender todos vocês a ferros e levá-los para casa para um jul-

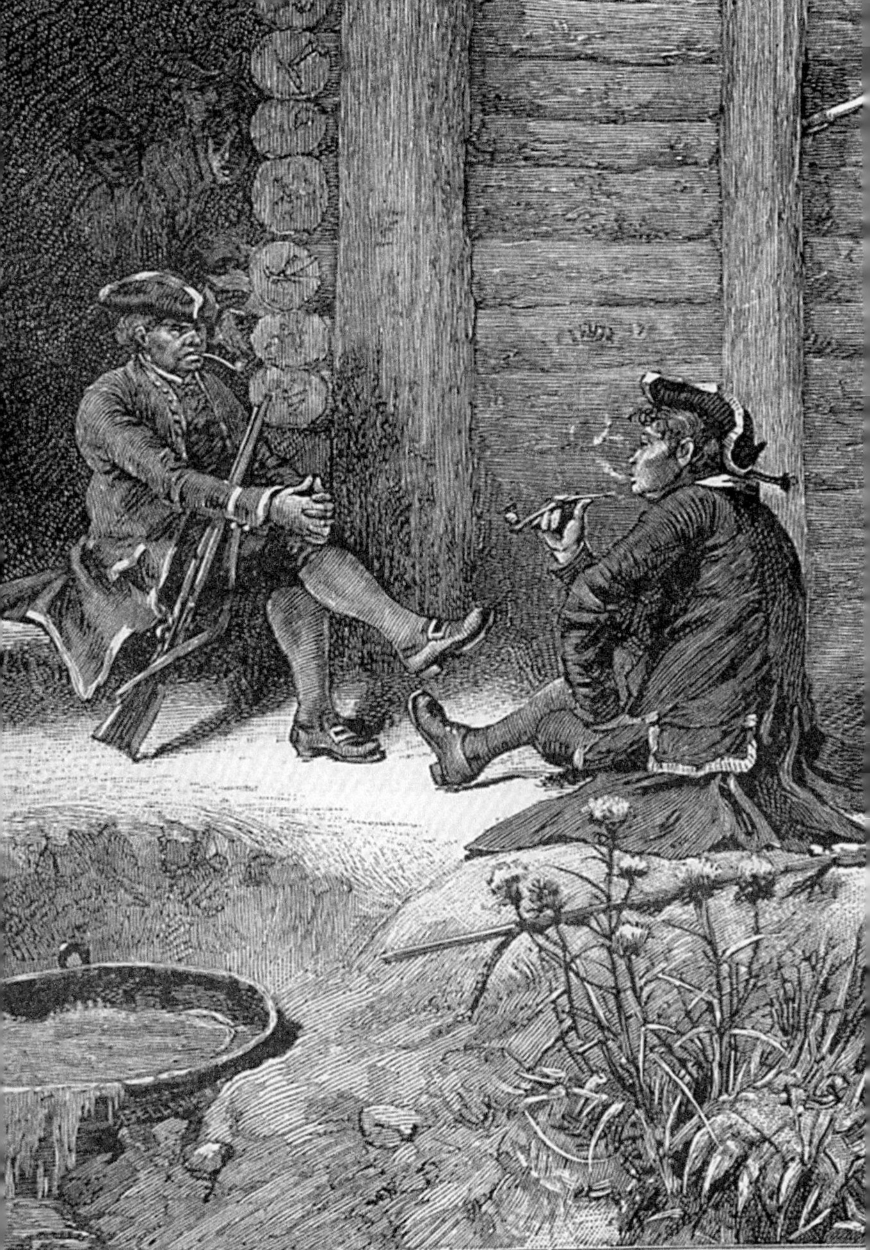

gamento justo na Inglaterra. Se não se entregarem, mandatei todos vocês para o inferno para ficarem a serviço da bandeira de Davy Jones[43], ou eu não me chamo Alexander Smollett. Você não conseguirá encontrar o tesouro. Não poderá navegar o navio, não há um homem entre vocês apto para navegar o navio. Não poderá lutar contra nós, Gray, sozinho, afugentou cinco de vocês. Seu navio está ferrado, Silver. Você está em uma costa a sotavento e, portanto, não conseguirá. Eu estou aqui e digo isso a você, e são as últimas palavras boas que você vai ouvir de mim, pois, em nome dos céus, vou colocar uma bala em suas costas na próxima vez que o encontrar. Suma daqui, homem. Caia fora daqui o mais rápido possível.

O rosto de Silver era uma imagem e tanto, seus olhos brilhavam com fúria. Ele apagou o fogo do cachimbo.

– Ajude-me a levantar! – gemeu.

– Eu não – respondeu o capitão.

– Quem vai me ajudar a levantar? – rosnou.

Nenhum homem entre nós se moveu. Rosnando as piores imprecações, ele rastejou ao longo da areia até que se agarrou à varanda e pôde içar-se novamente em sua muleta. Então ele cuspiu na fonte.

– Está aí! – ele gritou. – Isso é o que penso de vocês. Antes de uma hora, vou cair em sua casa como um ponche de rum.

---

43. Considerado um demônio para alguns e um Deus para outros, Davy Jones ou Holandês Voador é um personagem de lendas nórdicas, conhecido por atormentar marinheiros até a morte, confundindo marujos, atraindo tempestades, guiando os homens até correntes marítimas perigosas e tomando as almas dos náufragos, fazendo-os integrar seu navio fantasma.

A Ilha do Tesouro

Riam, com mil trovões, riam! Antes de uma hora, todos estarão rindo do outro lado. Os que morrerem serão os sortudos.

    Saiu praguejando e se afastando sulcando a areia, até ser ajudado a atravessar a paliçada, pelo homem que o aguardava e, após quatro ou cinco tentativas falhas, desapareceu por entre as árvores.

O Ataque

Assim que Silver desapareceu, o capitão, que o observava de perto, virou-se para o interior da casa e não encontrou nenhum homem em seu posto, exceto Gray. Foi a primeira vez que o vimos zangado.

– A seus postos! – ele rugiu. E então, quando todos nós voltamos furtivamente para nossos lugares – Gray – ele disse. – Eu colocarei seu nome no registro, cumpriu seu dever como um marinheiro. Sr. Trelawney, estou admirado com o senhor. Doutor, pensei que tivesse vestido a farda real! Se foi assim que serviu no Fontenoy, senhor, teria se saído melhor em seu beliche.

Os da guarda do doutor estavam de volta aos seus postos, o resto estava ocupado recarregando os mosquetes sobressalentes, e todos com o rosto vermelho, você pode ter certeza, e uma pulga atrás da orelha, como diz o ditado.

O capitão nos observou por um momento em silêncio. Então ele falou.

– Rapazes – disse ele – dei um coice no Silver. Eu o deixei em brasa de propósito e, antes que acabe a hora, como ele disse, seremos atacados. Estamos em menor número, não preciso dizer isso, mas lutamos em um abrigo e, um minuto atrás, eu deveria ter dito que lutamos com disciplina. Não tenho dúvidas de que podemos derrotá-los, se vocês quiserem.

Então ele deu uma volta e viu, como ele disse, que tudo estava em ordem.

Nos dois lados estreitos da casa, leste e oeste, havia apenas duas lacunas. No lado sul, mais duas onde ficava o alpendre e, no lado norte, cinco. Havia uma dezena de mosquetes para nós sete. A lenha fora montada em quatro pilhas, no formato de mesas, por assim dizer, uma no meio de cada lado, e, em cada uma dessas mesas, alguma munição e quatro mosquetes recarregados foram colocados à disposição dos defensores. No meio, os sabres estavam alinhados.

– Apaguem o fogo – disse o capitão. – O frio passou, e não devemos ter fumaça em nossos olhos.

O Sr. Trelawney carregou as brasas para fora numa cesta de ferro para serem apagadas na areia.

– Hawkins ainda não tomou o café da manhã. Hawkins, sirva-se e volte ao seu posto – continuou o capitão Smollett. – Anime-se, meu rapaz, você tem que estar bem alimentado para o que está por vir. Hunter, sirva uma rodada de conhaque para todos.

E, enquanto isso, o capitão traçou o plano de defesa em sua própria mente.

– Doutor, fique com a porta – ele ordenou. – Mas não se exponha. Fique aqui dentro e atire pela varanda. Hunter, vá pelo lado leste. Joyce, você fica a oeste, meu amigo, Sr. Trelawney, você é o melhor atirador, você e Gray tomarão este longo lado norte, com as cinco lacunas. É aí que está o perigo. Se eles chegarem até aqui e atirarem em nós através de nossos pontos de vigia, a coisa vai ficar feia. Hawkins, nem você nem eu temos muita importância no tiroteio. Ficaremos à disposição para recarregar e dar suporte se for preciso.

O frio havia passado, como o capitão previra e, assim que o sol se ergueu sobre as árvores, caiu com toda a força sobre a clareira, absorvendo os vapores da névoa. Logo, a areia estava cozinhando e a resina derretendo nas toras de madeira. Jaquetas e casacos foram jogados de lado, as camisas abertas no pescoço e enroladas até os ombros, e ficamos ali, cada um em seu posto, numa ansiedade e em um calor febris.

Uma hora se passou.

– Raios que os partam! – disse o capitão. – Isso está pior do que calmaria, um completo marasmo. Grey, assovie para chamar o vento.

E, exatamente naquele momento, veio o primeiro sinal de ataque.

– Por favor, senhor – disse Joyce–, se eu vir alguém, devo atirar?

– Já disse que sim! – gritou o capitão.

– Obrigado, senhor – respondeu Joyce com a mesma educada calma.

Nada aconteceu por um tempo, mas o comentário deixou todos em estado de alerta, aguçando os ouvidos e os olhos, os mosqueteiros engatilhados, o capitão com a boca contraída e a testa franzida.

Então, alguns segundos se passaram, até que, de repente, Joyce ergueu seu mosquete e atirou. O som do tiro mal havia morrido quando começou a ser repetido e repetido de fora em uma saraivada, disparada de todos os lados do recinto. Várias balas atingiram a casa de troncos, mas nenhuma entrou e, à medida que a fumaça se dissipava e desaparecia, a paliçada e o bosque ao redor pareciam tão silenciosos e vazios como antes. Nenhum galho balançou, nem o brilho do cano de um mosquete traiu a presença de nossos inimigos.

– Você acertou o seu homem? – perguntou o capitão.

– Não, senhor – respondeu Joyce. – Eu acredito que não, senhor.

– Melhor dizer sempre a verdade – murmurou o capitão Smollett. – Recarregue a arma dele, Hawkins. Quantos diria que estavam ao seu lado, doutor?

– Eu sei exatamente – disse o Dr. Livesey. – Três tiros foram disparados deste lado. Eu vi os três clarões, dois próximos, um mais a oeste.

– Três! – repetiu o capitão. – E quantos no seu, Sr. Trelawney?

Mas isso não foi respondido tão facilmente. Muitos vieram do norte, sete pelos cálculos do fidalgo, oito ou nove de acordo com Gray. Do leste e do oeste, apenas um único tiro foi disparado. Estava claro, portanto, que o ataque seria desenvolvido pelo norte e que nos outros três lados seríamos apenas incomodados por uma demonstração de hostilidades. Mas o capitão Smollett não fez nenhuma mudança em seus arranjos. Se os amotinados conseguissem cruzar a paliçada, argumentou ele, tomariam posse de qualquer abertura desprotegida e atirariam em nós como ratos em nossa própria ratoeira.

Nem tivemos tempo para pensar e, de repente, com um alto "hurra!", um monte de piratas saltou da floresta no lado norte e correu direto para a paliçada. No mesmo momento, o fogo foi aberto mais uma vez na floresta, e uma bala de rifle cantou pela porta e fez o mosquete do doutor em pedaços.

Os piratas pularam a cerca como macacos. Squire e Gray atiraram repetidas vezes, três homens caíram, um para a frente do recinto, dois para o lado de fora. Mas, destes, um estava evidentemente mais assustado do que ferido, pois ele pôs-se de pé novamente e imediatamente desapareceu entre as árvores.

Dois saíram comendo poeira, um havia fugido, quatro se firmaram dentro de nossas defesas, enquanto do abrigo da floresta sete ou oito homens, cada um evidentemente abastecido com vários mosquetes, mantinham um fogo contínuo, embora inútil, tentando acertar a cabana.

Os quatro que conseguiram se alojar nas nossas defesas gritavam enquanto corriam, e os homens entre as árvores gritaram de volta para encorajá-los. Vários tiros foram disparados, mas tamanha era a pressa dos atiradores que nenhum pareceu ter surtido efeito. Em um momento, os quatro piratas invadiram o terreno e estavam sobre nós.

A cabeça de Job Anderson, o contramestre, apareceu na abertura do meio.

– Pra cima deles! Pra cima deles! – ele rugiu com voz de trovão.

No mesmo momento, outro pirata agarrou o mosquete de

Hunter pelo cano, arrancou-o de suas mãos, arrancou-o pela abertura e, com um golpe atordoante, deixou o pobre sujeito inconsciente no chão.

Enquanto isso, um terceiro, correndo ao redor da casa sem ser visto, apareceu de repente na porta e se atirou de sabre em punho em cima do doutor.

Nossa posição se invertera por completo. Em dado momento, estávamos atirando contra um inimigo exposto, agora éramos nós que ficamos descobertos e não podíamos devolver o golpe.

A casa estava cheia de fumaça, à qual devíamos nossa relativa segurança. Gritos e confusão, clarões, tiros de pistola e um gemido contínuo ecoaram em meus ouvidos.

– Saiam, rapazes, saiam e lutem contra eles a céu aberto! Aos sabres! – gritou o capitão.

Peguei um sabre da pilha e alguém, ao mesmo tempo pegando outro, me deu um corte nos nós dos dedos que quase não senti. Corri para fora da porta para a luz clara do sol. Alguém estava atrás, eu não sabia quem. Bem na frente, o doutor perseguia seu agressor colina abaixo e, assim que meus olhos caíram sobre ele, abaixou a guarda e caiu de costas com um grande corte no rosto.

– Ao redor da casa, rapazes! Ao redor da casa! – gritou o capitão e, mesmo no tumulto, percebi uma mudança em sua voz.

Obedeci mecanicamente, virei para o leste e, com o sabre levantado, contornei a casa correndo. No momento seguinte, estava cara a cara com Anderson. Ele rugiu alto, e levantou seu sabre acima de sua cabeça, brilhando à luz do sol. Não tive tempo para ter medo, mas como o golpe ainda estava iminente, saltei rapidamente para um lado e meu pé afundou na areia fofa, o que me desequilibrou fazendo-me rolar ribanceira abaixo.

Quando eu saíra pela porta, vi que os outros amotinados já estavam subindo pela paliçada para acabar conosco. Um homem, de gorro vermelho, com o sabre na boca, chegou até a subir e passar uma perna para o lado de dentro da paliçada. Bem, o intervalo foi tão curto que, quando me pus de pé novamente, todos estavam na mesma posição, o sujeito do gorro vermelho ainda meio caído, outro apenas mostrando a cabeça acima do topo da paliçada. E ainda, neste fôlego de tempo, a luta acabou e a vitória era nossa.

Gray, logo atrás de mim, abateu o grande contramestre antes que ele tivesse tempo de se recuperar de seu último golpe. Outro havia levado um tiro dentro de uma abertura no próprio ato de atirar para dentro da casa e agora estava agonizante, a pistola ainda fumegando em sua mão. Um terceiro, como eu tinha visto, foi eliminado de uma só vez pelo doutor. Dos quatro que escalaram a paliçada, apenas um permaneceu desaparecido, e ele, tendo deixado seu sabre no campo, estava escalando novamente seguido pelo medo da morte.

– Fogo! Fogo da casa! – gritou o doutor. – Abriguem-se rapazes.

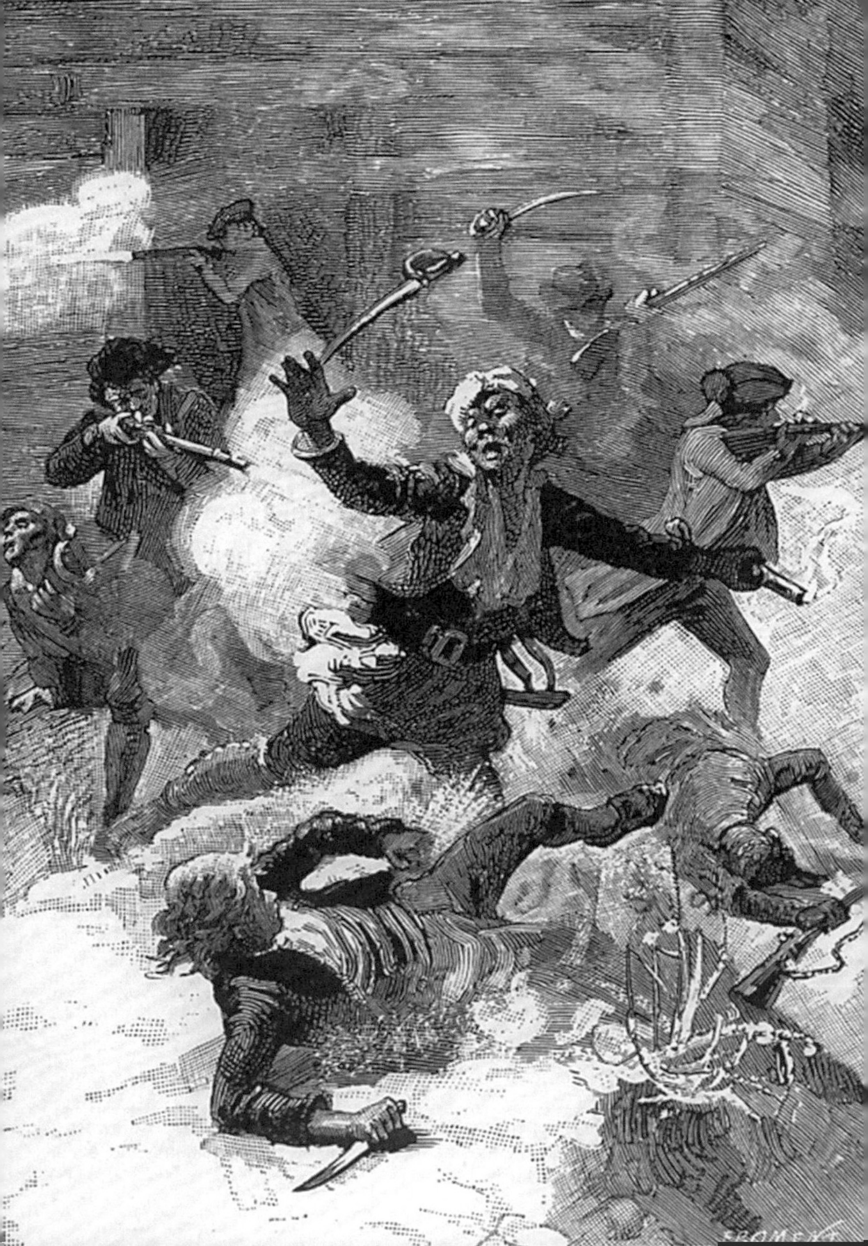

Mas suas palavras foram ignoradas, nenhum tiro foi disparado e o último pirata escapou e desapareceu junto com o resto na floresta. Em três segundos, nada restava do grupo atacante, exceto os cinco que haviam caído, quatro por dentro e um outro por fora da paliçada.

O doutor, Gray e eu corremos a toda velocidade em busca de abrigo. Os sobreviventes logo estariam de volta onde haviam deixado seus mosquetes e, a qualquer momento, o fogo poderia recomeçar.

Assim que as coisas se acalmaram, pudemos ver de relance o preço que pagamos pela vitória. Hunter ficou ao lado de sua abertura, atordoado, Joyce perto dele, com um tiro na cabeça, para nunca mais se mover, enquanto bem no centro, o fidalgo apoiava o capitão, um tão pálido quanto o outro.

– O capitão está ferido – disse o Sr. Trelawney.

– Eles fugiram? – perguntou o Sr. Smollett.

– Todos os que conseguiram, esteja certo – respondeu o doutor –, mas há cinco deles que nunca mais correrão.

– Cinco! – gritou o capitão. – Assim é bem melhor. Cinco contra três nos deixa com quatro a nove. São melhores chances do que tínhamos no início. Tínhamos de sete a dezenove antes, ou pensávamos que tínhamos, e isso era difícil de superar[44].

---

[44]. Os amotinados logo eram apenas oito, pois o homem baleado pelo Sr. Trelawney a bordo da escuna morreu naquela mesma noite devido ao ferimento. Mas, isso, é claro, só ficamos sabendo mais tarde.

Parte 5

Minha Aventura Marítima

Como Começou Minha Aventura no Mar

Não houve mais tiros vindos do bosque e nem sinal dos amotinados. Eles haviam "recebido sua cotação para aquele dia", como disse o capitão, e tínhamos o lugar só para nós e um tempo tranquilo para atender aos feridos e preparar o jantar. O fidalgo e eu cozinhamos do lado de fora, apesar do perigo, mas não conseguíamos nos concentrar no que fazíamos por causa dos horríveis gemidos e gritos dos pacientes do doutor.

Dos oito homens que haviam sido feridos em combate, apenas três ainda respiravam, o pirata que havia sido baleado na abertura, Hunter e o Capitão Smollett e, destes, os primeiros dois estavam praticamente mortos, o amotinado realmente morreu enquanto o doutor o operava, e Hunter, apesar de todos os esforços, nunca recuperou os sentidos.

Ele ficou o dia todo respirando ruidosamente como o velho bucaneiro após um derrame cerebral, os ossos de seu peito haviam sido esmagados pelo golpe e seu crânio fraturado ao cair, e algum tempo na noite seguinte, sem emitir um único som, ele foi visitar seu Criador.

O capitão não teve nenhum órgão atingido fatalmente. Seus ferimentos eram graves, mas não perigosos. O primeiro tiro que o acertou foi desferido por Anderson, este quebrou sua omoplata e atingiu o pulmão, mas não foi muito profundo. O segundo apenas rasgou e deslocou alguns músculos da panturrilha. Ele tinha certeza de que se recuperaria, disse o doutor, mas enquanto isso, e nas próximas semanas, ele não deveria andar, nem mover o braço, nem mesmo falar, quando pudesse evitar.

Meu corte acidental nos nós dos dedos foi uma picada de pulga. O Dr. Livesey remendou um emplasto e puxou minhas orelhas como pagamento da consulta.

Depois do almoço, o fidalgo e o doutor se sentaram ao lado do capitão e conversaram por algum tempo e, quando terminaram, o doutor pegou o chapéu e as pistolas, prendeu o sabre na cintura, colocou o mapa no bolso e, com um mosquete sobre o ombro, cruzou a paliçada no lado norte e partiu rapidamente por entre as árvores.

Gray e eu estávamos sentados na outra extremidade da casa, de modo que não conseguimos ouvir a conversa dos oficiais, e Gray tirou o cachimbo da boca e quase se esqueceu de colocá-lo de volta, de tão espantado que ficou com o ocorrido.

— Em nome de Davy Jones – disse ele – o Dr. Livesey perdeu o juízo?

— Ora, não – eu disse. – Ele será o último dessa equipe a perdê-lo, presumo.

— Bem, companheiro – disse Gray –, louco ele pode não estar, mas se ele não estiver, marque minhas palavras, eu estou.

— Suponho – interrompi – que o doutor teve uma ideia e, se eu estiver certo, ele vai agora ver Ben Gunn.

Eu estava certo, como vimos mais tarde, mas nesse ínterim, com a casa que mais parecia um forno e a pequena trilha de areia dentro da paliçada em chamas com o sol do meio-dia, comecei a ter outro pensamento na cabeça, o que não era nada certo. O que comecei a fazer foi invejar o doutor que caminhava na sombra fresca do bosque com os pássaros em volta e o cheiro agradável dos pinheiros, ao passo que eu estava fritando sentado na grelha, com a roupa grudada na resina quente. E havia tanto sangue por perto e pobres cadáveres espalhados por toda a parte, que comecei a sentir uma repugnância quase tão forte quanto o medo.

Ocupei-me lavando a casa e depois a louça do jantar, porém os sentimentos de repulsa e inveja foram ficando cada vez mais fortes, até que, finalmente, estando perto de um saco de pão, e ninguém então me observando, eu tomei o primeiro passo em direção à minha aventura e enchi os dois bolsos do meu casaco com biscoitos.

Eu fui um tolo, você pode deduzir, e certamente faria uma idiotice, mas estava determinado a fazê-la com todas as precauções ao meu alcance. Os biscoitos me impediriam de morrer de fome até o dia seguinte, se algo me acontecesse.

A próxima coisa que peguei foi um par de pistolas e, como já tinha um polvorinho[45] e balas, me senti bem abastecido de armas.

O plano que tinha em mente não era de todo ruim. Eu deveria descer a faixa de areia que divide o ancoradouro e a nascente do mar aberto, encontrar a rocha branca que observei na noite anterior e verificar se era lá ou não que Ben Gunn havia escondido seu barco, algo que vale muito a pena, como eu ainda acredito. Mas como eu tinha certeza de que não me deixariam sair do abrigo, meu único plano era sair à francesa e escapar quando ninguém estivesse olhando, e essa era uma maneira tão ruim de fazer isso que tornava a coisa errada. Mas eu era apenas um menino e havia decidido.

Bem, da forma como as coisas se sucederam, encontrei uma oportunidade admirável. O fidalgo e Gray estavam ocupados ajudando o capitão com seus curativos, e a barra estava limpa. Então eu pulei por cima da paliçada e me meti na parte mais densa das árvores e, antes que minha ausência fosse observada, eu estava longe de gritos nos meus ouvidos.

Esta foi minha segunda loucura, muito pior do que a primeira, pois deixei apenas dois homens em condições de guardar a casa, mas como na primeira vez, foi uma ajuda para salvar a todos nós.

---

45. Frasco próprio para levar pólvora à caça.

A Ilha do Tesouro

Segui direto para a costa leste da ilha, pois estava decidido a descer pelo lado do mar da costa para evitar qualquer chance de observação do ancoradouro. Já era final da tarde, embora ainda estivesse quente e ensolarado. Enquanto continuava a percorrer o bosque alto, podia ouvir de longe, não apenas o estrondo contínuo das ondas, mas também um certo movimento da folhagem e o rangido dos galhos que me mostraram que a brisa do mar estava mais forte do que o normal. Logo, rajadas de ar frio começaram a chegar a mim e, alguns passos adiante, cheguei à borda da enseada e vi o mar azul e ensolarado até o horizonte e as ondas batendo e lançando sua espuma ao longo da praia.

Nunca vi o mar calmo em volta da Ilha do Tesouro. O sol pode brilhar no alto, não ter um sopro de ar, a superfície da água estar lisa e azul, mas as grandes ondas ainda estariam correndo ao longo de toda a costa externa, rugindo dia e noite e, dificilmente, acredito que haja um lugar na ilha onde um homem estaria fora do alcance de seu barulho.

Caminhei ao longo da rebentação com grande prazer, até que, pensando que já estava longe o suficiente para o sul, ocultei-me em alguns arbustos grossos e rastejei cautelosamente até os recifes.

Atrás de mim estava o mar e à frente, o ancoradouro. A brisa do mar havia se dissipado e fora sucedida por ventos leves e variáveis do sul e do sudeste, levando grandes bancos de névoa, e o ancoradouro, a sotavento da Ilha do Esqueleto, estava imóvel e ermo como quando o conhecemos pela primeira vez. O *Hispaniola*, naquele espelho intacto, era retratado com exatidão do mastro até a linha d'água, com a Jolly Roger pendurada em seu pico.

Ao lado, estava um dos botes, com Silver nos bancos de popa, ele, eu sempre conseguia reconhecer, enquanto dois homens se inclinavam sobre a amurada de popa, um deles com um gorro vermelho, o próprio patife que eu tinha visto há algumas horas pulando a paliçada. Aparentemente, eles estavam conversando e rindo, embora, àquela distância, mais de um quilômetro e meio, eu não pudesse, é claro, ouvir nenhuma palavra do que foi dito. De repente, começaram os gritos mais horríveis e sobrenaturais que, a princípio me assustaram muito, embora eu logo tivesse me lembrado da voz do Capitão Flint e até mesmo pensado que poderia distinguir o pássaro por sua plumagem brilhante enquanto ele se sentava empoleirada no braço do seu dono.

Pouco depois, o barco partiu em direção à terra, e o homem de gorro vermelho e seu camarada desceram pela escotilha de cabine.

O sol já estava se pondo atrás do Morro da Luneta, e começou a escurecer de verdade. A névoa estava se formando rapidamente. Percebi que não devia perder tempo se quisesse encontrar o barco naquela noite.

A rocha branca, suficientemente visível acima dos arbustos, ainda estava cerca de oitocentos metros descendo a enseada, e demorei um bom tempo para chegar, rastejando ou engatinhando entre os arbustos. Já era quase noite quando coloquei minha mão em sua superfície áspera. Logo abaixo, à frente dela, havia uma depressão excessivamente pequena de grama verde, escondida por uma densa mata na altura dos meus joelhos, que crescia ali abundantemente e, no centro do vale, havia uma pequena tenda de peles de cabra, como a que os ciganos carregam consigo na Inglaterra.

Eu me joguei no buraco, levantei a lateral da tenda e lá estava o barco de Ben Gunn, feito à mão, como eu nunca tinha visto igual. A estrutura era tosca e assimétrica de madeira dura, e estendida sobre ela uma cobertura de pele de cabra, com a parte do pelo para dentro. A coisa era extremamente pequena, mesmo para mim, e mal posso imaginar que poderia ter flutuado com um homem adulto e forte lá dentro. Havia uma bancada colocada o mais baixo possível, uma espécie de maca na proa e um remo duplo para propulsão. Eu ainda não tinha visto um *coracle*[46], como o feito pelos antigos bretões[47], mas vi um neste instante, e não posso dar uma ideia de imagem mais justa do barco de Ben Gunn do que dizendo que era como o primeiro e pior *coracle* já feito pelo homem. Mas a grande vantagem que o *coracle* certamente possuía era ser extremamente leve e portátil.

Bem, agora que eu tinha encontrado o barco, talvez tenha pensando que eu estava farto de aventuras, mas nesse ínterim tive outra ideia e me tornei tão obstinadamente em

---
46. Pequena embarcação arredondada, podendo ser comprida e utilizar-se de vários remos.
47. Integrantes de um grupo étnico celta que habitavam a região da Bretanha, na França.

colocá-la em prática, creio, na presença do próprio Capitão Smollett. Consistia em sair na calada da noite, cortar as amarras do *Hispaniola* deixando-o à deriva para encalhar onde desejasse. Eu estava convencido de que os amotinados, depois de terem sido repelidos de manhã, não hesitariam em levantar âncora e partir, isso pensei que seria bem merecido, e agora, tendo visto como eles deixaram seus vigias desprovidos de um barco, pensei que poderia ser feito com pouco risco.

Sentei-me para esperar o anoitecer e fiz uma refeição farta de biscoitos. Era uma noite ideal para o meu propósito. A névoa havia encoberto todo o céu. Conforme os últimos raios de luz do dia diminuíam e desapareciam, a escuridão absoluta se instalava na Ilha do Tesouro. E quando, por fim, coloquei o *coracle* sobre os ombros e tateei no escuro cambaleando para fora da cavidade onde havia entrado, havia apenas dois pontos visíveis em todo o ancoradouro.

Um era a grande fogueira na costa, onde os piratas derrotados festejavam próximo ao pântano. O outro, um mero borrão de luz na escuridão indicava a posição do navio ancorado. Ele tinha virado para a vazante, sua proa agora estava voltada para mim e as únicas luzes a bordo estavam vindo da cabine. O que vi foi apenas um reflexo na névoa dos fortes raios que fluíam da janela de popa.

A maré já havia baixado há algum tempo, e eu tive que passar por um longo cinturão de areia pantanosa, onde afundei várias vezes acima do tornozelo antes de chegar à beira da água que recuava e, metendo-me nela, e com pouco de força e destreza, coloquei meu *coracle*, quilha para baixo, na superfície.

As Corridas da Maré Vazante

O *coracle,* como já imaginara, era um barco muito seguro para uma pessoa da minha altura e peso, flutuante e equilibrado no mar, mas por outro lado, era a embarcação mais caprichosa e imprevisível de se manobrar, mais do que qualquer outra coisa. Fizesse o que fizesse, ele sempre girava a todo momento e sua melhor manobra eram as reviravoltas. Até o próprio Ben Gunn admitiu que ele era "estranho de se lidar até que você conhecesse o caminho".

Com certeza, este era o meu caso. Ele se virava em todas as direções, exceto aquela que eu deveria seguir. A maior parte do tempo estávamos indo para o lado contrário, e tenho certeza de que nunca chegaria ao navio, se não fosse pela maré. Por sorte, remasse como quisesse, a maré me arrastava, e lá estava o *Hispaniola* bem no meio do meu caminho.

O navio surgiu na minha frente como uma mancha de algo ainda mais negro do que a escuridão, então suas velas e o casco começaram a tomar forma e, no momento seguinte (pois, quanto mais longe eu ia, mais forte era a corrente da maré) eu já estava ao lado de suas amarras e as agarrei.

A amarra estava esticada tal qual a corda de um arco, e a correnteza era tão forte que puxava a âncora. Pelo outro lado, ao redor do casco, na escuridão, a correnteza borbulhava e cantava como um pequeno riacho na montanha. Um corte com minha navalha e o *Hispaniola* seguiria ao sabor da maré.

Até aí tudo bem, mas depois me ocorreu que uma amarra

esticada, cortada repentinamente, é uma coisa tão perigosa quanto um cavalo dando coice. E apostei que, se eu fosse tão temerário a ponto de cortar o *Hispaniola* de sua âncora, eu e o *coracle* seríamos jogados para fora d'água.

Parei completamente e, se a sorte não tivesse novamente me favorecido, eu precisaria ter abandonado meu plano. Mas o vento leve, que começou a soprar do sudeste e do ul, mudou o rumo para o sudoeste. Enquanto eu estava pensando no assunto, um sopro veio, pegou o *Hispaniola* e o impeliu contra a correnteza e, para minha grande alegria, senti a amarra afrouxar e a mão com a qual eu a segurava mergulhou por um segundo na água.

Com isso, me decidi, tirei minha navalha, abri-a com os dentes e cortei um fio após o outro, até que o cabo se partisse em dois. Depois parei, aguardando a ocasião de cortar logo que a força do navio fosse de novo aliviada por um sopro de vento.

O tempo todo ouvi o som de vozes altas vindo da cabine, mas para ser sincero, minha mente estava tão ocupada com outros pensamentos que eu mal dei ouvidos. Agora, porém, como não tinha mais nada para fazer, comecei a prestar mais atenção.

Reconheci a voz do timoneiro, Israel Hands, que havia sido o artilheiro de Flint. O outro era, claro, meu amigo do gorro vermelho. Os dois homens estavam obviamente na maior bebedeira, e estavam ainda mais bêbados, pois, mesmo enquanto eu os ouvia, um deles, com um grito de bêbado, abriu a janela de popa e jogou fora alguma coisa, que imaginei ser uma garrafa vazia. Mas eles não estavam apenas embriagados, estavam com muita raiva. Os xingamentos voaram como pedras de granizo e, de vez em quando, vinha uma explosão que eu pensei que certamente terminaria em briga. Mas, a cada discussão, as vozes resmungavam mais baixo por um tempo, até que a próxima veio e, por sua vez, acabou sem resultado.

Na costa, eu podia ver o brilho da grande fogueira queimando calorosamente por entre as árvores do litoral. Alguém estava cantando uma canção maçante, velha e monótona de um marinheiro, com um floreio melodramático e um tremor no final de cada verso e aparentemente sem fim, a depender da paciência do cantor. Eu tinha ouvido isso na viagem mais de uma vez e me lembrava destas palavras:

"Da tripulação só um escapou,
Os outros setenta e cinco o mar levou."

E eu achei que era uma cantiga muito dolorosamente apropriada para uma companhia que enfrentou perdas tão cruéis pela manhã. Mas, de fato, pelo que vi, todos esses bucaneiros eram tão insensíveis quanto o mar em que navegavam.

Por fim, veio a brisa, a escuna desviou e se aproximou novamente. Senti a amarra afrouxar mais uma vez e, com um esforço bom e forte, cortei as últimas fibras.

A brisa teve pouca influência no *coracle*, e quase instantaneamente fui empurrado contra a proa do *Hispaniola*. Ao mesmo tempo, a escuna começou a inclinar-se, girando lentamente, ponta a ponta, através da correnteza.

A cada momento, achei que fosse ficar inundado. Trabalhei com todas as minhas forças e descobri que não poderia empurrar o *coracle* diretamente para fora, então o empurrei direto para a popa. Por fim, fiquei longe do navio e, no momento em que dei o último impulso, minhas mãos encontraram uma corda leve que estava pendurada ao longo das amuradas da popa. Eu a agarrei instantaneamente.

Devo ter agido por puro instinto, mas assim que a peguei com minhas mãos, a curiosidade começou a prevalecer, e decidi que deveria dar uma olhada pela janela da cabine.

Puxei a corda devagar e me senti seguro e perto o suficiente, subi cerca de metade da minha altura e assim consegui ver o teto e uma parte do interior da cabine.

A essa altura, a escuna e seu pequeno consorte estavam deslizando rapidamente pela água. Na verdade, já estávamos passando em frente à fogueira do acampamento. O navio "falava", como dizem os marinheiros, em voz alta, pisando nas inúmeras ondulações com um esguicho incessante e até que coloquei meu olho acima do parapeito da janela, não pude compreender por que os vigias não se alarmaram. Um olhar, entretanto, foi suficiente e foi apenas um olhar que ousei dar daquele barco instável. Ele me mostrou o Hands e outro marujo travando uma luta mortal, cada um com a mão na garganta do outro.

Eu me joguei no banco novamente, pois estava quase a cair no mar. Eu não conseguia ver nada no momento, exceto aqueles dois rostos furiosos e vermelhos balançando juntos sob o candeeiro, e fechei meus olhos para deixá-los se familiarizar novamente com a escuridão.

A batalha interminável havia finalmente chegado ao fim, e toda a companhia ao redor da fogueira irrompeu no refrão que eu ouvira tantas vezes:

> *"Quinze homens no tronco do defunto*
> *Io ho e uma garrafa de rum!*
> *O álcool e o diabo mataram todo o resto*
> *Io ho e uma garrafa de rum!"*

Eu estava pensando como a bebida e o diabo estavam ocupados naquele exato momento na cabine do *Hispaniola*, quando fui surpreendido por um súbito movimento do *coracle*. No mesmo momento, ele guinou bruscamente e pareceu mudar de curso e a velocidade havia aumentado estranhamente.

Eu abri meus olhos imediatamente. À minha volta, havia pequenas ondulações, movendo-se com um som agudo e eriçado e ligeiramente fosforescente. O próprio *Hispaniola*, a poucos metros de onde eu ainda estava sendo empurrado, parecia cambalear em seu curso, e vi seus mastros sacudirem um pouco contra a escuridão da noite. Então, quando olhei mais atentamente, certifiquei-me de que ele também estava girando para o sul.

Olhei por cima do ombro e meu coração bateu contra minhas costelas. Lá, bem atrás de mim, estava o brilho da fogueira. A correnteza girava em ângulos retos, varrendo com ela a alta escuna e o pequeno *coracle* dançante. Cada vez mais acelerado, cada vez borbulhando mais alto, cada vez mais murmurando mais alto, ele girava pelos estreitos em direção ao mar aberto.

De repente, a escuna à minha frente deu um guincho violento, virando, talvez, uns vinte graus e, quase no mesmo momento, um grito seguido de outro vindo de bordo. Eu podia ouvir pés batendo em corrida para a escada e sabia que os dois bêbados haviam finalmente interrompido sua briga e percebido o possível desastre.

Deitei-me no fundo daquele esquife miserável e recomendei devotamente meu espírito ao seu Criador. Assegurei-me de que cairíamos em alguma barreira de furiosas ondas, onde todos os meus problemas seriam encerrados rapidamente. E, embora pudesse, talvez, suportar a morte, não suportaria olhar para o meu destino enquanto se aproximava.

Portanto, devo ter ficado deitado por horas, continuamente jogado de um lado para outro nas ondas, de vez em quando molhado com borrifos que voavam, e nunca deixando de esperar a morte no próximo mergulho. Gradualmente, o cansaço tomou conta de mim. Uma dormência, um estupor ocasional, apossou-se da minha mente, mesmo em meio aos meus terrores, até que o sono finalmente prevaleceu e em meu *coracle* sacudido pelo mar eu me deitei e sonhei com minha casa e com a velha Almirante Benbow.

O Cruzeiro do Coracle

Quando acordei, já era dia claro e me vi atirado no extremo sudoeste da Ilha do Tesouro. O sol estava alto, mas ainda escondido de mim atrás do grande Morro da Luneta, que deste lado descia quase até o mar em penhascos formidáveis.

O Pontal da Bolina e o Morro da Mezena estavam bem próximos, ao meu lado, a colina nua e escura, a ponta cercada por penhascos de doze ou quinze metros de altura e orlada por grandes massas de rocha caída. Eu estava quase quatrocentos metros em direção ao litoral, e foi meu primeiro pensamento remar e desembarcar.

Logo abandonei essa ideia. Entre as rochas caídas, as ondas jorravam e rugiam. Borrifos voando e caindo, e eu me via, se me aventurasse mais perto, morrendo precipitadamente na costa acidentada ou gastando minhas forças em vão para escalar os penhascos escarpados.

Mas isso não foi tudo. Eu vi enormes monstros viscosos, dois ou três grupos de vinte que pareciam caracóis macios, por assim dizer, de incrível grandeza, rastejando juntos em rochas planas ou se deixando cair no mar com altos latidos.

Mais tarde, compreendi que eles eram leões marinhos e totalmente inofensivos. Mas o aspecto deles, somado à dificuldade da costa e à altura das ondas, era mais do que suficiente para me antipatizar com aquele local de desembarque. Senti-me mais disposto a morrer de fome no mar do que enfrentar tais perigos.

Entretanto, tive uma chance melhor, como supunha. Ao norte do Pontal da Bolina, a terra é longa, deixando na maré baixa uma longa extensão de areia amarela. E mais ao norte disso, vem outro cabo, o Cabo dos Bosques, como estava marcado no mapa, coberto por altos pinheiros verdes, que desciam até a margem do mar.

Lembrei-me do que Silver havia dito sobre a correnteza que se punha para o norte ao longo de toda a costa oeste da Ilha do Tesouro e, vendo pela minha posição que já estava sob sua influência, preferi deixar o Pontal da Bolina para trás e reservar minha força para uma tentativa de desembarcar no Cabo dos Bosques, de aparência mais amável.

Havia uma onda grande e suave no mar. O vento soprava constante e suave do sul, não havia contrariedade entre ele e a correnteza, e as ondas subiam e desciam sem quebrar.

Se tivesse sido de outra forma, eu provavelmente já teria morrido há muito tempo, mas do jeito que estava, é surpreendente como meu pequeno e leve barco conseguia navegar com facilidade e segurança. Frequentemente, enquanto eu ainda estava no fundo e não mantinha mais do que um olho acima da amurada, via um grande cume azul erguendo-se bem acima de mim. No entanto, o *coracle* apenas saltava um pouco, dançava como se estivesse sobre molas e afundava do outro lado na depressão com a leveza de um pássaro.

Depois de um tempo, comecei a ficar muito ousado e me sentei para testar minha habilidade no remo. Mas, mesmo uma pequena mudança na disposição do peso, resultaria em mudanças violentas no comportamento de um *coracle*. Eu mal havia me movido e minha pequena embarcação desistiu imediatamente de seu suave movimento de dança, indo direto na direção de uma encosta de água tão íngreme que me deixou tonto.

Fiquei encharcado e apavorado, e retornei imediatamente à minha antiga posição, no que o *coracle* pareceu reencontrar seu equilíbrio me conduzindo tão suavemente como antes entre as ondas. Estava claro que ele não deveria ser incomodado, mas naquele ritmo, uma vez que eu não podia de forma alguma interferir em seu curso, que esperança me restava de chegar a terra?

Comecei a ficar terrivelmente assustado, mas mantive a calma, apesar de tudo. Primeiro, movendo-me com todo o cuidado, gradualmente fui tirando a água do *coracle* com meu gorro. Então, pondo meu olho mais uma vez acima da amurada, comecei a estudar como ele conseguia deslizar tão silenciosamente por entre as ondas.

Descobri que cada onda, em vez de ser aquela montanha grande, lisa e espelhada que se vê da terra ou do convés do navio, era em tudo semelhante aos montes da terra, com picos, planícies e vales. O *coracle*, entregue a si mesmo, girando de um lado para o outro, cosia, por assim dizer, seu caminho por essas partes mais baixas e evitava as encostas íngremes e os picos mais altos.

"Bem, é claro que", pensei comigo mesmo, "devo ficar onde estou e não perturbar o equilíbrio, mas também está claro que posso colocar o remo de lado e, de vez em quando, dar-lhe um ou dois empurrões com os remos em direção a terra". Foi só pensar nisso que imediatamente comecei a pôr em prática. Lá, eu deitei nos cotovelos na posição mais difícil, e, de vez em quando, dava uma ou duas remadas fracas para virar a proa em direção à costa.

Foi um trabalho lento e muito cansativo, mas ganhei terreno visivelmente e, conforme nos aproximávamos do Cabo dos Bosques, embora visse que infalivelmente não chegaria a esse local, havia me deslocado algumas centenas de metros para leste. Eu estava, de fato, perto. Eu podia ver as copas das árvores verdes e frescas balançando juntas com a brisa, e tive certeza de que deveria alcançar o próximo promontório sem falhar.

Já era tempo, pois agora comecei a ser torturado pela sede. O brilho do sol lá de cima, seu reflexo mil vezes maior nas ondas, a água do mar que caía e secava sobre mim, endurecendo meus lábios com sal, combinaram para fazer minha garganta queimar e meu cérebro doer. A visão das árvores tão próximas quase me deixou ansioso, mas a correnteza logo me levou além daquele ponto e, quando a próxima extensão do mar se abriu, eu tive uma visão que mudou a natureza de meus pensamentos.

Bem na minha frente, a menos de um quilômetro de distância, vi o *Hispaniola* navegando. Certificava-me, é claro, de que seria capturado, mas eu estava tão angustiado com a falta de água que mal sabia se ficava feliz ou arrependido com o pensamento e, muito antes de ter chegado a uma conclusão, a surpresa tomou conta de minha mente e eu não podia fazer nada além de olhar e me maravilhar.

O *Hispaniola* estava sob sua vela principal e duas bujarronas[48], e a bela lona branca brilhava ao sol como neve ou prata. Quando o avistei pela primeira vez, todas as suas velas estavam enfunadas e ele estava seguindo um curso para noroeste, e presumi que os homens a bordo estavam contornando a ilha em direção ao ancoradouro. Logo, ele começou a guinar mais e mais para o oeste, de modo que pensei que eles tinham me avistado e estavam saindo em perseguição. Por fim, ele se posicionou contra o vento, foi puxado para trás e ficou ali à deriva, com as velas balançando.

– Caras desajeitados – afirmei. – Eles ainda devem estar bêbados como gambás – e pensei em como o capitão Smollett os teria feito pular.

Enquanto isso, a escuna gradualmente virou e navegou rapidamente por um minuto ou mais até ficar contra o vento. Isso foi repetido várias vezes. Para lá e para cá, para cima e para baixo, norte, sul, leste e oeste, o *Hispaniola* navegava em investidas e arremetidas, e cada repetição terminava como havia começado, com a lona batendo preguiçosamente. Ficou claro para mim que ninguém o estava conduzindo. E se sim, onde estavam os homens? Ou eles estavam completamente bêbados ou o abandonaram,

---

48. A maior das velas de proa, de forma triangular, que se enverga em um dos estais do velacho.

pensei, e talvez se eu pudesse embarcar, pudesse devolver o navio ao seu capitão.

A correnteza estava levando o *coracle* e a escuna para o sul na mesma velocidade. Quanto à viagem desta última, foi tão selvagem e intermitente, e ela ficou parada por tanto tempo que certamente não avançou nada, nem mesmo recuou. Se ao menos eu ousasse sentar e remar, eu me certificaria de que poderia alcançá-la. O plano tinha um ar de aventura que me inspirou, e a ideia de chegar ao barril de água na proa dobrou minha coragem.

Levantei-me, fui recebido quase instantaneamente por outra borrifada de água, mas dessa vez me mantive no meu propósito e, com toda minha força e cautela, comecei a remar atrás do *Hispaniola*. Enfrentei uma onda tão forte que meu coração ficou palpitando como um pássaro, mas aos poucos, consegui guiar meu *coracle* entre as ondas, apenas de vez em quando recebendo um golpe das ondas e uma pitada de espuma no meu rosto.

Estando mais próximo do navio, eu podia ver o latão da cana do leme brilhar enquanto balançava, e, mesmo assim, nenhuma alma apareceu no convés. Eu não podia supor outra coisa que não ter sido abandonada. Do contrário, os homens estariam bêbados lá embaixo, onde eu poderia prendê-los, talvez, e fazer o que quisesse com o navio.

Por algum tempo, ele vinha fazendo a pior coisa possível por mim: ficar parado. Cada vez mais, ele apontava para o sul, suas velas se enfunavam parcialmente e isso lhe trazia um impulso por um tempo. Eu disse que isso era a pior coisa possível para mim, pois, impotente como ele parecia estar, com a lona estalando como um canhão e os blocos rolando e batendo no convés, o navio ainda continuava a fugir de mim, não apenas com a velocidade da correnteza, mas por todo o seu movimento à deriva, que era naturalmente grande.

Mas, então, finalmente, tive minha chance. A brisa baixou por alguns segundos, e a correnteza girou lentamente o *Hispaniola* em torno de seu centro e por fim me apresentou sua popa, com a janela da cabine ainda escancarada e a lamparina sobre a mesa acesa como dia. A vela principal pendia inerte feito bandeira. Ele estava completamente imóvel, a não ser pela correnteza.

No último momento, eu até pensei que tivesse perdido, mas agora, redobrando meus esforços, comecei mais uma vez a me recuperar.

Quando eu estava a menos de cem metros, o vento soprou novamente fazendo com que o navio rumasse em direção à ilha, inclinando e deslizando como uma andorinha.

Meu primeiro impulso foi de desespero, mas o segundo foi de alegria. O navio rodou até ficar com seu costado virado para mim, e continuou rodando até a metade e depois dois terços e então três quartos da distância que nos separava. Eu podia ver as ondas borbulhando brancas sob sua linha d'água. Visto do *coracle,* ele parecia imensamente alto.

E então, de repente, comecei a compreender. Eu mal tive tempo para pensar, mal tive tempo para agir e me salvar. Eu estava no topo de uma onda quando a escuna veio deslizando sobre a próxima. O mastro de gurupés estava sobre minha cabeça. Eu me levantei e saltei, empurrando o *coracle* para debaixo d'água. Com uma das mãos, segurei a retranca da bujarrona, enquanto meu pé ficou preso entre o estai[49] e o suporte. E, como eu ainda estava agarrado ali ofegante, um golpe surdo me disse que a escuna havia investido contra o *coracle* e que eu não poderia mais sair do *Hispaniola*.

---

49. Cada um dos cabos que sustentam a mastreação para vante.

Descendo a Jolly Roger

Eu mal tinha me acomodado no gurupés quando a bujarrona panejou e se enfunou para o outro lado, com um estrondo de canhão. A escuna tremeu até a quilha sob o puxão, mas no momento seguinte, com as outras velas ainda enfunando, a bujarrona panejou novamente e parou.

Isso quase me jogou no mar, e agora não perdi tempo, rastejei de volta ao longo do gurupés e me joguei de cabeça no convés.

Eu estava na parte leste do castelo de proa, e a vela principal, que ainda estava puxando, escondia de mim uma certa parte do convés. Nenhuma alma podia ser vista. As tábuas do chão, que não haviam sido esfregadas desde o motim, exibiam a marca de muitos pés, e uma garrafa vazia, quebrada pelo gargalo, rolava de um lado para o outro como uma coisa viva nos embornais[50].

Subitamente, o *Hispaniola* se virou contra o vento. A vela da bujarrona atrás de mim estalou alto, o leme bateu, todo o navio deu um solavanco e estremeceu e, no mesmo momento, o mastro principal balançou e girou por cima do convés, fazendo a lona ranger nas escotas, e me mostrou a vista do convés traseiro.

Lá estavam os dois vigias, de costas, o do gorro vermelho, rígido como um varapau, com os braços estendidos como um

---

50. Abertura no costado de um navio para saída das águas.

crucifixo e os dentes à mostra na boca aberta, e Israel Hands apoiado na amurada, o queixo no peito, as mãos estendidas para frente no convés, o rosto branco, sob o bronzeado, como um sebo de vela.

Durante algum tempo, o navio continuou a resistir e pular como um cavalo selvagem, as velas enfunando-se, ora para um lado, ora para o outro, e a verga balançando para lá e para cá até que o mastro gemesse alto sob a tensão. De vez em quando, também vinha uma nuvem de borrifos de água sobre a amurada e um forte golpe da proa do navio contra as ondas. O clima era muito mais pesado sobre este grande navio equipado do que sobre meu *coracle*, feito em casa e assimétrico, agora mergulhado no fundo do mar.

A cada salto da escuna, o gorro vermelho escorregava de um lado para outro, o que era horrível de se ver, mas nem sua postura nem seu sorriso mostrando os dentes foram perturbados pelo movimento. A cada salto também, Hands parecia afundar ainda mais em si mesmo a se deitar no convés, seus pés escorregando cada vez mais para fora, e todo o corpo inclinado para a popa, de modo que seu rosto foi, aos poucos, se escondendo de mim e, por fim, não consegui ver nada além de sua orelha e o encaracolado da suíça.

Ao mesmo tempo, observei, ao redor dos dois, respingos de sangue escuro e comecei a ter certeza de que haviam se matado em sua fúria de embriaguez.

Em determinado momento calmo em que o navio ficou parado, Israel Hands virou-se parcialmente de lado e com um gemido baixo se contorceu de volta para a posição em que eu o tinha visto primeiro. O gemido de dor, a fraqueza mortal e a maneira como sua mandíbula estava aberta, causou-me um sentimento de compaixão. Mas quando lembrei da conversa que ouvira no barril de maçã, toda a pena me deixou.

Caminhei até chegar ao mastro principal.

– Venha a bordo, Sr. Hands – eu disse ironicamente.

Ele revirou os olhos pesadamente, mas estava entorpecido demais para expressar surpresa. Tudo o que ele pôde fazer foi pronunciar uma palavra "conhaque".

Ocorreu-me que não havia tempo a perder e, esquivando-me da verga, que mais uma vez balançava no convés, passei por debaixo dela e desci as escadas para a cabine.

Foi uma cena de confusão que você dificilmente poderia imaginar. Todos os locais seguros foram abertos na busca do mapa. O chão estava coberto de lama onde os bandidos se sentaram para beber ou conversar depois de vadear nos pântanos ao redor do bosque. Os tabiques, todos pintados de branco e adornados com contas douradas, exibiam um desenho de mãos sujas. Dezenas de garrafas vazias tilintaram nos cantos com o balanço do navio. Um dos livros de medicina do doutor estava aberto sobre a mesa, com metade das folhas arrancadas, suponho, para acender cachimbos. No meio de tudo isso, o lampião ainda lançava um brilho esfumaçado, escuro e marrom como o fumo.

Desci até o porão. Todos os barris haviam sumido e um

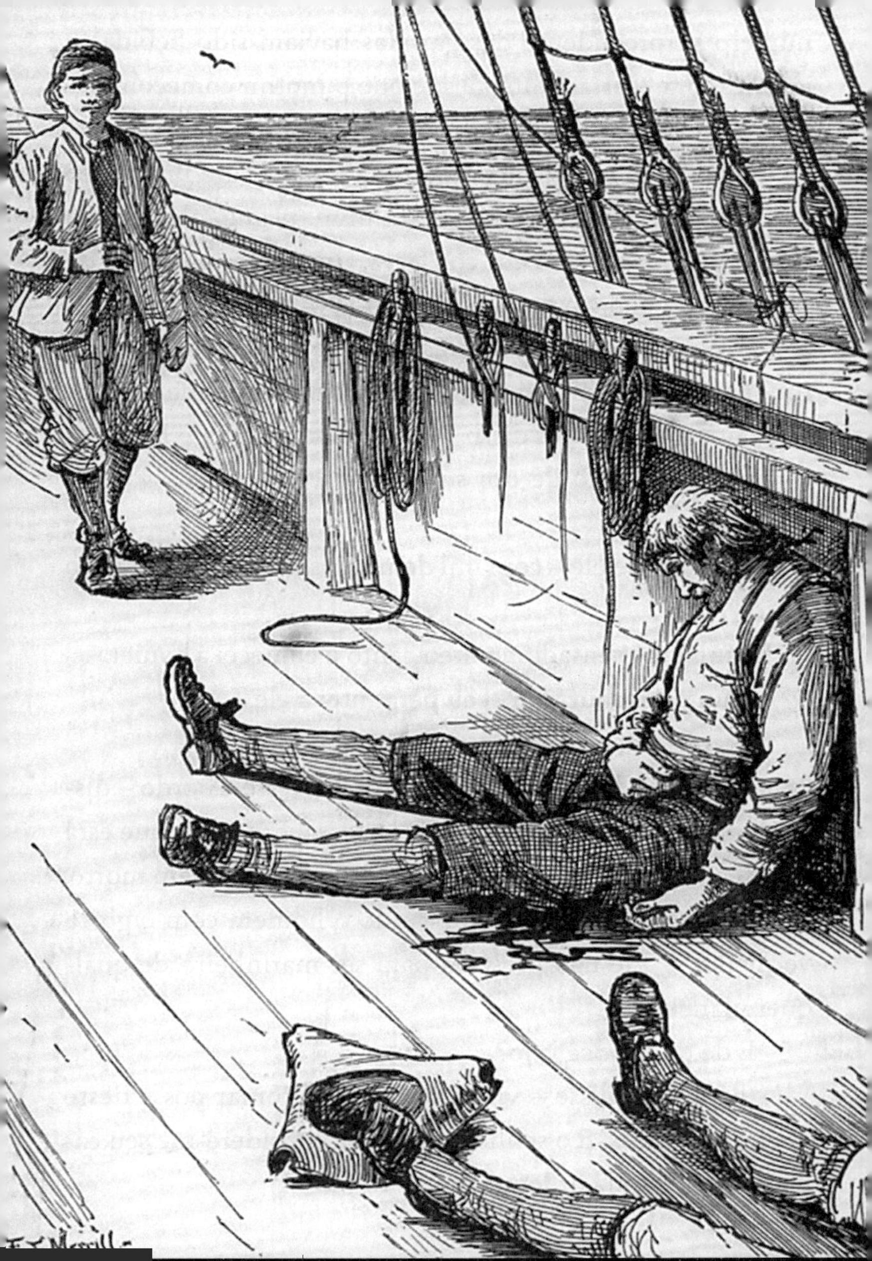

número surpreendente das garrafas haviam sido bebidas e jogadas fora. Certamente, desde que o motim começou, nenhum homem no navio conseguia ficar sóbrio.

Olhando ao redor, encontrei uma garrafa com um pouco de conhaque, para o Hands. Para mim, peguei alguns biscoitos, algumas frutas em conserva, uma grande porção de passas e um pedaço de queijo. Com isso, subi ao convés, escondi meus mantimentos atrás do leme, fora do alcance do timoneiro, fui até a proa, tomei uma boa quantidade de água e só então, e não antes disso, dei o conhaque para o Hands.

Ele bebeu tudo de um só gole antes de tirar a garrafa da boca.

– Sim – disse ele – com mil demônios, eu precisava muito disso!

Já tinha me sentado no meu canto e comecei a comer.

– Muito machucado? – eu perguntei a ele.

Ele grunhiu, ou melhor, devo dizer, latiu.

– Eu estaria bem se aquele doutor estivesse a bordo – disse ele, mas não tenho nenhuma sorte, sabe, e é isso que está acontecendo comigo. Quanto ao inútil aí, já está bem morto, se está – acrescentou ele, indicando o homem com o gorro vermelho. – Ele não prestava para ser marinheiro de qualquer maneira.

- E de onde você veio?

– Bem – eu disse – vim a bordo para tomar posse deste navio, Sr. Hands. E o senhor, por favor, considere-me seu capitão até segunda ordem.

Encarou-me com uma certa amargura, mas não disse nada. Um pouco da cor havia voltado para suas bochechas, embora ele ainda parecesse muito doente e ainda continuasse escorregando e se acomodando enquanto o navio balançava.

– A propósito – continuei –, não gosto desta bandeira, Sr. Hands. E, com sua licença, irei arriá-la. Melhor nenhuma a esta.

E, novamente, evitando a verga, baixei a maldita bandeira negra e a joguei ao mar.

– Deus salve o rei! – eu disse, acenando com o gorro. – E o fim do Capitão Silver!

Ele me observou atenta e maliciosamente, com o queixo o tempo todo em seu peito.

– Eu acho – disse ele finalmente –, acho, capitão Hawkins, que você vai querer desembarcar agora. Vamos conversar.

– Ora, sim – eu disse – é o meu maior desejo, Sr. Hands – e voltei à minha refeição com bom apetite.

– Este homem – ele começou acenando fracamente para o cadáver – O'Brien era o nome dele, um irlandês rançoso, este homem e eu levantamos as velas, querendo ver o navio de volta. Bem, ele está morto agora, se está... e bem morto, e quem vai navegar neste navio, eu não sei. Só posso dizer que, sem minha ajuda, você não conseguirá, pelo que posso ver. Agora, olhe aqui, você me dá comida e bebida e um lenço para os meus ferimentos, e eu irei dizer como navegá-lo, se você topar, eu topo.

— Vou lhe dizer uma coisa — falei. — Não vou voltar para o ancoradouro do Capitão Kidd. Pretendo entrar na Baía Norte e atracar o navio tranquilamente lá.

— Mas é claro — ele gritou. — Ora, eu não sou tão idiota, afinal. Eu posso compreender isso, não posso? Eu fiz o meu jogo, eu tentei, e eu perdi, e é você que tem as fichas agora. Baía Norte? Ora, eu não tenho escolha, não eu! Eu ajudaria você a levá-lo até a Doca de Execução[51], por um trovão! Então, eu faria.

Bem, como me pareceu, havia algum sentido nisso. Nós fechamos nosso acordo na hora. Em três minutos, fiz o *Hispaniola* navegar facilmente de vento em popa ao longo da costa da Ilha do Tesouro, com esperança de conseguir contornar o ponto norte antes do meio-dia e descer novamente até a Baía Norte antes da maré alta, quando poderíamos aportar com segurança e esperar até que a maré nos permitisse desembarcar.

Em seguida, amarrei o leme e desci para buscar no meu baú um lenço de seda macio da minha mãe. Com isso, e com minha ajuda, Hands amarrou a grande ferida sangrenta que ele recebera na coxa, e depois de ter comido um pouco e bebido mais um ou dois goles do conhaque, começou se recuperar visivelmente, endireitou-se, falou mais alto e mais claro, e pareceu em todos os sentidos outro homem.

---

51. Execution Dock era um cais no rio Tâmisa, perto da costa de Wapping, Londres, que consistia em um andaime para enforcamento usado para executar contrabandistas, amotinados e piratas que haviam sido condenados à morte pelos tribunais de Almirantado. O local foi utilizado por mais de 400 anos e teve sua última execução em 1830.

A brisa nos serviu admiravelmente. Nós deslizamos como um pássaro, com a costa da ilha passando e a vista mudando a cada minuto. Logo, cruzamos pelas terras altas e nos projetávamos ao longo de terrenos baixos e arenosos, esparsamente salpicados de pinheiros-anões e, logo em seguida, dobramos a ponta da colina rochosa onde termina a ilha ao norte.

Fiquei muito exultante com meu novo comando e satisfeito com o tempo claro e ensolarado e as diferentes perspectivas da costa. Agora, eu tinha bastante água e coisas boas para comer, e minha consciência, que havia me ferido fortemente por minha deserção, foi acalmada pela grande conquista que fiz. Tudo parecia estar perfeito e a contento, exceto pelos olhos do timoneiro enquanto eles me seguiam zombeteiramente pelo convés e o sorriso estranho que aparecia continuamente em seu rosto. Era um sorriso que continha algo tanto de dor quanto de fraqueza, o sorriso de um velho abatido. Mas, havia, além disso, um ar de escárnio, traiçoeiro, em sua expressão enquanto ele astutamente me observava e vigiava, em meu trabalho.

Israel Hands

O vento agora soprava para o oeste. Poderíamos navegar muito mais facilmente da ponta nordeste da ilha até a entrada da Baía Norte. O problema é que não tínhamos pessoal, como não conseguiríamos ancorar e não ousávamos encalhar na ilha até que a maré subisse, e não tivemos escolha senão aguardar. O timoneiro me ensinou como manter o navio parado, o que consegui após inúmeras tentativas, e ambos nos sentamos em silêncio durante outra refeição.

– Capitão – disse ele por fim, com aquele mesmo sorriso desconfortável –, lá está meu velho comparsa, O'Brien. Acho que você deveria jogá-lo ao mar. E isto não é uma regra, e não me arrependo de ter dado cabo dele, mas acho que ele não está combinando com a decoração do navio, não é? "

– Não sou forte o suficiente e não gosto do trabalho. Por mim, ele pode ficar onde está – eu disse.

– Este aqui é um navio azarado, Jim – ele continuou, piscando. – Há uma grande quantidade de homens mortos neste *Hispaniola,* uma quantidade de marujos morreu aqui desde que você e eu embarcamos para Bristol. Nunca vi tanto azar, não eu. Este O'Brien agora está morto, não está? Bem, eu não sou um estudioso, mas você que é um moço letrado, você acha sinceramente que um homem morto está morto para sempre, ou ele pode voltar a viver?

– Você pode matar o corpo, Sr. Hands, mas não o espírito, você já deve saber disso – respondi. – O'Brien existe em outro mundo e pode estar nos observando.

– Ah! – disse ele. – Bem, isso é lamentável... então matá-los foi uma perda de tempo. No entanto, os espíritos não contam muito mesmo. Posso me entender com eles, Jim. E agora, que estamos sendo sinceros, eu aceitaria se você entrasse gentilmente naquela cabine e me trouxesse um... bem... raio me partam! Não consigo lembrar o nome! Bem, você me trazer uma garrafa de vinho, Jim. Este conhaque aqui é muito forte para a minha cabeça.

A hesitação do timoneiro parecia não ser natural, e não acreditei que ele preferia vinho ao conhaque, não mesmo. Me pareceu um pretexto para que eu deixasse o convés. Eu só não conseguia entender com que propósito. Nunca me olhava nos olhos, desviava o olhar lá e para cá, para cima e para baixo, ora com um olhar para o céu, ora com um olhar de revés para o O'Brien morto. O tempo todo ele sorria e colocava a língua para fora da maneira mais culpada e envergonhada, qualquer criança perceberia que estaria tramando algo. Percebi que eu estava em vantagem por estar tratando com um sujeito burro e fui rápido com minha resposta para esconder minhas suspeitas até o fim.

– Um pouco de vinho? – eu disse. – Muito melhor. Você quer branco ou tinto?

– Para mim, qualquer um serve, desde que seja forte, e bastante, qual a diferença?

– Tudo bem – respondi. – Trarei um vinho do Porto, Sr. Hands. Mas terei de procurar para encontrar.

Dito isso, desci correndo, fazendo o máximo de barulho nas

escadas, tirei os sapatos, corri silenciosamente ao longo do corredor, subi na escada do castelo de proa e espreitei pela escotilha com toda a cautela. Eu sabia que ele não esperava me ver lá daquele lado e logo a pior de minhas suspeitas se confirmou.

Ele havia engatinhado e, embora sua perna obviamente doesse bastante quando ele se moveu, eu pude ouvi-lo abafar um gemido e ainda assim foi com uma boa velocidade que se arrastou pelo convés. Em meio minuto, ele alcançou os embornais de bombordo e pegou, de um rolo de corda, uma longa faca, ou talvez, uma adaga, manchada de sangue até o cabo. Ele olhou para ela por um momento, projetando o queixo para frente e admirando-a, experimentou a ponta na mão e então, escondendo-a apressadamente dentro do casaco, rolou de volta para seu antigo lugar contra a amurada.

Isso era tudo que eu precisava saber. Israel podia se mover, ele agora estava armado, e se ele tinha se dado a tanto trabalho, era óbvio que queria se livrar de mim. O que ele faria depois, tentaria rastejar através da Baia Norte ao longo da ilha para o acampamento entre os pântanos ou daria um tiro de canhão, confiando que seus comparsas viriam em seu auxílio, era claro, mais do que eu poderia imaginar.

Mas tinha certeza de que numa coisa eu poderia confiar nele, e nesse ponto tínhamos interesses em comum, era a disposição da escuna. Ambos desejávamos ancorá-la em segurança, em um lugar abrigado, para que, quando chegasse a hora, ela pudesse ser libertada novamente com o mínimo de trabalho e risco. E até que isso acontecesse, acreditei que minha vida certamente seria poupada.

Enquanto eu estava pensando no assunto, voltei correndo para a cabine, calcei os sapatos, peguei uma garrafa de vinho qualquer e usando isso como desculpa, reapareci no convés.

Hands estava como eu o havia deixado, amontoado e com as pálpebras baixadas como se ele estivesse fraco demais para suportar a luz. Ergueu a cabeça com a minha chegada, pegou a garrafa e arrancou o gargalo com toda a sua experiência e tomou um bom gole, com seu brinde favorito de "à sorte!". Aquietou-se por um tempo, e então, puxando um rolo de tabaco, pediu para que lhe cortasse um pedaço.

– Corte um pedaço disso para mim – disse ele –, pois não tenho faca e nem forças. Ah, Jim, Jim, acho que estou chegando ao fim da guerra! Corte-me um pedaço, este pode ser o meu último, rapaz, acho que não continuarei aqui por muito tempo.

– Bem – eu disse –, cortarei um pouco de tabaco, mas se eu fosse o senhor e me achasse tão mal, iria às minhas orações como um homem cristão.

– Por quê? – disse ele. – Diga-me o porquê.

– Por quê? – gritei. – Estava agora mesmo me perguntando sobre os mortos. Todos aqui quebraram a palavra, viveram em pecado, mentiras e sangue. Há um homem que o senhor matou deitado a seus pés neste momento e me pergunta por quê! Pela misericórdia de Deus, Sr. Hands, é por isso.

Falei de modo acalorado, pensando no punhal ensanguentado que ele tinha escondido no casaco e planejou, em seus pensamentos doentios, acabar comigo. Ele, por sua vez, tomou um grande gole do vinho e falou com uma solenidade surpreendente.

– Por trinta anos – disse ele – eu naveguei os mares e vi o bem e o mal, o melhor e o pior, o tempo bom e tempestades, as provisões acabando, as facas ensanguentadas e tudo mais. Mas agora eu lhe digo, eu nunca vi coisa boa vir da bondade. O primeiro golpe é meu porque homens mortos não mordem, amém, que assim seja! E agora, olhe aqui – acrescentou ele, mudando repentinamente de tom – chega dessa tolice. A maré está boa o bastante agora. Apenas aceite minhas ordens, Capitão Hawkins, e nós vamos navegar e acabar logo com isso.

Ao todo, mal tínhamos três quilômetros para percorrer, mas a navegação era delicada, a entrada do ancoradouro norte não era apenas estreita e rasa, mas rodeada de terra dos dois lados, de modo que o navio tinha de ser bem manobrado. Acho que fui um bom discípulo e tenho certeza de que Hands era um excelente piloto, pois andávamos de um lado para outro, ziguezagueando, raspando as margens, com uma confiança e exatidão dignas de se ver.

Mal passamos pelas pontas, e a terra se fechou ao nosso redor. A costa da Baía Norte era tão densamente arborizada quanto às do ancoradouro sul, mas a passagem era mais longa e estreita, e lembrava a foz de um rio, o que de fato era. À nossa frente, vimos os destroços de um navio. Tinha sido uma grande embarcação de três mastros, mas ficou tanto tempo exposta aos danos do tempo que foi decorada com grandes teias de algas marinhas e, no seu convés, arbustos da costa tinham se enraizado e agora estavam densamente floridos. Foi uma visão triste, mas nos mostrou que o ancoradouro era tranquilo.

– Veja – disse Hands – ali está um ótimo lugar para encalhar um navio. Areia fina e plana, nenhuma onda, árvores ao redor e flores no velho navio.

– E uma vez encalhado, como vamos tirá-lo de lá? – perguntei.

– Bem, então – ele respondeu. – Você leva uma corda para a praia lá do outro lado na maré baixa, dá uma volta em torno de um daqueles grandes pinheiros, traz de volta, passa ao redor do cabrestante e espera a maré subir. Quando estiver alta, todos a bordo dão um puxão na corda, e o navio sairá flutuando. E agora, rapaz, aguarde. Estamos quase no ponto e ele está rápido demais. Um pouco a estibordo... firme... estibordo... um pouco a bombordo... firme... firme!

Aos seus comandos, obedeci sem fôlego, até que, de repente, ele gritou:

– Agora, força, eia!

E empurrei o leme com força, e o *Hispaniola* girou rapidamente e seguiu para a margem baixa e arborizada.

A empolgação com essas últimas manobras interferiu um pouco na vigilância que, até então, mantivera sobre o timoneiro. Eu estava tão concentrado cuidando para que o navio não encalhasse, que havia esquecido completamente do perigo que pairava sobre minha cabeça e fiquei inclinado sobre a amurada, observando as ondas se espalharem diante da proa. Eu poderia ter morrido sem defesa, se uma inquietação repentina não tivesse me feito virar a cabeça. Talvez eu tenha ouvido um rangido ou visto sua sombra movendo-se com o canto do meu olho, talvez fosse um instinto como o de um gato, mas com certeza, quando olhei em volta, lá estava Hands, já no meio do caminho em minha direção, com o punhal na mão direita.

Quando nossos olhos se encontraram, devemos ter gritado alto, mas enquanto o meu era um grito estridente de terror, o dele era um rugido de fúria como o de um leão atacando. No mesmo instante, ele se jogou para frente e eu saltei para o lado na direção da proa. Ao fazer isso, soltei o leme, que girou bruscamente a sotavento, e acho que isso salvou minha vida, pois atingiu Hands no peito e o paralisou, por um momento.

Antes que ele pudesse se recuperar, eu escapei do canto onde estava encurralado e fugi para o convés. Logo à frente do mastro principal, parei, tirei uma pistola do bolso, fiz a pontaria com calma, embora ele já tivesse se virado e vindo na minha direção, e puxei o gatilho. O gatilho se moveu, mas dele não saiu nenhum estouro ou tiro, a pólvora tinha sido inutilizada pela água do mar. Eu me amaldiçoei por minha negligência. Por que eu, muito antes, não limpei e recarreguei minhas únicas armas? Se o tivesse feito, não estaria nesta situação, como uma mera ovelha em fuga diante de seu açougueiro.

Ferido como estava, era admirável ver o quão rápido ele podia se mover, seu cabelo grisalho caindo sobre seu rosto, vermelho como um estandarte tal eram sua pressa e fúria. Não tive tempo de experimentar minha outra pistola, nem muita inclinação, pois tinha certeza de que seria inútil. Uma coisa era certa: não deveria simplesmente recuar diante dele, ou ele iria me encurralar na proa, como há pouco quase o fez na popa. Se eu fosse apanhado, vinte centímetros de adaga manchada de sangue seria minha última experiência nesta vida. Coloquei as palmas das mãos no mastro principal, que era bem largo, e esperei, com os nervos à flor da pele.

Vendo que eu queria me esquivar, ele também fez uma pausa e, uns minutos se passaram com ele fazendo menção de me atacar, e eu imitando seus movimentos como um jogo que eu costumava jogar sobre as rochas da Baía do Morro Negro, mas nunca antes, você pode ter certeza, com um coração tão acelerado como agora. Por se tratar de um jogo de menino, pensei que poderia dar conta de um marujo idoso com uma coxa ferida. Na verdade, minha coragem tinha começado a crescer tanto que me permiti alguns pensamentos precipitados sobre o que seria o fim do caso, e embora eu visse certamente que poderia continuar por muito tempo, não via esperança de uma fuga definitiva.

Enquanto continuávamos neste impasse, de repente, o *Hispaniola* golpeou, cambaleou, aterrou por um instante na areia e então, inclinou-se para o lado de bombordo até que o convés ficou em um ângulo de quarenta e cinco graus e uma porção de água entrasse pelos embornais formando uma piscina, entre o convés e a amurada.

Nós dois viramos em um segundo e rolamos quase juntos, para os embornais, o corpo do marujo do gorro vermelho, com os braços ainda abertos, caindo rigidamente atrás de nós. Tão perto estávamos, de fato, que minha cabeça bateu no pé do timoneiro com um estalo que fez meus dentes baterem.

Fui o primeiro a ficar em pé, pois Hands havia se embolado com o cadáver. A súbita inclinação do navio tornara impossível corridas pelo convés. Eu tinha que encontrar uma nova maneira de escapar, e isso imediatamente, pois meu inimigo estava quase me tocando. Rapidamente saltei para as enxárcias do mastro de mezena, engatinhei colocando uma mão na frente da outra e só voltei a respirar quando na sentei no cesto de gávea[52].

Minha rapidez me salvara. A adaga havia caído a poucos centímetros do meu pé e lá estava Israel Hands com sua boca aberta e seu rosto voltado para o meu, feito uma estátua perfeita de surpresa e decepção.

Aproveitei os momentos disponíveis, não perdi tempo em guarnecer a pistola e, então, tendo uma pronta para o uso, e para ter mais segurança, comecei a tirar a carga da outra e a recarreguei.

Aquele trabalho pegou Hands de surpresa, e ele percebeu que a sorte o tinha abandonando e, após uma óbvia hesitação, ele também se arrastou pesadamente até a enxárcia[53] e começou a dolorosa subida com a adaga entre os dentes. Foi com grande esforço e gemidos que puxou a perna ferida, e eu silenciosamente terminei meus arranjos antes que ele tivesse chegado a pouco mais de um terço do caminho. Então, com uma pistola em cada mão, me dirigi a ele.

– Mais um passo, Sr. Hands – ameacei – e estourarei

---

52. Nome específico da vela redonda que pende da verga de gávea do mastro grande.

53. Conjunto de cabos e degraus roliços feitos de cabo ('corda'), madeira ou ferro, que sustentam mastros de embarcações a vela e permitem acesso às vergas.

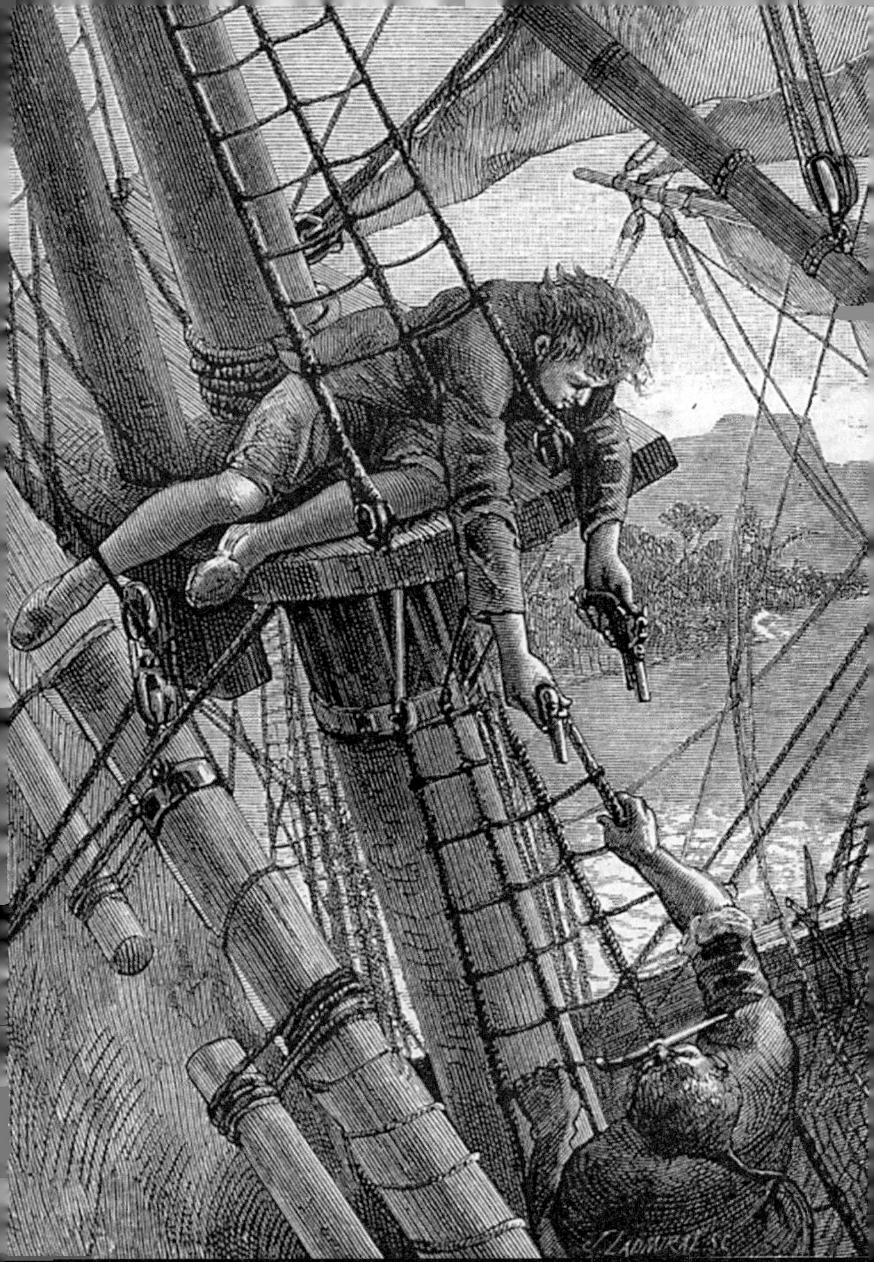
J. LADMIRAL SC.

seus miolos! Homens mortos não mordem, você sabe – falei acrescentando uma risada.

Ele parou instantaneamente. Pude ver pela expressão de seu rosto que estava tentando pensar, e o processo era tão lento e trabalhoso que, na segurança do lugar onde estava, comecei a gargalhar. Por fim, engolindo em seco, ele falou, o rosto ainda com a mesma expressão de extrema perplexidade. Para falar, ele teve que tirar a adaga da boca, mas em tudo o mais ele permaneceu impassível.

– Jim – disse ele – acho que estamos em um impasse e teremos que chegar a um acordo. Eu o teria apanhado se não fosse aquela guinada, mas eu não tenho sorte, não mesmo, e acho que terei de me render, o que é dureza, você sabe, para um marujo experiente e um fedelho como você, Jim.

Eu estava absorvendo suas palavras e sorrindo, tão vaidoso quanto um galo a passear no terreiro, quando, em um piscar de olhos, Hands ergueu a mão direita acima do ombro. Algo zuniu como uma flecha no ar e senti um golpe seguido de uma dor aguda e ali fui imobilizado pelo ombro no mastro. Em meio à terrível dor e à surpresa do momento, mal posso dizer que foi por minha própria vontade, e tenho certeza de que foi sem uma mira consciente, minhas duas pistolas dispararam e ambas escaparam das minhas mãos e então caíram sozinhas. Com um grito sufocado, o timoneiro se soltou da enxárcia e mergulhou de cabeça na água.

"Partes de Oito"

Devido à inclinação do navio, os mastros quase tocavam a água, e do cesto de gávea, empoleirado eu estava, pois não tinha nada além da superfície da água. Hands, que não conseguira subir muito, caíra mais perto do navio, entre mim e a amurada. Seu corpo veio uma vez à tona, em meio à espuma e ao sangue e depois afundou de vez. Quando a água baixou, pude vê-lo esticado no fundo da areia limpa e brilhante, à sombra das laterais do navio. Um ou dois peixes passaram por seu corpo. Às vezes, pelo estremecimento da água, seu corpo parecia se mover um pouco, como se estivesse tentando se levantar. Mas ele estava morto, afinal tinha sido baleado e afogado, e era agora alimento para peixes no mesmo lugar onde ele havia planejado minha morte.

Mal tive certeza disso, comecei a me sentir enjoado, tonto e apavorado. O sangue quente escorria pelas minhas costas e peito. A adaga, que prendeu meu ombro ao mastro, parecia queimar como ferro em brasa, no entanto, não eram tanto esses sofrimentos reais que me afligiam, pois achei que eu os poderia suportar sem um murmúrio, mas o pavor que senti ao pensar que poderia cair do cesto naquela água verde, ao lado do corpo do timoneiro.

Agarrei-me com as duas mãos até doer as unhas e fechei os olhos como se quisesse encobrir o perigo. Aos poucos, minha mente voltou, minhas pulsações se acalmaram para um momento mais natural e eu estava mais uma vez em posse de mim mesmo.

Foi meu primeiro pensamento arrancar a adaga, mas ou ela ficou presa com muita força ou minha coragem falhou e desisti com um estremecimento violento. Estranhamente, esse mesmo estremecimento resolveu o problema. A faca, na verdade, me prendia por uma mera ponta de pele e, com o estremecimento, se rompeu. O sangue escorria mais rápido, com certeza, mas eu era meu próprio mestre novamente e só preso ao mastro por meu casaco e camisa.

Rasguei minhas roupas com um puxão e depois voltei o convés pela enxárcia de estibordo. Pois nada no mundo faria com que eu me aventurasse novamente, abalado como estava, sobre a enxárcia de onde Israel havia caído recentemente.

Desci e fiz o que pude para tratar meu ferimento. Doeu e ainda sangrava muito, mas não era profundo nem perigoso, nem me atrapalhava muito quando mexia o braço. Então olhei ao meu redor, e como o navio agora era, de certo modo, meu, comecei a pensar em livrá-lo de seu último passageiro: o homem morto, O'Brien.

Ele havia se lançado, como eu disse, contra a amurada, onde estava deitado como uma espécie de fantoche horrendo e em tamanho real, de fato, a diferença dos vivos era a falta da cor e da beleza da vida! Na posição em que se encontrava, foi fácil movê-lo e, como o hábito das aventuras trágicas havia acabado com quase todo o meu terror pelos mortos, eu o peguei pela cintura como se ele fosse um saco de farelo e, com um bom empurrão, joguei-o ao mar. Ele caiu com um mergulho sonoro, o gorro vermelho saiu e ficou flutuando na superfície, e assim que a maré baixou, pude ver ele e Israel deitados lado a lado, ambos oscilando com o movimento trêmulo da água. O'Brien, embora ainda bastante jovem, era muito calvo. Lá estava ele deitado, com aquela cabeça careca sobre os joelhos do homem que o matou e os peixes velozes voando de um lado para outro sobre ambos.

Agora eu era o único tripulante do navio, a maré havia acabado de mudar. O pôr do sol estava tão próximo que a sombra dos pinheiros começava a cobrir o ancoradouro e cair em padrões sobre o convés. A brisa vespertina aumentara e, apesar de estar bem resguardado pela colina, o cordame começara a cantar um pouco baixinho para si mesmo, e as velas balançavam de um lado para o outro.

Comecei a perceber que isto poderia ser um perigo para o navio. Desprendi as bujarronas e as tombei no convés, mas a vela principal era um assunto mais difícil. É claro que, quando a escuna inclinou, a retranca balançou para fora da embarcação levando um pedaço da vela consigo. Achei que isso tornava tudo ainda mais perigoso, no entanto, a tensão na vela era tão grande que fiquei com receio de mexer. Por fim, peguei minha faca e cortei as adriças[54]. A ponta caiu instantaneamente, uma grande bolsa de lona solta flutuou amplamente sobre a água e, como eu não conseguia mover o fundo da bolsa por mais que puxasse, isso foi o máximo que consegui realizar. Para o resto, o *Hispaniola* deveria confiar na sorte, como eu.

---

54. Cabo ou corda que se utiliza para içar velas, vergas, bandeiras, roupa, etc.

A essa altura, a sombra já havia alcançado todo o ancoradouro, assim como os últimos raios de sol caindo por uma clareira no bosque e brilhando como joias num manto. Começou a ficar frio, a maré estava rapidamente se movendo em direção ao mar, o navio pousando cada vez mais nas pontas das vigas.

Debrucei-me na borda e olhei para a água. Parecia raso o suficiente e, segurando firmemente a amarra cortada com as duas mãos, deixei-me cair suavemente no mar. A água mal alcançou minha cintura, a areia estava firme e coberta de marcas onduladas, e eu caminhei para a praia com grande ânimo, deixando o *Hispaniola* com sua vela principal esparramada na superfície da baía. A essas alturas, o sol havia se posto, e a brisa soprava no crepúsculo entre os pinheiros agitados.

Finalmente, eu estava fora do mar e não havia voltado de mãos vazias. Lá estava o navio, livre dos piratas e pronto para os nossos próprios homens embarcarem e voltarem ao mar. Eu só conseguia pensar em voltar para casa, para a paliçada e me gabar das minhas realizações. Possivelmente, eu poderia ser um pouco culpado por minha atribulação, mas a recaptura do *Hispaniola* foi uma resposta contundente, e eu esperava que até o capitão Smollett confessasse que não perdera meu tempo.

Com este pensamento e disposição, segui rumo a casa e ao encontro dos meus companheiros. Lembrei-me de que os rios que desaguam no ancoradouro do Capitão Kidd corriam da colina de dois picos à minha esquerda, e dobrei meu curso nessa direção para que pudesse passar o riacho enquanto ele era pequeno. O bosque estava bem aberto e, mantendo-me ao longo dos contrafortes inferiores, logo virei à esquina daquela colina e, não muito depois, caminhei pelo riacho com água até o meio da panturrilha.

Isso me aproximou do local onde havia encontrado Ben Gunn, o abandonado, e andei com mais cautela, olhando ao redor. Já era noite e, quando atravessei o caminho entre os dois picos, percebi um brilho oscilante contra o céu, onde, como julguei, o homem da ilha estava cozinhando sua ceia diante de uma fogueira. Achei estranho sua falta de cuidado e me preocupei, pois, se eu podia ver esse brilho, não poderia também atingir os olhos do próprio Silver, onde ele acampou na praia entre os pântanos?

Pouco a pouco, a noite ficou mais escura e segui em direção ao meu destino me guiando, mesmo que rudemente, pela colina dupla atrás de mim e o Morro da Luneta à minha direita, pelas poucas e pálidas estrelas e pelo terreno por onde vaguei e continuei tropeçando entre arbustos e caindo em buracos de areia.

De repente, uma espécie de brilho caiu sobre mim. Olhei para o Morro da Luneta e vi que a lua tinha se erguido e agora banhava seu cume com seus raios prateados.

Orientei-me por ele, passei rapidamente pelo que ainda restava da minha jornada, e, às vezes, caminhando, às vezes, correndo, me aproximava impacientemente da paliçada. No entanto, quando comecei a atravessar o bosque que ficava antes dela, diminuí o passo e fui um pouco cauteloso. Teria sido um péssimo final de minhas aventuras ser abatido por engano pelo meu próprio grupo.

A lua estava subindo cada vez mais alto, sua luz penetrava através espaços mais abertos da floresta, e, bem na minha frente, surgiu um brilho de cor diferente entre as árvores. Era vermelho e quente, e de vez em quando um pouco escurecido, por assim dizer, as brasas de uma fogueira ardendo. Pela minha vida, eu não conseguia imaginar o que poderia ser.

Finalmente cheguei próximo à casa de troncos. O luar iluminava a extremidade oeste, o resto, e a própria casa, ainda estavam em uma sombra negra quadriculada com longos raios prateados de luz. Do outro lado da casa, um imenso fogo queimou, se transformando em brasas claras e emitindo uma claridade vermelha constante, contrastando fortemente com a palidez suave da lua. Não havia uma alma se mexendo, nem um som. Eu parei e, ao mesmo tempo em que admirei a cena, fiquei com o coração apertado e aflito.

Além disso, notei que não era a forma como costumávamos fazer grandes fogueiras. Por ordens do capitão, éramos, de fato, um tanto mesquinhos com a lenha, e comecei a temer que algo tivesse dado errado enquanto eu estava ausente.

Eu dei a volta pela extremidade leste, mantendo-me perto das sombras, e em um lugar conveniente, onde era mais escuro, cruzei a paliçada.

Por segurança, segui rastejando sem fazer barulho, em direção ao canto da casa. À medida que me aproximava, meu coração de repente se iluminou ao ouvir o ronco alto dos meus companheiros. Não era um barulho agradável em si, mas naquele momento era como música para os meus ouvidos. Fui invadido por uma sensação de que tudo estava bem e isto me foi extremamente reconfortante.

Entretanto, não havia dúvida de uma coisa, eles mantinham uma péssima vigilância. Se fosse Silver e seus rapazes que agora estivessem se aproximando deles, ninguém teria visto o amanhecer. Isso deve estar acontecendo porque o capitão está ferido, pensei eu, e me culpei severamente por deixá-los naquele perigo com tão poucos para montar guarda.

A essa altura, já havia chegado à porta e me levantado. Lá dentro, tudo estava escuro, de modo que não conseguia distinguir nada a olho nu. Quanto aos sons, havia o zumbido constante dos roncadores e um pequeno ruído ocasional, uma oscilação ou bicada que eu não conseguia distinguir.

Estendi os braços e entrei com firmeza. Devia deitar-me em meu próprio lugar (pensei com uma risada silenciosa) e desfrutar das suas caras de espanto quando me encontrassem pela manhã.

Meu pé bateu em algo que se moveu, era a perna de uma pessoa adormecida e ela se virou e gemeu, mas sem acordar.

E então, de repente, uma voz estridente irrompeu da escuridão:

– Reais de oito! Reais de oito! Reais de oito! Reais de oito!

Reais de oito! – e assim por diante, sem pausa ou mudança, como o estalar de um minúsculo moinho. O maldito papagaio verde de Silver, Capitão Flint! O som que ouvira era ele! Quem eu ouvira bicando um pedaço de casca de árvore era ele, vigiando melhor do que qualquer ser humano, quem assim anunciou minha chegada com seu refrão cansativo.

Não tive mais tempo para me recuperar. Aos gritos do papagaio, os adormecidos acordaram e pularam e, praguejando, Silver gritou:

– Quem está aí?

Virei-me para fugir, mas bati violentamente em alguém, recuei e corri direto para os braços de um segundo, que se fecharam e me seguraram com força.

– Traga uma tocha, Dick – disse Silver quando minha captura foi garantida.

E um dos homens deixou a casa de troncos e logo voltou com uma brasa acesa.

Parte 6

Capitão Silver

No Acampamento Inimigo

A chama vermelha da tocha mostrou-me, ao iluminar o interior da cabana, o pior de minhas apreensões. Os piratas haviam tomado posse do lugar e dos suprimentos: havia um barril de conhaque, carne de porco e o pão, assim como antes, o que multiplicou em várias vezes o meu horror, pois não havia nenhum sinal de prisioneiros. Eu só podia julgar que todos haviam perecido, e meu coração bateu dolorosamente por eu não ter ficado lá para morrer com eles.

Havia seis bucaneiros ao todo. Não sobrara ninguém com vida. Cinco deles estavam em pé, corados e inchados, acordados subitamente de seu sono da embriaguez. O sexto fora erguido pelos cotovelos, mortalmente pálido, e a bandagem manchada de sangue em torno de sua cabeça indicava que ele havia sido ferido há pouco tempo e seu tratamento fora ainda mais recente. Lembrei-me do homem que havia levado um tiro e correra de volta para o matagal no ataque, e não tive dúvidas de que fosse ele.

O papagaio estava empoleirado, alisando sua plumagem no ombro de Long John. E até ele parecia um pouco mais pálido e sisudo do que o habitual, constatei. Ele ainda usava o casaco de tecido leve com a qual havia nos visitado na paliçada, mas estava terrivelmente maltrapilho, manchado de barro e rasgado pelas sarças.

– Então – disse ele –, aqui está Jim Hawkins, macacos me mordam! Veio fazer uma visita, hã? Bem, venha, irei recebê-lo como um amigo.

E então ele se sentou em frente ao barril de *brandy*[55] e começou a encher um cachimbo.

– Dê-me aqui uma tocha, Dick – disse ele, e então, quando ele conseguiu uma boa iluminação, prosseguiu. – Isso basta, rapaz. Coloque logo essa tocha na pilha de madeira. E vocês, cavalheiros, aprocheguem-se! Não precisam fazer cerimônia por causa do Sr. Hawkins. Ele lhes dará licença, garanto-lhes. E então, Jim – parando de fumar – aqui está você, é uma surpresa e tanto para o pobre velho John. Soube que era astucioso desde que coloquei meus olhos em você, mas isso aqui me pegou de surpresa.

A tudo isso, como bem se pode supor, não respondi.

---

55. Conhaque

Eles me colocaram de costas contra a parede, e eu fiquei lá, olhando Silver nos olhos, com suficiente coragem, assim espero, demonstrada externamente, mas com o coração negro de desespero.

– Ora, Jim, já que está aqui, irei compartilhar de suas reflexões. Sempre tive apreço por sua pessoa, vejo-o como um rapaz de espírito forte, consigo até lembrar de mim mesmo quando eu era jovem e bem apessoado. Eu sempre quis que se juntasse a mim e recebesse sua parte, para que morresse como um cavalheiro, e agora, meu frangote, terá que morrer. O capitão Smollett é um bom marinheiro, como nunca deixei de reconhecer, mas rígido quanto à disciplina. "Dever é dever", ele diz, e tem razão. Mantenha-se afastado dele. O próprio médico foi severo com você chamando-o de "patife ingrato". E, para resumir, você não poderá voltar para o seu povo, pois eles não o aceitarão. E, a menos que recomece sua vida, o que pode ser bastante solitário, terá que se juntar ao capitão Silver.

Até aquele momento, não havia nenhuma novidade. Meus amigos ainda estavam vivos e, embora eu parcialmente acreditasse na veracidade da declaração de Silver, de que estavam furiosos comigo por minha deserção, fiquei mais aliviado do que angustiado com o que ouvi.

– Nem irei mencionar nada sobre você estar em nossas mãos – continuou Silver –, embora você esteja aí. Eu sou totalmente a favor de negociações, nunca vi algo bom sair de ameaças. Se você gosta do serviço, bem, então pode começar. E, se não o gostar, Jim, ora, você é livre para dizer não... livre e bem-vindo, companheiro. E está para nascer marujo mais justo.

– Devo responder, então? – perguntei com uma voz muito trêmula. Em meio a toda essa conversa sarcástica, senti a ameaça de morte que se abateu sobre mim, fazendo minhas bochechas queimarem e meu coração bater dolorosamente em meu peito.

– Rapaz – disse Silver – ninguém o está pressionando. Tome seu rumo. Nenhum de nós irá apressá-lo, camarada. O tempo é tão agradável em sua companhia, ora bolas.

– Bem – falei, ficando um pouco mais ousado – se devo escolher, declaro que tenho o direito de saber o que houve, por que você estão aqui e onde estão meus amigos.

– O que houve? – repetiu um dos bucaneiros em um rosnado profundo. – Ah, ele teria sorte se soubesse disso!

– Quem sabe o melhor a se fazer seja se fechar em sua escotilha até que falem com você, meu amigo – gritou Silver com truculência ao jovem. E então, em seu primeiro tom cortês, ele me respondeu:

– Ontem de manhã, Sr. Hawkins – disse ele – o Dr. Livesey chegou com uma bandeira de trégua, dizendo-me "Capitão Silver, houve uma traição. O navio se foi". Bem, pode ser que estivéssemos tomando alguns grogues e cantarolando para ajudar. Eu não vou dizer que não. Pelo menos, nenhum de nós notou. Olhamos para fora e, com mil trovões, o velho navio desaparecera! Eu nunca vi um bando de tolos fazer tamanho papel de bobo, pode acreditar, ficamos boquiabertos.

"Bem, vamos negociar" disse o médico. Então nós negociamos, eu e ele, e cá estamos: suprimentos, conhaque, cabana, a lenha que você teve o cuidado de cortar, o navio completo, da gávea à sobrequilha[56]. Quanto a eles, escafederam-se. Não faço a mínima ideia de onde estejam.

Ele tragou novamente em seu cachimbo silenciosamente.

– E antes que coloque na sua cabeça que foi incluído no tratado, aqui está a última palavra dita: "Quantos de vocês", eu disse, "irão partir?". "Quatro", eles responderam "com um de nós ferido. Quanto àquele menino, não sei onde ele está, maldito seja, mas pouco me importa. Estamos fartos dele". Essas foram suas palavras.

– Isso é tudo? – perguntei.

– Bem, é tudo o que você vai ouvir, meu filho – respondeu Silver.

– E agora devo escolher?

– E agora você deve escolher, pode apostar nisso – disse Silver.

– Pois bem – eu disse – não sou tão parvo ao ponto de não saber o que esperar. Deixe que o pior venha, pouco me importa. Eu já vi muitos morrerem desde que me aproximei de vocês. Mas há uma ou duas coisas que preciso falar – sim, falei, e, a essa altura, eu estava bastante eufórico. – E a primeira é esta: vocês estão aqui, na pior, sem navio, sem tesouro, sem homens, todo o seu esquema naufragou. E se quer

---

56. Peça ou peças de madeira ou ferro que vão da proa à popa da embarcação e servem para fortalecer as cavernas.

saber quem fez isso, fui eu! Eu estava no barril de maçã na noite em que avistamos terra, e eu ouvi você, John, e você, Dick Johnson, e Hands, que agora está no fundo do mar, e contei cada palavra que você disse antes da hora. E quanto à escuna, fui eu que cortei a âncora, e fui eu que matei os homens a bordo, e fui eu que a levei para onde vocês nunca a verão, nenhum de vocês. Eu irei rir por último. Fui eu quem se deu bem nessa história. Temo vocês tanto quanto temo uma mosca. Matem-me, ou poupem-me, se assim desejarem. Mas direi isto somente uma vez, se me pouparem, tudo ficará no passado e, quando forem à corte por pirataria, farei o que puder para ajudar. Cabe a vocês escolherem. Matem outro e não ganhem nada com isso, ou poupem-me e mantenham uma testemunha para salvá-los da forca.

Parei, pois fiquei sem fôlego e, para a minha surpresa, nenhum deles se mexeu, ficaram todos sentados me olhando como ovelhas. E, enquanto eles ainda estavam olhando, eu explodi novamente

– E agora, Sr. Silver, eu acredito que seja o melhor homem aqui, e se as coisas derem errado, agradecerei se contar ao médico como me portei.

– Tomarei nota – disse Silver com um sotaque tão curioso que eu não pude, por minha vida, decidir se ele estava rindo do meu pedido ou se havia sido afetado favoravelmente por minha coragem.

– E digo mais – gritou o velho marinheiro de rosto de mogno de nome Morgan, que eu tinha visto na taverna de

Long John no porto de Bristol. – Foi ele quem reconheceu Cão Negro.

– Ora, vejam só – acrescentou o cozinheiro. – Com mil trovões! Foi esse mesmo garoto que falsificou o mapa de Billy Bones. Temos sido sabotados desde o começo por Jim Hawkins!

– Então, aqui vai! – disse Morgan com um praga.

E ele saltou, sacando sua faca como se tivesse vinte anos.

– Alto lá! – gritou Silver. – Quem diabos pensa que é, Tom Morgan? Talvez você tenha pensado que era o capitão aqui. Pelas barbas do profeta, vou lhe ensinar uma lição! Ouse me desafiar e você irá parar onde muitos homens bons foram antes de você, nos últimos trinta anos. Alguns pendurados na verga, outros andando na prancha, mas no fim todos viraram comida de peixe. Nunca houve um homem que me olhasse nos olhos e visse um bom dia depois disso, Tom Morgan, fique sabendo disso.

Morgan fez uma pausa, mas um murmúrio rouco se elevou dos outros.

– Tom está certo – disse um.

– Fiquei tempo demais sendo feito de trouxa – acrescentou outro. – Prefiro a força a ser enganado por você, John Silver.

– Algum de vocês, cavalheiros, quer mesmo se opor a mim? – rugiu Silver, curvando-se para frente em seu barril, com o cachimbo ainda aceso em sua mão direita. – Sei que não são idiotas, digam logo o que querem. Aquilo que desejarem terão. Será que vivi tantos anos para um pinguço qualquer vir cantar de galo para cima de mim? Conhecem muito bem as regras, todos são cavalheiros da fortuna, por sua conta. Pois bem, estou pronto. Pegue o sabre, aquele que ousar, e eu verei a cor de suas entranhas, de muleta e tudo, antes que o cachimbo se esvazie.

Nenhum homem se moveu ou respondeu.

– É assim que reagem, é? – acrescentou ele, devolvendo o cachimbo à boca. – Bem, são um grupo alegre de se olhar, de qualquer maneira, mas não valem grande coisa em uma luta. Talvez até entendam o inglês do rei George. Eu sou capitão aqui por eleição, porque sou o melhor homem em uma longa milha náutica. Se não tem aptidão para lutar, como os cavalheiros da fortuna, então, irão obedecer! Eu gosto daquele menino, nunca vi garoto melhor do que esse. Ele é mais homem do que qualquer par de ratazanas como vocês aqui, e o que eu digo é o seguinte: quem ousar encostar em um fio de cabelo dele irá se ver comigo.

Houve uma longa pausa depois disso. Fiquei de pé contra a parede, com meu coração ainda batendo como uma marreta, mas com um raio de esperança agora brilhando em meu peito. Silver se encostou na parede, com os braços cruzados e o cachimbo no canto da boca, tão calmo como se tivesse estado na igreja. Seus olhos, no entanto, continuavam vagando furtivamente e ele se manteve de olho em seus seguidores rebeldes. Eles, por sua vez, aproximaram-se gradualmente do outro lado da cabana, e o silvo baixo de seus sussurros soou continuamente em meu ouvido, como um riacho. Um após o outro, eles olhavam para cima, e a chama vermelha da tocha caía por um segundo em seus rostos nervosos. Não era para mim, mas para Silver que eles voltavam os olhos.

– Vocês parecem ter muito a dizer – comentou Silver, cuspindo para o alto. – Pois ponham logo para fora ou esqueçam essa história.

– Perdão, senhor – respondeu um dos homens. – O senhor é bastante liberal com algumas das regras, talvez queira ficar de olho no resto. Esta tripulação está insatisfeita, somos intimidados e queremos nossos direitos como qualquer outra tripulação, sinto-me no dever de relatar isso. E, pelas suas próprias regras, acredito que podemos chegar a um consenso. Com sua licença, senhor, reconhecendo-o como capitão, clamo meu direito de sair para formar um conselho.

E, com uma elaborada saudação marinha, esse sujeito, um homem alto, de aparência doente e olhos amarelos, com cerca de trinta e cinco anos, caminhou friamente em direção à porta e desapareceu da cabana. Um após o outro, os demais seguiram seu exemplo, cada um fazendo uma saudação ao passar e acrescentando um pedido de desculpas.

– De acordo com as regras – disse um.

– Conselho de proa – disse Morgan.

E assim, com um comentário ou outro, todos marcharam e deixaram Silver e eu sozinhos com a tocha.

O cozinheiro removeu imediatamente o cachimbo de sua boca.

– Agora, olhe aqui, Jim Hawkins – disse ele em um sussurro constante quase inaudível. – Você está a meia prancha da morte, e o que é pior ainda do que ser torturado. Eles irão me dispensar. Mas tem minha palavra, estarei ao seu lado nos bons e maus momentos. Eu não queria isso, não até você confessar. Eu estava desesperado por ter perdido tanto e ser enforcado na barganha. Mas vejo que é a pessoa certa. Eu disse a mim mesmo, defenda Hawkins, John, que Hawkins estará ao seu lado. Você é a última carta dele, e, por céus, John, está com você! Costas com costas, eu digo. Você salva sua testemunha, e ela salvará seu pescoço!

Comecei a entender vagamente.

– Quer dizer que tudo está perdido? – perguntei.

– Sim, oras! – ele respondeu. – Foi-se o navio, foi-se o pescoço. As coisas estão nesse pé. Uma vez que eu olhei para aquela enseada, Jim Hawkins, e não vi nenhuma escuna, bem, sou um cara durão, mas acabei desistindo. Quanto àquele grupo e seu conselho, são todos uns idiotas covardes, pode perceber. Eu salvarei sua vida enquanto isso estiver ao meu alcance. Mas, veja, Jim, olho por olho e você salva Long John da forca.

Eu estava perplexo. Parecia uma coisa tão desesperadora que ele estava pedindo. Ele, o velho bucaneiro, o líder do grupo.

– O que eu puder fazer, farei – eu disse.

– Estamos entendidos! – gritou Long John. – Vejo coragem em sua fala, por Deus, eu tenho uma chance!

Ele manquejou até a tocha, apoiada entre a pilha de lenha, e acendeu o cachimbo com uma nova chama.

– Cá entre nós, Jim – disse ele, voltando. – Sou um homem com a cabeça no lugar. Estou do lado do fidalgo agora e sei que aquele navio está seguro em algum lugar. Como conseguiu realizar esse feito, isso eu não sei, mas certamente, seguro ele está. Não duvido que tenha engambelado Hands e O'Brien. Nunca tive muita fé em nenhum deles. Ora, preste atenção. Não faço perguntas, nem deixo que me façam. Mas sei quando o jogo começa, se sei. E eu conheço um rapaz que é leal. Ah, você que é jovem, poderia ter sido uma fortaleza junto a mim.

Ele pôs um pouco de conhaque do barril em um canecão de lata.

– Quer um pouco, camarada? – ele perguntou. E, quando eu recusei: – Bem, vou tomar um trago, Jim – disse ele. – Eu preciso de um calafetador, pois vejo problemas a caminho. E, falando em problemas, por que aquele médico me deu o mapa, Jim?

Meu rosto expressou um espanto tão natural que ele não viu necessidade de mais perguntas.

– Bom, de qualquer forma, já está feito – disse ele. – Sei que tem coisa aí, sem dúvida, tem coisa por debaixo dos panos, Jim. Coisa boa ou ruim.

E ele tomou outro gole do conhaque, sacudindo sua grande e bela cabeça como um homem que espera o pior.

A Mancha Negra Outra Vez

O conselho de bucaneiros já durava algum tempo, quando um deles voltou para dentro, e com uma repetição da mesma continência que, a meu ver, tinha um ar de deboche, implorou pelo empréstimo da tocha por um momento. Silver concordou brevemente, e este emissário retirou-se novamente, deixando-nos juntos no escuro.

– Tem uma brisa a caminho, Jim – disse Silver, que já havia adotado um tom bastante amigável e familiar.

Virei para a brecha mais próxima e olhei para fora. As brasas da enorme fogueira haviam se apagado e agora seu brilho era tão ínfimo e sombrio que entendi por que esses conspiradores desejavam uma tocha. Na metade da encosta até a paliçada, eles estavam reunidos. Um segurava a tocha, outro estava de joelhos no meio deles, e vi a lâmina de um canivete aberto reluzir em sua mão com cores variadas à luz da lua e da tocha. Os outros estavam todos um tanto encurvados, como se observassem as manobras deste último. Eu pude apenas perceber que ele também tinha um livro em suas mãos, e estava me perguntando como algo tão incongruente havia chegado em sua posse quando a figura ajoelhada se levantou mais uma vez e todo o grupo começou a se mover junto para a cabana.

– Lá vêm eles – eu disse, voltando à minha posição anterior, pois me parecia abaixo da minha dignidade que eles me encontrassem observando-os.

– Bem, deixe-os vir, rapaz. Deixe-os vir – falou Silver alegremente. – Eu ainda tenho uma carta na manga.

A porta se abriu e os cinco homens, aglomerados, empurraram um deles para a frente. Em qualquer outra circunstância, teria sido cômico ver seu avanço lento, hesitando ao colocar cada pé no chão, mas mantendo a mão direita fechada à sua frente.

– Aproxime-se, rapaz – vociferou Silver. – Eu não vou mordê-lo. Passe para cá, seu pacóvio. Eu conheço as regras, se conheço. Eu não vou machucar um mensageiro.

Assim encorajado, o bucaneiro deu um passo à frente com mais rapidez e, tendo passado alguma coisa para Silver, de mão em mão, deslizou ainda mais habilmente de volta para seus companheiros.

O cozinheiro de bordo olhou para o que lhe fora dado.

– A mancha negra! Foi o que pensei – observou. – Onde conseguiram o papel? Ora, ora, vejam só! Isso sim é que é ter azar. Por acaso cortaram isso de uma Bíblia? Que idiota corta uma Bíblia?

– Ah, viu só – disse Morgan. – Viu só o que eu disse? Nada de bom virá com isso, eu disse.

– Bem, vocês estão a entornar o caldo – continuou Silver. Todos aqui irão para a forca. Quem foi o verme miolo mole que tinha uma Bíblia?

– Foi Dick – disse um.

– Dick, é? Então Dick pode começar a fazer suas orações – disse Silver. – Ele já teve sua sorte, garanto-lhes.

Mas aqui o homem comprido de olhos amarelos entrou em ação.

— Chega dessa conversa, John Silver — disse ele. — Esta tripulação revelou a você a mancha negra em pleno conselho, como manda o dever. Basta que vire, como manda o dever, e veja o que está escrito aí. E somente então poderemos conversar.

— Obrigado, George — respondeu o cozinheiro de bordo. — Sempre foi alguém severo com os negócios e conhece as regras de cor. É um enorme prazer revê-lo. Bem, o que é, afinal? Ah! "Deposto"... é isso, não é? Está muito bem escrito, com certeza. Parece até que foi impresso, eu juro. Foi sua mão que escreveu tais dizeres, George? Ora, vejo que temos um líder e tanto aqui. Logo, logo, será capitão, não tenho dúvidas. Apenas me faça a gentileza de me passar aquela tocha novamente, sim? Meu cachimbo apagou de novo.

— Conversa! — disse George — Esta tripulação não irá cair mais em sua lábia. Se considera um homem galhofeiro, mas agora chega. Talvez quem sabe saia desse barril e ajude a votar.

— Achei que tinha dito que conhecia as regras — respondeu Silver com desdém. — Caso tenha se esquecido, estou aqui para lembrá-lo. E fico aqui à espera, ainda sou seu capitão, lembrem-se, até que digam suas queixas e eu as responda, até lá, sua mancha negra não vale um biscoito. Depois disso, veremos.

— Oh — respondeu George —. Quando a isso, fique tranquilo. Estamos todos no mesmo barco. Em primeiro lugar, foi o único aqui que estragou essa viagem. Seria muita ousadia de sua parte negar isso. Segundo, foi sua culpa o inimigo ter conseguido sair desta armadilha. Tudo isso para nada. Por que eles queriam sair? O motivo não sei, mas estava bastante evidente que esse era o desejo deles. Terceiro, para piorar, não nos deixou ir atrás deles. Já sabemos qual é a sua, John Silver. Sabemos que quer jogar dos dois lados. Quarto, há este garoto aqui.

– Isso é tudo? – perguntou Silver pacientemente.

– É o suficiente – retrucou George. – Todos nós vamos ser enforcados e secar ao sol por sua causa.

– Olhem aqui, irei responder a estes quatro pontos, um de cada vez. Acham que estraguei essa viagem, não é? Pois bem, todos aqui sabem o que eu queria, bem como sabem que se tivéssemos conseguido, estaríamos a bordo do *Hispaniola* esta noite, como deveria ser, com todos os homens vivos e em forma, com suas panças fartas de pudim de ameixa, e o tesouro no porão, com mil trovões! Bem, quem passou a minha frente? Quem forçou minhas ações, enquanto eu era capitão por direito? Quem me mostrou a mancha negra no dia em que chegamos e começou esta dança? Ah, é uma bela dança, pois estou com vocês nessa, e isso mais parece um sapateado numa corda bamba até a Doca de Execução perto da cidade de Londres. Mas quem fez isso? Ora, foi Anderson, foi Hands, e foi você, George Merry! E você foi o último a embarcar naquela turma intrometida, e agora me vem com essa insolência de Davy Jones para tentar levar vantagem em cima de mim querendo tomar de mim meu comando. Você foi quem nos afundou! Pelas barbas do profeta! Essa foi a maior parolice que já ouvi.

Silver fez uma pausa e pude ver pelas expressões de George e de seus camaradas que essas palavras não foram ditas em vão.

– Quanto ao primeiro ponto – gritou o acusado, enxugando o suor da testa, pois havia falado com uma veemência que abalou a cabana. – Ora, eu dou minha palavra, sinto-me desgostoso de ter que lhe dirigir a palavra. Parece que ninguém aqui tem prudência ou mesmo memória, só posso imaginar onde estavam suas mães que o deixaram vir para o mar. Mar! Cavalheiros da fortuna! Acho que alfaiataria é o seu ofício.

– Continue, John – disse Morgan. – Fale com os outros.

– Ah, os outros! – retornou John. – São os bons, não são? Disseram que esta viagem estava arruinada. Diabos! Se pudessem entender o quão ruim ela foi, aí sim saberiam! Estamos tão perto da forca que meu pescoço fica rígido só com o pensamento. Talvez já tenham visto como ficam os enforcados, todos em correntes, com pássaros ao redor, e marujos apontando enquanto são levados pela maré. "Quem será aquele? Dirá um. "Ora, aquele é John Silver. Eu o conhecia bem", dirá outro. E, ao chegarem perto, poderão ouvir o tilintar das correntes enquanto caminham e alcançam a outra boia. Agora, é mais ou menos onde estaremos, cada filho da mãe aqui, graças a ele, Hands e Anderson, e outros aparvalhados feito vocês. E se querem saber sobre o quarto ponto, este garoto aqui, ora, raios me partam, ele não é um refém? Vamos desperdiçar um refém? Não, nós não. Ele pode ser nossa última chance, e eu não duvidaria disso. Matar aquele menino? Não eu, companheiros! E o terceiro ponto? Ah, bem, há uma coisa a ser dita quanto a ele. Talvez não entendam o valor de se ter um médico universitário de verdade para vê-lo todos os dias. John, com a cabeça quebrada, ou George Merry, que estava ardendo em febre há menos de seis horas e tem seus olhos da cor de casca de um limão siciliano neste exato momento? E talvez, ninguém aqui sabia que há um resgate a caminho. Mas, há, e não levará muito tempo para chegar. E veremos quem ficará feliz em ter um refém quando chegar a hora. E quanto ao segundo ponto, por que eu fiz uma barganha, bem, vocês vieram rastejando até mim para que conseguisse, e estavam tão desanimados. Certamente teriam morrido de fome se eu não tivesse feito... mas no fim, para vocês isso não passou de uma bagatela! Aí está o motivo.

E ele jogou no chão um papel que reconheci instantaneamente, era nada menos do que o mapa em papel amarelado, com as três cruzes vermelhas, que eu havia encontrado no rolo de lona na parte inferior da arca do capitão. Por que o médico deu a ele, eu não fazia ideia.

Mas, se para mim era algo inexplicável, a aparição do mapa era incrível para os amotinados sobreviventes. Eles saltaram sobre ele como gatos sobre um rato. Foi de mão em mão, um tirando do outro e, pelos xingamentos, gritos e risos infantis com que acompanharam a inspeção, você teria pensado que eles não apenas estavam tocando o próprio ouro, mas que já estavam com ele em alto mar.

— Sim — disse um. — É do Flint, com certeza. J. F., com um traço embaixo, com um ponto no meio, como ele sempre fazia.

— Muito linda a assinatura — disse George. — Mas como vamos escapar impunes se não temos navio.

Silver levantou de repente e apoiou-se na parede com a mão:

— Agora estou lhe avisando, George — bradou. — Mais uma palavra dessa conversa e eu o desafiarei a um duelo. Como? E eu lá sei a resposta. Vocês é quem deveriam me responder, que perderam minha escuna, com sua interferência, amaldiçoados sejam! Mas não, é claro que não sabem de nada, pois seus cérebros são do tamanho de baratas. Mas, falar civilizadamente todos aqui sabem, e assim o fará, George Merry, eu garanto.

— Isso é justo o suficiente — disse o velho Morgan.

— Justo! Mas é claro que sim — disse o cozinheiro de bordo. — Vocês perderam o navio, e eu encontrei o tesouro. Quem é o melhor nisso? E agora eu renuncio, oras! Escolham quem quiserem para ser seu capitão agora. Para mim chega.

— Silver — eles gritaram em coro —, churrasqueiro para sempre! Churrasqueiro para capitão!

— Então essa é a nova cantiga, é? — gritou o cozinheiro. —

George, acho que não foi dessa vez, amigo. Sorte sua que não sou um marujo vingativo. Mas esse nunca foi o meu jeito. E agora, companheiros, e esta mancha negra? Não tem muita serventia agora, não é? Dick acabou com sua sorte e estragou sua Bíblia, e isso é tudo.

– Vou dar um beijo no livro. Será que adianta alguma coisa? – rosnou Dick, que estava evidentemente inquieto com a maldição que havia causado a si mesmo.

– Uma Bíblia com uma parte arrancada! – respondeu Silver ironicamente. – Serve tanto quando um livro de cantigas.

– É mesmo? – gritou Dick com uma espécie de alegria. – Bem, está aí algo que vale a pena ter também.

– Aqui, Jim. Aqui está uma curiosidade para você – disse Silver, jogando-me o papel.

Era mais ou menos do tamanho de uma coroa sueca[57]. Um lado estava em branco, pois era a última folha, o outro continha um ou dois versículos do Livro do Apocalipse, com as seguintes palavras que, entre outras, atingiram-me em cheio: "ficarão de fora os cães... e os homicidas"[58]. A face impressa estava enegrecida com cinza de lenha, que já começava a se soltar e sujar meus dedos. No lado em branco, havia sido escrita com o mesmo material a única palavra "deposto". Tenho essa curiosidade ao meu lado neste momento, mas

---

57. Moeda oficial da Suécia desde 1873.
58. Trecho referente ao versículo 22:15 do Livro do Apocalipse. Segundo a Bíblia de Jerusalém, "ficarão de fora os cães, os mágicos, os impudicos, os homicidas, os idólatras e todos os que amam e praticam a mentira".

nenhum traço de escrita resta agora além de um único arranhão, como um homem faria com a unha do polegar.

    Esse foi o fim da noite. Logo depois, com uma rodada de bebidas, acabamos nos deitando para dormir, e a vingança de Silver era colocar George Merry como sentinela e ameaçá-lo de morte se ele se mostrasse infiel. Demorei muito até que eu pudesse fechar um olho, e Deus sabe que eu tinha muito no que pensar: no homem que eu havia matado naquela tarde, em minha própria posição perigosa e, acima de tudo, no jogo notável em que vi Silver começar ao manter os amotinados juntos com uma mão e agarrar com a outra todos os meios, possíveis e impossíveis, para fazer as pazes e salvar sua vida miserável. Ele próprio dormia pacificamente e roncava alto, mas meu coração doía por ele, por mais perverso que fosse, ao pensar nos perigos sombrios que o cercavam e na vergonhosa forca que o esperava.

Palavra de Honra

Fui acordado, na verdade, todos nós fomos, pois pude ver até a sentinela se sacudir de onde havia caído contra o batente da porta, por uma voz clara e cordial nos saudando da margem do matagal:

– Ô de casa, ahoy! – ele gritou. – Aqui é o médico.

E era ele mesmo. Embora eu estivesse feliz em ouvir o som, minha alegria não era genuína. Lembrei-me confuso de minha conduta insubordinada e furtiva, e quando vi aonde ela me levara, entre quais tipos de companhia e rodeado de perigos, tive vergonha de olhá-lo nos olhos.

Ele deve ter se levantado quando ainda estava escuro, pois o dia mal havia começado. E, quando corri para uma brecha e olhei para fora, eu o vi de pé, como Silver antes estivera, coberto até o meio da perna por um vapor rastejante.

– O senhor, doutor! Tenha um bom dia! – gritou Silver, totalmente acordado e radiante de bondade no mesmo instante. – Deus ajuda quem cedo madruga, como dizia o ditado. George, balance esse esqueleto, filho, e ajude o Dr. Livesey a subir no amurado do navio. Tudo tem corrido muito bem, seus pacientes estão todos... felizes.

Então ele continuou a tagarelar, de pé no topo do morro com a muleta sob o cotovelo e uma das mãos na lateral da cabana de toras, bem como o velho John em voz, modos e expressão.

– Temos uma grande surpresa para o senhor também –

continuou ele. – Temos um pequeno estranho aqui... ahá! Um novo inquilino a bordo, senhor, parecendo em forma, tenso como um violino. Dormiu feito uma balsa de carga, bem ao lado de John e ficamos cara a cara a noite toda.

A essa altura, o Dr. Livesey estava do outro lado da paliçada e bem perto do cozinheiro, e pude ouvir a alteração em sua voz quando ele disse:

– Não é Jim?

– O mesmo Jim de sempre – disse Silver.

O médico parou imediatamente, embora não falasse, e alguns segundos se passaram antes que ele parecesse capaz de seguir em frente.

– Bem, bem – disse ele no final –, dever primeiro e prazer depois, como você mesmo poderia ter dito, Silver. Deixe-nos dar uma olhada nesses pacientes.

Um momento depois, ele entrou na cabana de madeira e, com um aceno severo para mim, continuou seu trabalho com os enfermos. Ele parecia não estar apreensivo, embora devesse saber que sua vida, entre aqueles demônios traiçoeiros, estivesse por um fio. Ralhou com seus pacientes como se estivesse fazendo uma visita profissional comum a uma tranquila família inglesa. Seus modos, suponho, surtiram efeitos nos homens, pois se comportaram como se nada tivesse acontecido, como se ele ainda fosse o médico do navio e eles ainda fossem marujos fiéis no convés.

– Você está indo bem, meu amigo – disse ele ao sujeito com a cabeça enfaixada – e se alguma vez viu a morte de perto, esse alguém foi você. Sua cabeça deve ser mais dura que ferro. Bem, George, como está indo? Vejo que está com a pele corada. Ora, seu fígado está do avesso. Por acaso tomou aquele remédio? Ele tomou aquele remédio, homens?

– Sim, sim, senhor, ele tomou, com certeza – retornou Morgan.

– Porque uma vez que sou médico de amotinados, ou médico de prisão, como prefiram chamar-me – disse o Dr. Livesey em sua maneira mais agradável – faço questão de não perder nenhum homem para o rei George (Deus o abençoe!) ou para a forca.

Os bandidos se entreolharam, mas engoliram o golpe em silêncio.

– Dick não se sente bem, senhor – disse um.

– Não? – respondeu o médico. – Bem, venha aqui, Dick, deixe-me ver sua língua. Já era de se esperar! A língua do homem serve para assustar os franceses. Outra febre.

– Ah, – disse Morgan – isso que dá rasgar bíblias.

– Isso mesmo, como vocês costumam dizer, ele foi tosco feito um asno – retrucou o médico –, e não tem bom senso para distinguir o ar puro do veneno, e a terra seca de um lamaçal vil e pestilento. Acho mais provável, embora, claro, seja apenas uma opinião, que todos vocês comerão o pão que o diabo amassou até conseguirem tirar a malária de seus sistemas. Acampando em um pântano, hã? Silver, estou surpreso. É aqui o menos tolo, mas não me parece ter as noções rudimentares das regras de saúde.

Após ele ter medicado todos e eles terem aceitado suas prescrições com uma humildade cômica, mais parecendo crianças de escola de caridade do que amotinados criminosos e piratas, ele acrescentou:

– Bem, por hoje é só. E agora eu gostaria de ter uma conversa com aquele menino, por favor.

E ele acenou com a cabeça em minha direção descuidadamente.

George Merry estava na porta, cuspindo e salivando por causa de um remédio de gosto ruim, mas à primeira palavra da proposta do médico, ele se virou com um rubor profundo na face:

– Não! – praguejou.

Silver bateu no barril com a mão aberta.

– Silêncio! – ele rugiu e olhou em volta positivamente como um leão. – Doutor – ele continuou em seu tom usual –, eu estava pensando nisso, sabendo o quanto aprecia o menino. Somos todos humildemente gratos por sua gentileza e, como pode constatar, colocamos nossa fé no que faz e engolimos os medicamentos como se fosse um grogue. E presumo que encontrei uma maneira que seja boa para todos. Hawkins, dar-me-ia sua palavra de honra como um jovem cavalheiro, pois um jovem cavalheiro é o que de fato é, embora tenha nascido pobre, sua palavra de honra de não soltar a corda?

Eu prontamente dei a promessa exigida.

– Então, doutor – disse Silver – basta sair da paliçada

e, assim que estiver lá, vou com o menino pelo lado de dentro, e acho que conseguem conversar às escondidas. Bom dia para o senhor, mande lembranças ao fidalgo e ao capitão Smollett.

A explosão de desaprovação, que nada além da aparência sombria de Silver havia contido, estourou imediatamente após o médico deixar a cabana. Silver foi redondamente acusado de ser leva e traz, de tentar fazer um tratado de paz para si mesmo, de sacrificar os interesses de seus cúmplices e vítimas e era exatamente o que ele estava fazendo. Parecia-me tão óbvio, neste caso, que não conseguia imaginar como ele iria desviar a raiva deles. Mas ele era o dobro do homem que o resto era, e a vitória da última noite deu a ele uma grande preponderância em suas mentes. Ele chamou todos de idiotas e outros adjetivos que você possa imaginar, disse que era necessário que eu falasse com o médico, agitou o mapa em seus rostos, perguntou-lhes se teriam dinheiro para quebrar o tratado no mesmo dia em pretendessem sair à caça ao tesouro.

– Não, pelas barbas do profeta! – ele berrou. – Somos nós que devemos romper o tratado quando chegar a hora, e até então vou atormentar aquele médico, nem que eu tenha que encher suas botas com conhaque.

E então ele ordenou que acendessem o fogo e saiu com sua muleta, com a mão no meu ombro, deixando-os desordenados e silenciados por sua volubilidade em vez de convencidos.

– Devagar, rapaz, devagar – disse ele. – Eles podem nos cercar em um piscar de olhos se formos vistos com pressa.

Muito deliberadamente, então, avançamos pela areia até onde o médico nos esperava, do outro lado da paliçada, e assim que estávamos a uma distância fácil para conversar, Silver parou.

– Leve isso em consideração, doutor – disse ele. – O menino lhe contará como salvei a vida dele e também como fui deposto por isso. Doutor, quando um homem está indo contra o vento como eu, brincando de dar o último suspiro em seu corpo, não lhe ocorreria dar-lhe algum crédito? Por favor, tenha em mente que não é minha vida apenas agora... aquele garoto também está envolvido, então coloque a mão na consciência, doutor, e me dê um pouco de esperança para continuar, por uma questão de misericórdia.

Silver mudou completamente quando chegou do lado de fora e deu as costas aos amigos e à casa de toras. Suas bochechas pareciam ter caído, sua voz tremia, nunca uma alma pareceu mais morta.

– Por que, John, você não estaria com medo, não é? – perguntou o Dr. Livesey.

– Doutor, não sou covarde, não senhor! – e ele estalou os dedos. – E se eu fosse, não diria. Mas eu vou confessar com sinceridade que tenho tremores só de pensar na forca. Sei que é um bom homem, verdadeiro. Nunca vi homem melhor! Sei que não irá se esquecer do que fiz de bom, não mais do que irá esquecer das coisas ruins, eu sei. E eu me afasto e deixo o senhor e Jim sozinhos. Por favor, leve isso em consideração também. Isso não é pouca coisa.

Assim dizendo, ele recuou um pouco, até que estava fora do alcance da conversa, e sentou-se sobre um toco de árvore e começou a assoviar, girando de vez em quando em seu assento para ter uma melhor visão, às vezes, vigiando a mim e ao doutor e, às vezes, seus rufiões rebeldes enquanto iam para lá e para cá na areia entre a fogueira que eles estavam acendendo e a casa, de onde eles tiraram carne de porco e pão para fazer o desjejum.

– Então, Jim – disse o médico com tristeza – aqui está você. Como você preparou, você deve beber, meu rapaz. Deus sabe que não consigo culpá-lo em meu coração, mas direi uma coisa, para o bem ou para o mal: enquanto o capitão Smollett estava bem, você não ousou partir, e quando ele ficou doente e não podia evitar, por George, você ter partido foi pura covardia.

Admito que comecei a chorar aqui.

– Doutor – eu disse – não precisa jogar isso na minha cara. Já me culpei o suficiente. Minha vida está perdida de qualquer maneira, e eu já deveria estar morto se Silver não tivesse me defendido. E doutor, acredite, posso morrer... e ouso dizer que mereço..., mas o que temo é a tortura. Se eles vierem me torturar...

– Jim – o médico interrompeu, e sua voz mudou bastante. – Jim, eu não suportaria isso. Vamos fugir.

– Doutor – eu disse – eu dei minha palavra.

– Eu sei, eu sei – gritou ele. – Mas não há mais o que fazer, Jim, agora. Assumirei a culpa e a vergonha, meu menino. Só não quero que fique aqui, isso não posso permitir. Pule! Um salto e você estará livre. Nós correremos como antílopes.

– Não – respondi – Sabe muito bem que não faria isso, nem o senhor, nem o fidalgo, nem o capitão, tampouco eu. Silver confiou em mim. Dei minha palavra. Por isso irei voltar. Mas, doutor, o senhor não me deixou terminar. Se eles vierem me torturar, posso deixar escapar uma palavra sobre onde está o navio, pois o peguei, parte por sorte e parte por risco, e ele está na Baía do Norte, na praia ao sul, e logo abaixo da maré alta. Na meia maré, ele deve ficar alto e seco.

– O navio! – exclamou o médico.

Descrevi rapidamente minhas aventuras e ele me ouviu em silêncio.

– Acredito que haja um pouco de destino nisso – observou ele quando eu terminei. – A cada passo que dá, você que salva nossas vidas. Acha mesmo que deixaríamos você perder a sua? Isso seria um retorno nobre, meu garoto. Você descobriu o plano, encontrou Ben Gunn, a melhor ação que você já fez, ou fará, embora viva até os noventa. Oh, por Júpiter, e falando em Ben Gunn! Ora, ele é a travessura em pessoa. Silver! – ele gritou. – Silver! Vou lhe dar um conselho – ele continuou enquanto o cozinheiro se aproximava novamente. – Não tenha muita pressa em achar esse tesouro.

– Ora, senhor, eu faço o meu possível, o que não é muito – disse Silver. – Eu só posso, com o seu perdão, salvar minha vida e a do menino procurando por aquele tesouro, pode apostar nisso.

– Bem, Silver – respondeu o médico – se for assim, vou

dar um passo adiante: preste atenção às tempestades quando encontrá-las.

– Senhor – disse Silver – de homem para homem, cá entre nós, isso é dizer tudo e nada ao mesmo tempo. O que quer de fato, por que saiu da cabana, por que me deu aquele mapa, eu não sei, não é? E, ainda assim, eu cumpri sua ordem com meus olhos fechados e nenhuma palavra de esperança! Mas não, isso aqui é demais. Se não vai me dizer o que claramente pretende, então ficamos como estamos e eu o deixarei no comando.

– Não – disse o médico pensativamente. – Não tenho o direito de dizer mais. Não é meu segredo, sabe, Silver, senão, dou-lhe minha palavra, que diria a você. Mas irei o mais longe que me atrever, e um passo além, pois terei minha peruca arrancada pelo capitão se ele tomar conhecimento! Mas, primeiro, vou lhe dar um pouco de esperança. Silver, se nós dois sairmos vivos desta armadilha de lobo, farei o meu melhor para salvá-lo, sem perjúrio.

O rosto de Silver ficou radiante.

– Nem precisa dizer mais nada, tenho certeza, senhor, nem se fosse minha mãe – gritou ele.

– Bem, essa é minha primeira concessão – acrescentou o médico. – Minha segunda é um conselho: mantenha o menino perto de você, e quando precisar de ajuda, chame por mim. Virei imediatamente até vocês, e isso por si só irá lhe mostrar se eu falo a esmo. Adeus, Jim.

E o Dr. Livesey apertou minha mão através da paliçada, acenou com a cabeça para Silver e partiu a passos rápidos para a floresta.

A Caça ao Tesouro: as indicações De Flint

– Jim – disse Silver quando estávamos sozinhos –, se eu salvei sua vida, você também salvou a minha. Disso eu não irei me esquecer. Eu vi o médico fazendo sinal para que fugisse de rabo do meu olho, se vi. Mas também pude notar que disse não, tão claro quanto se tivesse ouvido. Marcou um ponto com essa, pois é o primeiro lampejo de esperança que tive desde o fracasso do ataque, e devo isso a você. E agora, Jim, iremos partir para essa caça ao tesouro aqui, com ordens seladas, e eu não gosto disso. Nós devemos ficar juntos, costas com costas, vamos salvar nossas peles, apesar do destino e da fortuna.

Somente então um homem nos fez sinal da fogueira avisando que o café da manhã estava pronto, e logo estávamos sentados aqui e ali pela areia com biscoitos e carne seca. Tinham acendido uma fogueira própria para assar um boi, e agora estava tão quente que somente poderiam se aproximar por barlavento, e mesmo assim, sem qualquer garantia de segurança. Com o mesmo espírito perdulário, eles haviam assado, suponho, três vezes mais do que podíamos comer e, um deles, com o riso solto, jogou suas sobras no fogo, que ardeu e aumentou com esse combustível incomum. Nunca em minha vida vi homens tão despreocupados com o amanhã. Desprecavidos era a única palavra que poderia descrever sua a conduta desses homens. Com a comida desperdiçada e sentinelas adormecidas, embora fossem ousados o suficiente para uma possível emboscada, eu podia ver sua total incapacidade para qualquer coisa como uma campanha prolongada.

Mesmo Silver, que comia afastado com Capitão Flint em seu ombro, não tinha uma única palavra para dizer-lhes por sua imprudência. E isso me surpreendeu ainda mais, pois pensei que ele nunca se mostrara tão astuto como agora.

– Sim, companheiros – disse ele – é uma sorte terem churrasco para pensar por vocês com esta cabeça aqui. Consegui o que queria, se consegui. E, na certa, eles estão com o navio. Onde eles o puseram, ainda não sei, mas assim que encontrarmos o tesouro, teremos que vasculhar por aí para encontrá-lo. E então, camaradas, como temos os escalares, a vantagem está conosco.

Assim, ele continuou comendo, com a boca cheia de bacon quente. Assim, ele restaurou a esperança e a confiança deles e, como suspeito, consertou as dele ao mesmo tempo.

– Quanto ao refém – ele continuou – essa foi a última conversa dele, creio eu, com aqueles que ele tanto ama. Já obtive as informações de que precisava, e agradeço a ele por isso. Mas está acabado. Vou mantê-lo amarrado enquanto estivermos caçando tesouros, pois temos que mantê-lo como se fosse feito de ouro por enquanto para o caso de acidentes. Assim que pegarmos o navio e o tesouro e formos para o mar contentes com nosso resultado, então veremos o que fazer com o Sr. Hawkins. Daremos a ele sua parte, com certeza, por toda a sua bondade.

Não era de se admirar que os homens estivessem de bom humor agora. De minha parte, fiquei terrivelmente abatido. Se o esquema que ele agora esboçava se mostrasse viável, Silver, sendo duplamente traidor, não hesitaria em adotá-lo. Ele ainda tinha um pé em ambos os lados e não havia dúvida de que preferia riqueza e liberdade com os piratas a uma simples fuga do enforcamento, que era o melhor que ele tinha a esperar do nosso lado.

E, mesmo que as coisas caíssem por terra de tal forma que ele fosse forçado a manter sua fé no Dr. Livesey, mesmo assim, perigos ainda estariam diante de nós! Que momento seria quando as suspeitas de seus seguidores se transformassem em certezas e ele e eu tivéssemos que lutar pela vida. Ele, um aleijado, e eu um pirralho, contra cinco marujos fortes e ativos!

Acrescente a essa dupla apreensão o mistério que ainda pairava sobre o comportamento de meus amigos, sua inexplicável deserção da paliçada, sua entrega do mapa ou, ainda mais difícil de entender, o último aviso do médico a Silver: "Cuidado com as tempestades quando encontrá-las", e você entenderá imediatamente no quão insosso foi meu desjejum e o quão inquieto estavam meus batimentos cardíacos assim que parti atrás de meus captores na busca por tesouros.

Formaríamos uma figura curiosa, se alguém tivesse estado lá para nos ver, todos com trajes surrados de marinheiro e todos, menos eu, armados até os dentes. Silver tinha duas armas penduradas em torno dele, uma na frente e outra atrás, além do grande sabre na cintura e uma pistola em cada bolso de seu casaco de cauda quadrada. Para completar sua estranha aparência, Capitão Flint sentou-se empoleirado em seu ombro e ficou tagarelando frases navais sem lógica alguma. Eu tinha uma corda em volta da cintura e seguia obedientemente o cozinheiro de bordo, que segurava a ponta solta da corda, ora em sua mão livre, ora entre seus dentes poderosos. E, por todo o lado, fui conduzido como um urso dançarino de circo.

Os outros homens estavam carregados de cargas variadas, alguns carregavam picaretas e pás, pois essa fora a primeira coisa necessária que trouxeram do *Hispaniola* para terra, outros carregavam carne de porco, pão e conhaque para a refeição do meio-dia. Todos os suprimentos, observei, vinham de nosso estoque e pude ver a verdade nas palavras de Silver na noite anterior. Se ele não tivesse feito uma barganha com o médico, ele e seus amotinados, abandonados pelo navio, seriam obrigados a subsistir com água limpa e o que conseguissem por meio da caça. A água pouco lhes agradaria o paladar, e um marinheiro geralmente não é um bom atirador. Além disso, quando o alimento começasse de fato a faltar, não era improvável que houvesse pólvora aos montes.

Bem equipados, partimos todos, até o sujeito da cabeça rachada, que certamente deveria ter ficado na sombra, e rumamos, um após o outro, para a praia, onde os dois escaleres nos aguardavam. Mesmo esses traziam vestígios da bebedeira dos piratas, um deles por estar com o banco quebrado, e ambos por sua condição lamacenta e com o fundo cheio de água. Tanto um quanto o outro deveria ser carregado por uma questão de segurança e, assim, com nosso número dividido entre eles, partimos no leito do ancoradouro.

Conforme remávamos, houve alguma discussão do mapa. A cruz vermelha era, é claro, grande demais para servir de guia e os dizeres no verso, como você verá, admitem certa ambiguidade. Diziam, como o leitor se lembrará, o seguinte:

> Árvore alta, encosta do Morro da Luneta,
> apontando para o N. de N.N.E.
> Ilha do Esqueleto E.S.E. e por E.
> Dez pés.

A árvore alta era, portanto, a marca principal. Agora, bem diante de nós, o ancoradouro era delimitado por um planalto de dezoito a noventa metros de altura, contíguo ao norte com a encosta sul inclinada no Morro da Luneta, erguendo-se novamente em direção ao sul na eminência rochosa e escarpada chamada Morro da Mezena. O topo do planalto era repleto de pinheiros de alturas variadas. Por todo o lado, algumas árvores de espécies diferentes se erguiam a doze ou quinze metros acima da vegetação, e qual "árvore alta", específica do capitão Flint, só poderia ser decidida no local e pelas leituras da bússola.

No entanto, embora fosse esse o caso, cada homem a bordo dos barcos escolhera uma favorita antes que estivéssemos na metade do caminho. John Long foi o único que deu de ombros e disse que deveríamos esperar até que chegássemos lá.

Remamos cuidadosamente, guiados pelas instruções de Silver, para não cansar as mãos prematuramente e, após uma longa passagem, desembarcamos na foz do segundo rio, aquele que descia por uma fenda arborizada no Morro da Luneta. Então, virando para a esquerda, começamos a subir a encosta em direção ao planalto.

No início, o solo denso e lamacento e uma vegetação emaranhada e brejenta atrasaram muito nosso progresso, mas aos poucos, o morro começou a ficar mais íngreme e pedregoso sob nossos pés, e a vegetação passou a mudar a aparência e crescer em uma ordem mais espaçada. Era, de fato, uma parte mais agradável da ilha da qual estávamos nos aproximando. Giestas com forte aroma e muitos arbustos floridos quase tomavam o lugar da grama. Moitas de mosquetas verdes estavam aqui e ali com as colunas vermelhas e a larga sombra dos pinheiros, e os primeiros misturavam suas especiarias com o aroma das segundas. O ar, além disso, estava fresco e agitado, e isso, sob os raios de sol puros, foi um maravilhoso refresco para nossos sentidos.

O grupo se espalhou formando um leque, gritando e pulando de um lado para outro. No centro, e bem atrás do resto, Silver e eu o seguimos, comigo amarrado por uma corda, ele arando, com ofego profundo, ao longo do cascalho escorregadio. De vez em quando, na verdade, eu precisava ajudá-lo, ou ele poderia perder o equilíbrio e cair morro abaixo.

Tínhamos assim procedido por cerca de meia milha e estávamos nos aproximando do cume do planalto, quando o homem, mais à esquerda, começou a gritar alto, como se estivesse aterrorizado. Gritos e mais gritos vinham dele, e os outros começaram a correr em sua direção.

– Ele não pode ter encontrado o tesouro – disse o velho Morgan, passando apressado por nós pela direita – aqui é uma clareira.

Na verdade, como descobrimos quando também chegamos ao local, era algo muito diferente. Ao pé de um pinheiro muito grande envolvido em uma trepadeira verdejante, que havia até separado parcialmente alguns dos ossos menores, um esqueleto humano jazia, com alguns pedaços de roupa, no chão. Acredito que por um momento um golpe atingiu cada coração.

– Ele era um marinheiro – disse George Merry, que, mais ousado do que os outros, aproximou-se e examinou os trapos de roupas – Pelo menos, está bem trajado.

– Sim, sim – disse Silver. – Não procuraria encontrar um bispo aqui, suponho. Mas que maneira é essa de os ossos ficarem? Não é natural.

Na verdade, em um segundo olhar, parecia impossível imaginar que o corpo estava em uma posição natural. Mas por alguma confusão (o trabalho, talvez, dos pássaros

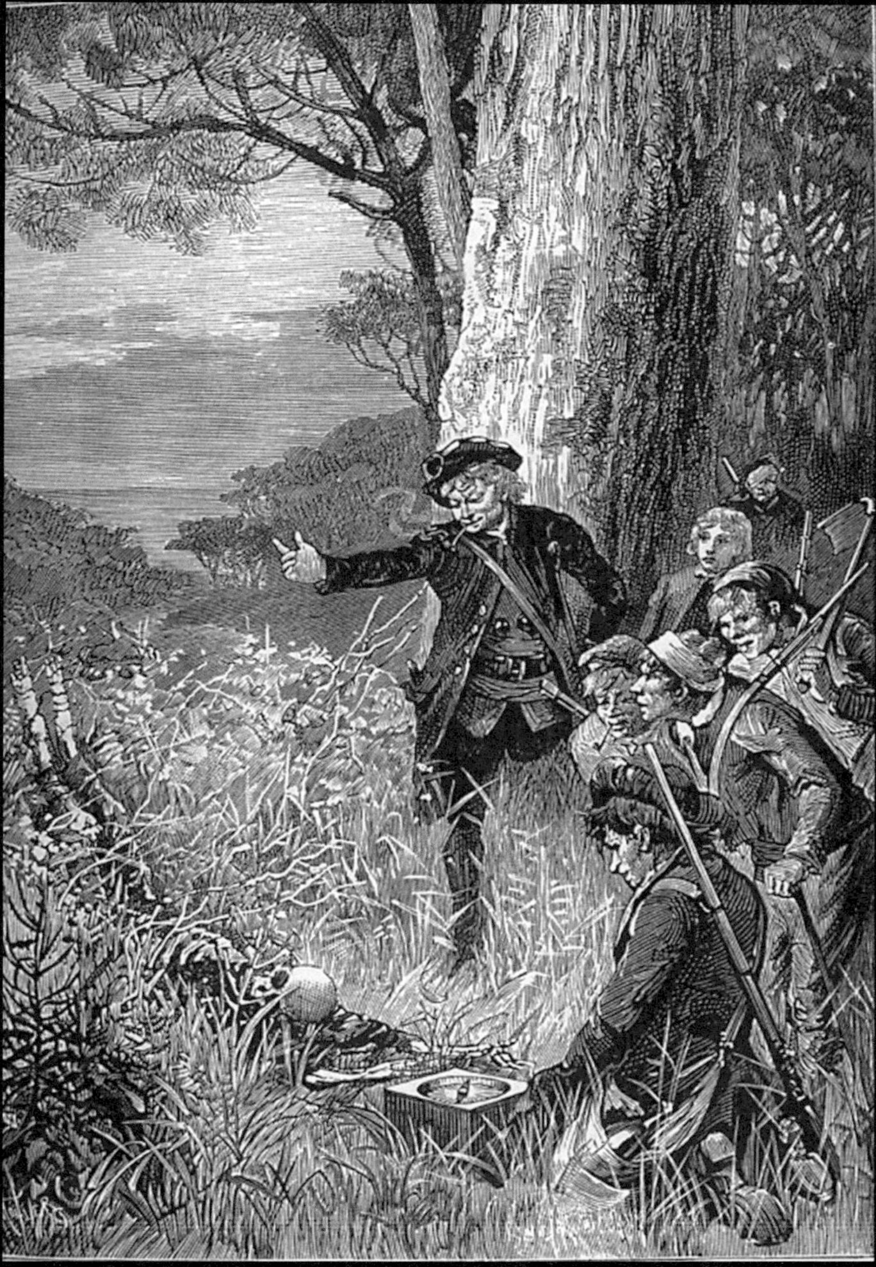

que se alimentaram dele ou da trepadeira de crescimento lento que gradualmente envolveu seus restos mortais) o homem estava perfeitamente reto, seus pés apontando em uma direção, suas mãos, levantadas acima sua cabeça como a de um mergulhador, apontando diretamente para o lado oposto.

– Cá com meus botões, tive uma ideia tola – observou Silver. – Aqui está a bússola, lá está o ponto mais alto da Ilha do Esqueleto, projetando-se como um dente. Deem uma olhada ao longo da linha daqueles ossos.

Dito e feito. O corpo apontava diretamente na direção da ilha, e a bússola marcava devidamente E.S.E. e por E.

– Foi o que pensei – exclamou o cozinheiro – Esse aqui é um indicador. Bem ali estão nossa linha para a Estrela Polar e os belos dólares. Mas com mil demônios! Se não me deu calafrios pensar em Flint. Essa é uma das piadas dele, sem dúvida. Ele e esses outros seis estavam sozinhos aqui. Ele os matou, cada um dos homens, e este aqui ele puxou até aqui e fez de bússola, raios me partam! Os ossos são longos e o cabelo é louro. Sim, este deve ser Allardyce. Lembra-se dele, Tom Morgan?

– Sim, claro – retornou Morgan. – Ele me devia dinheiro, e levou minha faca para debaixo da terra com ele.

– Falando em facas – disse outro – por que não damos uma vasculhada por aí? Flint não era um homem de revirar os bolsos de um marinheiro, e os pássaros, eu acho, deixá-la--iam onde está.

— Macacos me mordam, é verdade! — gritou Silver.

— Não sobrou nada aqui — disse Merry, ainda tateando entre os ossos. — Nem uma moeda de cobre, ou caixa de tabaco. Não parece natural para mim.

— Não, mesmo — concordou Silver. — Nem natural, nem fortuito. Pela madrugada! Se Flint estivesse vivo, a chapa iria esquentar para nós dois. Eles eram seis, e nós somos seis, e ossos são tudo o que resta agora.

— Eu o vi morto com estes olhos aqui — disse Morgan. — Billy me levou. E lá estava ele deitado, com moedas sobre os olhos.

— Morto... sim, com certeza, ele está morto e foi lá para baixo — disse o sujeito com as ataduras. — Mas se algum dia um espírito caminhasse, seria o de Flint. Mas, ele morreu em um momento ruim!

— Sim, é verdade — observou outro. — Ora ele se enfurecia, ora gritava pelo rum, ora cantava. "Quinze homens" era sua única música, companheiros, e digo a verdade, nunca gostei de ouvi-la desde então. Estava muito quente, e o vento estava forte, e eu ouvi aquela velha canção cada vez mais alto, e o homem já tinha recebido o chamado da morte.

— Venha, venha — disse Silver. — Deixe essa conversa para depois. Ele está morto e não pode caminhar, isso eu sei. Pelo menos, não durante o dia. O seguro morreu de precaução, então vamos aos dobrões.

Nós retomamos nossa jornada e, apesar do sol quente e da claridade do dia, os piratas não mais corriam separados gritando pela floresta, agora ficavam lado a lado e falavam com a respiração suspensa. O terror do bucaneiro morto havia caído sobre seus espíritos.

A Caça ao Tesouro: A Voz Entre as Árvores

Em parte, devido à influência amortecedora daquele alarme, em parte para Silver e os enfermos descansarem, todo o grupo se sentou assim que alcançou o início da subida.

O planalto ficando um pouco inclinado para o oeste, esse local em que paramos entregava uma ampla perspectiva em ambos os lados. Diante de nós, por cima das copas das árvores, podíamos avistar o Cabo dos Bosques orlado de ondas. Atrás, não apenas havia abaixo o ancoradouro e a Ilha do Esqueleto, mas vimos claramente através da costa e das planícies do leste um grande campo de mar aberto a leste. Acima de nós, erguia-se o Morro da Luneta, ora repleta de pinheiros, ora enegrecido de precipícios. Não se ouvia nenhum som, exceto o das ondas distantes, vindo de todos os lados, e o chilrear de incontáveis insetos no mato. Nem um homem, nem uma vela no mar. A própria amplitude da vista aumentava a sensação de solidão.

Silver, enquanto se sentava, tentava se orientar com sua bússola.

– Há três "árvores altas" – disse ele – mais ou menos na linha da Ilha do Esqueleto, próximo ao Morro da Luneta, suponho que isso signifique o ponto mais baixo ali. É brincadeira de criança encontrar as coisas agora. Estou pensando em jantar primeiro.

– Não me sinto bem-disposto – rosnou Morgan. – Pensar em Flint parece que acabou comigo.

– Ora, meu filho, dê graças por ele estar morto – disse Silver.

– Ele era um demônio feio – gritou um terceiro pirata, estremecendo – e tinha até aquela cara azul.

– Ficou assim desde que o rum o levou – acrescentou Merry. – Azul! Literalmente azul.

Desde que encontraram o esqueleto e começaram a ter esses tipos de pensamentos, eles falavam cada vez mais baixo, quase sussurravam, de modo que o som de sua conversa mal interrompia o silêncio da floresta. De repente, no meio das árvores à nossa frente, uma voz fina, alta e esganiçada tomou conta do ambiente com as seguintes palavras:

"Quinze homens no tronco do defunto
Yo ho e uma garrafa de rum!"

Nunca vi homens mais terrivelmente afetados do que os piratas. A cor sumiu de seus seis rostos como que por encantamento. Alguns pularam, outros agarraram-se uns nos outros e Morgan rastejou no chão.

– É Flint, por...! – gritou Merry.

A música parou tão repentinamente quanto começou. Foi interrompida, poder-se-ia dizer, no meio de uma nota, como se alguém tivesse colocado a mão na boca do cantor. Vindo pela atmosfera límpida e ensolarada entre as copas verdes das árvores, soou-me leve e doce, e o efeito sobre meus companheiros foi ainda mais estranho.

– Venha – disse Silver, lutando com seus lábios cinzentos para dizer a palavra. – Isso não é nada demais. Preparem-se para começar. O rum já foi bebido, e eu não posso dar nome à voz, mas é alguém que está se mexendo, alguém que é de carne e osso, podem acreditar nisso.

Enquanto falava, sua coragem tinha voltado e, com ela, um pouco do rubor voltou à sua face. Alguns se reconfortavam com aquelas palavras, retomando sua presença de espírito, quando a mesma voz irrompeu novamente, desta vez sem cantar, mas ecoando de modo tênue e distante ficando cada vez mais fraca entre as fendas do Morro da Luneta.

– Darby M'Graw – lamentou, pois essa é a palavra que melhor descreve aquele som – Darby M'Graw! Darby M'Graw! – de novo e de novo e de novo e, então, elevando-se um pouco mais, com um palavrão que não ouso repetir, disse:

– Vá buscar o rum, Darby!

Os bucaneiros permaneceram enraizados no chão, com seus olhos arregalados. Muito depois de a voz ter sumido, eles ainda se entreolhavam em silêncio, totalmente amedrontados.

– Basta! – engasgou um. Vamos embora.

– Essas foram suas últimas palavras – lamentou Morgan – suas últimas palavras em vida.

Dick pegara sua Bíblia e estava orara ao acaso. É bem verdade que ele fora muito bem-educado antes de ir para o mar e cair em más-companhias.

Ainda assim, Silver estava invicto. Eu podia ouvir seus dentes batendo em seu crânio, mas ele ainda não havia se rendido.

– Ninguém nesta ilha jamais ouviu falar de Darby – ele murmurou. – Ninguém, exceto nós que aqui estamos.

E então, fazendo um grande esforço:

– Companheiros – gritou ele –, estou aqui para pegar essas coisas e não serei derrotado por homem ou fera. Nunca tive medo de Flint em vida e, por céus, eu o enfrento mesmo morto. Há setecentas mil libras a poucas centenas de metros e quando foi que um cavaleiro da fortuna mostrou sua popa a tanto dinheiro por um velho marujo bêbado com uma cara azul, ainda por cima morto?

Mas não houve nenhuma forma de reavivar a coragem de sua tripulação, pelo contrário, uma onde crescente de terror se sucedeu com a irreverência de suas palavras.

– Acalme-se, John! – disse Merry. – Não provoque os mortos.

O resto estava apavorado demais para responder. Todos teriam corrido para bem longe se tivessem a chance, mas o medo os manteve juntos e perto de John, como se sua ousadia passasse segurança. Ele, por sua vez, enfrentara de vez seus medos.

– Mortos? Bem, talvez – disse ele. – Mas há uma coisa que não está clara para mim. Houve um eco. Ora, nenhum homem jamais viu um espírito com sombra, quem dirá fazendo eco. Isso não é natural, certo?

Esse argumento parecia fraco para mim, mas nunca se sabe o que poderá afetar os supersticiosos e, para minha surpresa, George Merry ficou muito aliviado.

– Bem, é isso mesmo – disse ele. – Você está com a cabeça

no lugar, John, sem dúvida. Todos a postos! Acredito que estejamos no curso errado. E, pensando bem, soava como a voz de Flint, admito, mas não era tão clara quando a dele, afinal. Era mais parecido com a voz de outra pessoa... era mais como...

– Mas é claro! Inferno! É Ben Gunn! – rugiu Silver.

– Sim, de fato – gritou Morgan, pondo-se de joelhos. – Ben Gunn está aqui!

– Mas isso não muda muito os fatos, muda? – perguntou Dick. – Ben Gunn não está mais entre nós, assim como Flint.

Mas os marujos mais velhos receberam essa observação com desprezo.

– Ora, ninguém se importa com Ben Gunn – gritou Merry. – Vivo ou morto, tanto faz.

Foi extraordinário como seus ânimos haviam retornado e como a cor natural havia se reavivado em seus rostos. Logo, eles estavam conversando, com intervalos de escuta e, não muito depois, não ouvindo mais som algum, puseram as ferramentas nos ombros e partiram novamente, com Merry andando à frente com a bússola de Silver para mantê-los na direção certa até a Ilha do Esqueleto. Ele havia dito a verdade: vivo ou morto, ninguém se importava com Ben Gunn.

Apenas Dick ainda segurava sua Bíblia e olhava ao redor enquanto caminhava, com olhares temerosos, mas ele não encontrou solidariedade alguma, e Silver até gozou de suas preocupações.

– Eu disse a você – comentou. – Eu disse que você havia estragado sua Bíblia. Se não é boa para jurar, o que acha que um espírito daria por ela? Nada. Não por essa daí – e ele estalou seus dedos grandes, parando por um momento sobre sua muleta.

Mas Dick permanecia inconsolável. Na verdade, logo ficou claro para mim que o rapaz estava adoecendo por exaustão causada pelo calor e o choque do susto sofrido, a febre, prevista pelo Dr. Livesey, estava evidentemente aumentando rapidamente.

No cume, a caminhada era a céu aberto e nosso caminho era morro abaixo, pois, como eu disse, o planalto se inclinava para o oeste. Os pinheiros, grandes e pequenos, eram esparsos e, mesmo entre os tufos de moscadeiras e azaleias, amplos espaços abertos torravam ao sol quente. Atravessamos bem próximos ao noroeste da ilha. Por um lado, parecia que estávamos cada vez mais perto das encostas do Morro da Luneta, mas por outro, a vista da baía oeste onde eu havia sacudido em meu *coracle* parecia se ampliar.

A primeira das árvores altas foi alcançada e, pela visão panorâmica, provou ser a errada. O mesmo aconteceu com a segunda. A terceira erguia-se quase sessenta metros acima do matagal. Era um gigante entre a vegetação, com seu tronco vermelho do tamanho de uma cabana e uma sombra ampla ao redor na qual um pelotão poderia ter manobrado. Era possível notá-la no mar aberto, tanto no leste quanto no oeste, e poderia ter sido inserida como um ponto de referência no mapa.

Mas não foi seu tamanho que impressionou meus companheiros, era o conhecimento de que setecentas mil libras em ouro jaziam em algum lugar enterradas sob sua sombra amplamente espalhada. A ideia do tesouro, à medida que se aproximavam, engolia seus terrores anteriores. Seus olhos reluziam em seus crânios, seus pés ficavam mais rápidos e leves, toda a sua alma estava ligada àquela fortuna, àquela vida inteira de extravagância e prazer, que estava lá esperando por cada um deles.

Silver mancou, grunhindo, apoiado em sua muleta. Suas narinas se abriam e estremeciam e ele praguejava como um louco quando as moscas pousavam em seu rosto quente e brilhante. Ele puxava furiosamente a corda que me prendia a ele e, de vez em quando, voltava seus olhos para mim com um olhar mortal.

Certamente, ele não se preocupou em esconder seus pensamentos, e certamente eu os li como se estivessem impressos. Na proximidade imediata do ouro, tudo o mais havia sido esquecido: sua promessa e a advertência do médico eram coisas do passado, e eu não duvidava que ele esperasse se apoderar do tesouro, pegando-o e embarcando no *Hispaniola* na calada da noite, certificando-se de cortar todas as gargantas honestas daquela ilha e navegar de volta, como pretendia desde o início, carregado de crimes e riquezas.

Do jeito que eu estava abalado com esses temores, era difícil para mim acompanhar o ritmo acelerado dos caçadores de tesouros. De vez em quando, eu tropeçava, e foi então que Silver puxou a corda com tanta força e lançou seu olhar assassino para mim. Dick, que havia ficado atrás de nós e agora estava na retaguarda, balbuciava para si mesmo orações e maldições enquanto sua febre aumentava. Isso também aumentou a minha miséria e, para coroar tudo, fui assombrado pelo pensamento da tragédia que uma vez havia ocorrido naquele planalto, quando aquele pirata ímpio de rosto azul, aquele que morrera em Savannah, cantando e gritando por bebida, ali mesmo, com suas próprias mãos, cortara seus seis cúmplices. Este bosque que agora estava tão pacífico deve ter ressoado gritos, imaginei. E mesmo com isso somente em pensamento, conseguia escutá-los ressoando.

Estávamos agora na margem do matagal.

– Vamos, companheiros, todos juntos! – gritou Merry, e os que estavam mais à frente começaram a correr.

E, de repente, nem dez metros adiante, nós os vimos parar. Um grito surdo se fez. Silver dobrou o passo, cavando com o pé de sua muleta como um homem possesso e, no momento seguinte, eu e ele também paramos completamente.

Diante de nós estava uma grande escavação, não muito recente, pois as laterais haviam caído e a grama brotara no fundo. Nele, estava o cabo de uma picareta partido em dois e as tábuas de vários caixotes espalhados ao redor. Em uma dessas tábuas eu vi, marcado com ferro quente, o nome *Morsa*, nome do navio de Flint.

Sem dúvidas, o esconderijo fora encontrado e saqueado. As setecentas mil libras se foram!

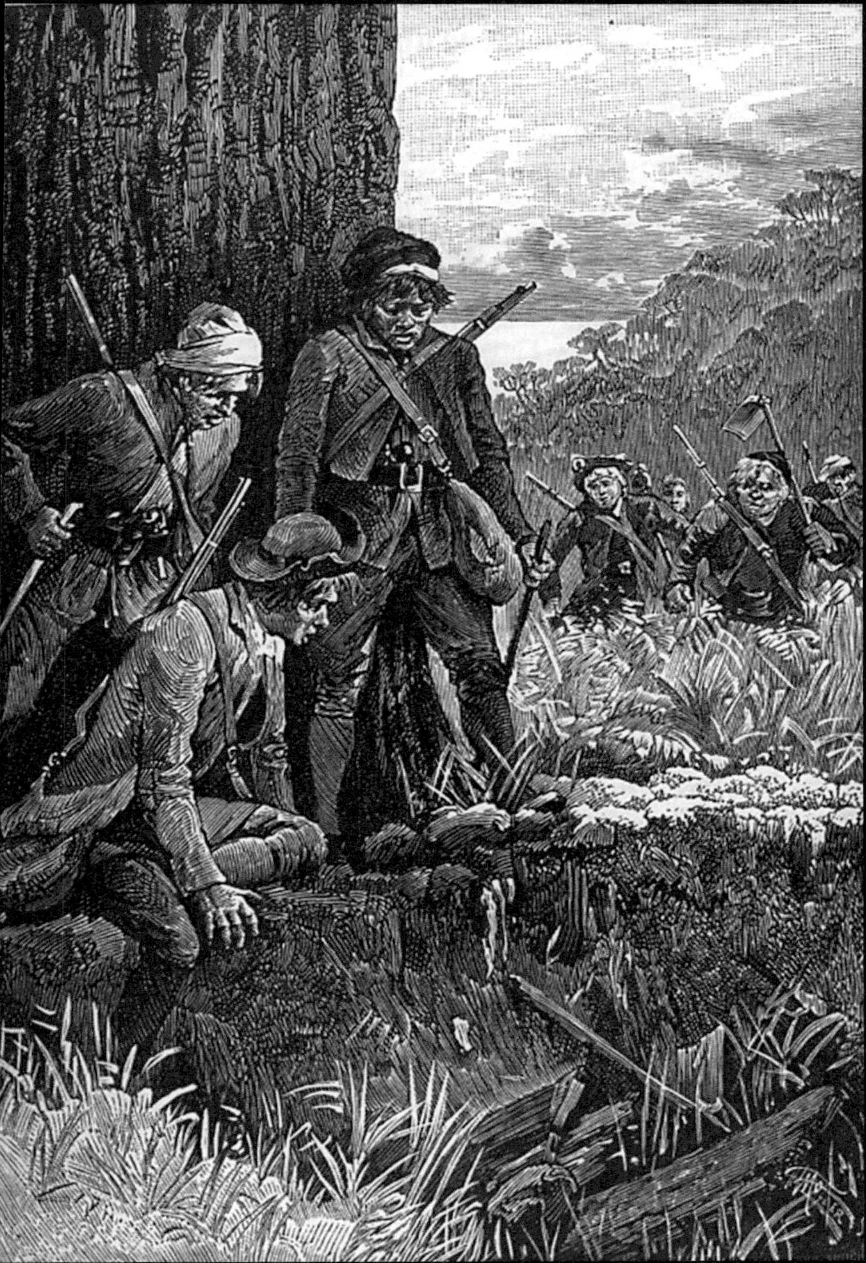

A Queda de um Cacique

Nunca antes houvera uma reviravolta como aquela. Cada um dos seis homens parecia ter sido atingido por um raio. Quanto a Silver, o choque passou quase instantaneamente. Cada pensamento de sua alma foi totalmente definido com o foco naquele dinheiro, mas recompôs-se, em um único segundo, e manteve a cabeça fria, controlando seu temperamento antes que os outros tivessem tempo de perceber sua decepção.

– Jim – ele sussurrou – pegue isso e prepare-se para problemas.

E ele me passou uma pistola de cano duplo. Ao mesmo tempo, começou a se mover silenciosamente para o norte e, em poucos passos, colocou um buraco entre nós dois e os outros cinco. Então ele olhou para mim e acenou com a cabeça, como se dissesse "estamos encurralados", como, de fato, pensei que estivéssemos. Seus modos agora pareciam amigáveis e eu estava tão revoltado com essas mudanças constantes que não pude deixar de sussurrar:

– Então mudou de lado novamente.

Não lhe restou tempo de responder. Os bucaneiros, com pragas e gritos, começaram a pular, um após o outro, para dentro da cova e a cavar com os dedos, jogando as tábuas para fora. Morgan encontrou uma moeda de ouro. Ele a ergueu com um jorro perfeito de palavrões. Era uma moeda de dois guinéus e passou de mão em mão entre eles por alguns segundos.

– Dois guinéus! – rugiu Merry, sacudindo-a para Silver. – São suas setecentas mil libras, não são? É o homem das pechinchas, não é? É aquele que nunca se engana, seu pateta desmiolado!

– Cavem mais fundo, rapazes – disse Silver com a mais fria insolência. – Não ficaria surpreso se aí encontrassem bolotas.

– Bolotas? – repetiu Merry, em um grito. – Companheiros, vocês ouvem isso? Eu lhes digo agora, aquele homem sabia disso o tempo todo. Olhe na cara dele e verão escrito lá.

– Ah, Merry – observou Silver – vai se candidatar a capitão de novo? Como pode não ver que esta é uma situação completamente forçada.

Mas, desta vez, todos estavam inteiramente a favor de Merry. Eles começaram a se arrastar para fora da escavação, lançando olhares furiosos contra ele. Uma coisa que observei e que nos pareceu interessante: todos eles saíram pelo lado oposto a Silver.

Bem, lá estávamos nós, dois de um lado, cinco do outro, a cova entre nós, e ninguém estremeceu o suficiente para dar o primeiro golpe. Silver nem se moveu, apenas observava, com postura ereta em sua muleta, e parecia tão calmo como jamais o vira. Ele era corajoso, sem dúvida.

Por fim, Merry pareceu pensar que um discurso poderia ajudar no assunto.

– Companheiros – disse ele – há dois deles sozinhos lá. Um é o velho aleijado que nos trouxe aqui e nos arrastou até essa situação; o outro é aquela cria de animal que pretendo arrancar o coração. Agora, parceiros...

Ele estava levantando o braço e a voz, e claramente pretendia liderar um ataque. Mas então... pow! pow! pow!... três tiros de mosquete foram disparados do matagal. Merry caiu de cabeça na escavação, o homem com ataduras rodopiou feito um pião e caiu morto de lado, porém com o corpo ainda se contorcendo, e os outros três se viraram e correram com todas as suas forças.

Antes que pudesse piscar, Long John disparara dois canos de uma pistola sobre Merry, que ainda se debatia em agonia na cova e, quando o homem revirou os olhos para ele uma última vez, falou:

– George, acho que o arruinei finalmente.

No mesmo momento, o médico, Gray e Ben Gunn se juntaram a nós, com mosquetes fumegantes, saídos de suas moscadeiras.

– Avante! – gritou o médico. – Mais rápido, meus rapazes. Devemos expulsá-los dos barcos.

E partimos em um grande ritmo, às vezes, mergulhando através dos arbustos até a altura do peito.

Devo dizer que Silver estava ansioso para nos acompanhar. O trabalho que aquele homem fez, pulando em sua muleta até que os músculos de seu peito estivessem prontos para explodir, foi um feito que nenhum homem jamais igualou, e o doutor concordava com isso. Ele já estava a uns trinta metros atrás de nós, beirando à exaustão, quando alcançamos o topo da encosta.

– Doutor – ele chamou – Veja lá! Sem pressa!

Certamente não havia por que ter pressa. Em uma parte mais aberta do planalto, pudemos ver os três sobreviventes ainda correndo na mesma direção em que haviam partido, direto para o Morro da Mezena. Já estávamos entre eles e os botes, e assim nós quatro nos sentamos para respirar, enquanto Long John, enxugando o rosto, veio lentamente até nós.

– Muito obrigado, doutor – disse ele. – Chegou em hora oportuna, para mim e Hawkins. E você também, Ben Gunn! – ele adicionou. – Que é um dos bons, não há dúvida.

– Sou Ben Gunn, sou sim – respondeu o abandonado, contorcendo-se como uma enguia em seu constrangimento. E ele acrescentou, após uma longa pausa –, como vai, Sr. Silver? Muito bem, eu quem agradeço, diz você.

– Ben, Ben – murmurou Silver – e pensar que me pegou nessa!

O médico mandou Gray buscar uma das picaretas que, em sua fuga, foram deixadas para trás pelos amotinados, e então, enquanto descíamos vagarosamente até onde os barcos estavam, relataram-nos, em poucas palavras, o que havia acontecido. Foi uma história que interessou profundamente Silver, e na qual Ben Gunn, o desajustado abandonado, fora o herói do começo ao fim.

Ben, em suas longas e solitárias andanças pela ilha, havia encontrado o esqueleto. Foi ele quem o havia saqueado, quem havia encontrado o tesouro e o desenterrado (era o cabo de sua picareta que estava quebrado na escavação). E ele quem o carregava nas costas, em muitas jornadas estafantes, do pinheiro alto até uma caverna que ele tinha ocupado no monte de dois picos à nordeste da ilha, e lá esteve em segurança dois meses antes da chegada do *Hispaniola*.

Quando o médico lhe arrancara este segredo, na tarde do ataque, e quando na manhã seguinte vira o ancoradouro deserto, foi até Silver, entregando-lhe o mapa, que agora era inútil, entregara-lhe os suprimentos, pois a caverna de Ben Gunn estava bem suprida com carne de cabra salgada por ele mesmo, qualquer coisa para terem a chance de se deslocarem com segurança na paliçada para o monte de dois picos, para lá se verem livres da malária e ficarem de olho no dinheiro.

— Quanto a você, Jim — disse ele — fui contra meu coração, mas fiz o que achei melhor por aqueles que cumpriram seu dever e, se você não era um desses, de quem foi a culpa?

Naquela manhã, descobrindo que eu estava envolvido na horrível decepção que ele preparou para os amotinados, o doutor correu todo o caminho até a caverna e, deixando o fidalgo para proteger o capitão, levou Gray, e o abandonado partiu, cruzando a ilha para chegar até o pinheiro. Logo, porém, ele viu que nosso grupo tomara a frente, e Ben Gunn, sendo mais veloz, fora despachado na frente para fazer o seu melhor sozinho. Então lhe ocorrera trabalhar nas superstições de seus ex-companheiros de bordo, e ele teve tanto sucesso que Gray e o médico já estavam de tocaia antes da chegada dos caçadores de tesouros.

– Ah – disse Silver – foi uma sorte para mim ter Hawkins aqui. Você teria deixado o velho John ser cortado em pedaços e não teria pensado duas vezes, doutor.

– Não teria mesmo – respondeu o Dr. Livesey alegremente.

E, a essa altura, tínhamos chegado aos escalares. O médico, com a picareta, demoliu um deles, e então todos embarcamos a bordo e partimos a caminho da enseada norte.

Era uma corrida de treze ou quatorze quilômetros. Silver, embora já estivesse quase morto de cansaço, foi colocado em um remo, como o resto de nós, e logo estávamos deslizando rapidamente sobre um mar calmo. Logo, saímos do estreito e dobramos o canto sudeste da ilha, ao redor do qual, há quatro dias, havíamos rebocado o *Hispaniola*.

Ao passarmos pelo monte de dois picos, pudemos ver a boca negra da caverna de Ben Gunn e uma figura de pé ao lado dela, apoiada em um mosquete. Era o fidalgo, acenamos com um lenço e demos-lhe três vivas, nos quais a voz de Silver se juntou tão entusiasticamente quanto qualquer outra.

Cinco quilômetros adiante, dentro da boca da enseada norte, o que deveríamos encontrar senão o *Hispaniola*, navegando sozinho? A última maré o havia levantado, e se tivesse havido muito vento ou um forte repuxo da maré, como no ancoradouro ao sul, nunca teríamos o encontrado, ou o encontraríamos encalhado à deriva. Do jeito que estava, havia pouco estrago além dos destroços da vela principal. Outra âncora foi preparada e lançada a uma braça e meia de água. Todos nós paramos novamente na enseada do Rum, o ponto mais próximo da casa do tesouro de Ben Gunn. E então Gray, sozinho, voltou com o show ao *Hispaniola*, onde passou a noite de guarda.

Um declive suave ia da praia até a entrada da caverna. No topo, o fidalgo nos encontrou. Comigo, ele foi cordial e gentil, não dizendo nada sobre minha escapadela, nem me repreendendo ou me elogiando. Na saudação educada de Silver, ele corou um pouco.

– John Silver – disse ele. – Vejo-o como um vilão prodigioso e impostor, alguém deveras monstruoso, senhor. Disseram-me que não devo processá-lo. Bem, então, não irei. Mas os mortos estão pendurados em seu pescoço como eternas pedras de moinho.

– Agradeço sua gentileza – respondeu Long John, novamente o saudando.

– Não ouse me agradecer! – gritou o fidalgo. – Já faltei demais ao meu dever. Afaste-se!

E então todos nós entramos na caverna. Era um lugar amplo e arejado, com uma pequena nascente e uma piscina natural de água límpida, cercada de samambaias. O chão era de areia. Diante de uma grande fogueira, estava o capitão Smollett e, em um canto distante, apenas cintilando com o lume das chamas, eu vi grandes pilhas de moedas e quadriláteros construídos com barras de ouro. Aquele era o tesouro de Flint que tínhamos vindo tão longe para buscar e que já havia custado a vida de dezessete homens do *Hispaniola*.. Quantas mais haviam custado na coleta, quanto sangue e tristeza, quantos bons navios afundaram nas profundezas, quantos homens valentes andando na prancha com os olhos vendados, quantos tiros de canhão, quanta vergonha, mentira e crueldade, talvez nenhum homem vivo pudesse dizer. No entanto, ainda havia três naquela ilha: Silver, o velho Morgan e Ben Gunn, que haviam assumido sua parte nesses crimes, já que cada um esperava em vão compartilhar a recompensa.

– Venha, Jim – disse o capitão. – Sei que é um bom garoto, Jim, mas não acho que iremos navegar juntos novamente. Reconheço que tem habilidade nata para ser benquisto. É você, John Silver? O que o traz aqui, cara?

– Voltei para cumprir o meu dever, senhor – retornou Silver.

– Ah! – disse o capitão, e isso foi tudo o que ele disse.

Que ceia saboreei aquela noite, com todos os meus amigos ao meu redor, e que refeição foi aquela, com a cabra salgada de Ben Gunn, algumas iguarias e uma garrafa de vinho envelhecido do *Hispaniola*. Nunca vi gente tão alegre ou mais feliz. E lá estava Silver, recostado quase fora do calor do fogo, mas comendo com vontade, pronto para saltar para a frente quando fosse necessário, até mesmo se juntando em silêncio às nossas risadas, o mesmo marinheiro brando, educado e obsequioso da viagem.

E Por Último

Começamos o trabalho na manhã seguinte, bem cedo, pois o transporte desta grande quantia de ouro por cerca de dois quilômetros por terra até a praia, e dali cinco quilômetros de barco até o *Hispaniola*, era uma tarefa considerável para um número tão pequeno de trabalhadores. Os três companheiros que ainda estavam na ilha não nos incomodaram muito, uma única sentinela na encosta do morro foi suficiente para nos proteger contra qualquer ataque repentino, e pensamos, além disso, que eles estavam cansados de lutar.

Portanto, o trabalho foi realizado rapidamente. Gray e Ben Gunn entravam e saíam com o bote, enquanto, em sua ausência, os demais empilhavam tesouros na praia. Duas das barras, penduradas na ponta de uma corda, eram uma boa carga para um homem adulto, carga que o obrigava a, alegremente, andar devagar. De minha parte, como meus esforços para fazer carretos pouco valiam, passei o dia todo ocupado na caverna embalando as moedas em sacos de pão.

Era uma coleção inusitada, como o tesouro de Billy Bones a julgar pela diversidade de moedas, mas muito maior e tão mais variada que acho que nunca cheguei a ter maior satisfação do que essa de separá-las. Inglesas, francesas, espanholas, portuguesas, jorges[59] e luíses, dobrões e duplos guinéus,

---

59. A moeda soberano ou libra em ouro foi cunhada no Reino Unido e equivale a uma libra esterlina. O nome Jorge vem da imagem de São Jorge em seu cavalo que aparece em uma das faces.

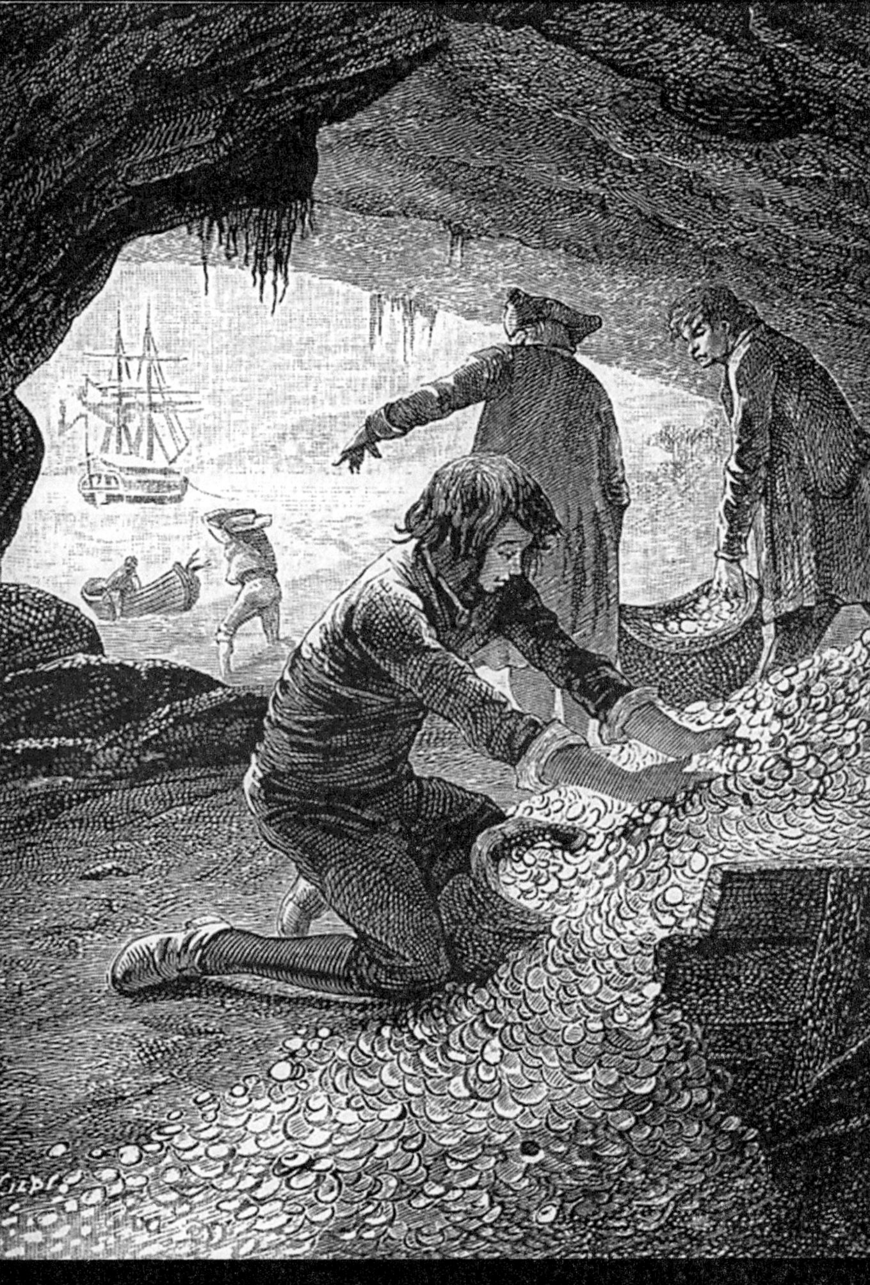

moidores[60] e cequins[61], com os rostos de todos os reis da Europa nos últimos cem anos, estranhas escrituras orientais estampadas com o que pareciam fiapos ou pedaços de teia de aranha, algumas redondas e quadradas, outras perfuradas no meio[62], como se fossem feitas para usá-las ao redor do pescoço, quase todo tipo de fortuna no mundo deve, creio eu, ter encontrado nessa coleção. E, pela quantidade, eram como folhas de outono, de modo que minhas costas doíam ao me curvar e meus dedos ao separá-las.

Dia após dia, esse trabalho se arrastou. Todas as noites, uma fortuna fora guardada a bordo, mas sempre havia outra fortuna esperando para o dia seguinte. E todo esse tempo não ouvimos nada sobre os três amotinados que sobreviveram.

Por fim, creio que, na terceira noite, o médico e eu estávamos passeando na encosta do morro de onde se podia avistar as planícies da ilha, quando, da escuridão densa abaixo, o vento nos trouxe um ruído semelhante a gritos e cantos. Aos nossos ouvidos, chegaram apenas breves ecos, seguidos do silêncio anterior.

– Deus tenha piedade – disse o médico. – São os amotinados!

– Todos bêbados, senhor – interrompeu a voz de Silver atrás de nós.

---

60. Moidore ou moydore é um termo arcaico da língua inglesa usado para descrever moedas de ouro de origem portuguesa

61. Antiga moeda de ouro italiana.

62. Moedas chinesas.

Silver, devo dizer, teve permissão para toda a sua liberdade e, apesar das rejeições diárias, parecia se considerar mais uma vez como um dependente bastante privilegiado e amigável. Na verdade, era notável como ele aguentava bem esses desprezos e com que polidez incansável continuava tentando se insinuar a todos. Mesmo assim, acho que ninguém o tratava melhor do que um cachorro, exceto Ben Gunn, que ainda tinha muito medo de seu antigo contramestre, ou de mim, que realmente tinha algo a agradecer-lhe, embora eu supunha que tivesse mais motivos para queixar-me dele do que qualquer outra pessoa, pois o tinha visto tramando uma nova traição no planalto.

Consequentemente, foi muito rude que o médico lhe respondeu.

– Bêbados ou delirantes – disse ele.

– Com toda certeza, senhor – respondeu Silver. E pouco importa, para você ou para mim.

– Suponho que dificilmente me pediria para tratá-lo como um ser humano – retrucou o médico com um sorriso de escárnio –, por esta razão, meus sentimentos podem surpreendê-lo, senhor Silver. Mas, se eu tivesse certeza de que eles estavam delirando, aliás, moralmente estou certo de que um deles, pelo menos, está febril... eu deveria deixar este acampamento e, correndo qualquer risco para minha própria carcaça, levar-lhes assistência médica.

– Perdão, senhor, mas acredito que esteja equivocado – disse Silver. – Pode apostar que perderia sua preciosa vida ao fazer isso. Estou do seu lado agora, feito mão e luva, e não gostaria de ver nosso grupo enfraquecido, muito menos o senhor, visto que sei o que lhe devo. Mas aqueles homens lá embaixo, eles não puderam manter sua palavra... não, nem suporia que desejassem fazê-lo. E o que é pior, eles não acreditariam que o senhor manteria a sua.

– Não – disse o médico. – Sabemos que é o único aqui que é conhecido por manter a palavra.

Bem, essa foi a última notícia que tivemos dos três piratas. Apenas uma vez ouvimos um tiro a uma grande distância e supomos que eles estivessem caçando. Realizou-se um conselho e decidiu-se que devíamos abandoná-los na ilha, para grande alegria, devo dizer, de Ben Gunn, e com a forte aprovação de Gray. Deixamos um bom estoque de pólvora e balas, o maior pedaço da carne de cabra salgada, alguns medicamentos e alguns outros artigos de primeira necessidade, como ferramentas, roupas, uma vela, um ou dois braços de cabo e, atendendo a desejo particular do doutor, uma bela quantidade de tabaco.

Esse foi nosso último feito na ilha. Antes, armazenamos o tesouro e despachamos água o suficiente junto com o restante da carne para caso tivéssemos algum imprevisto. E, por fim, numa bela manhã, levantamos âncora, o que era tudo o que nos restava fazer, e saímos da enseada do norte, com as mesmas cores de bandeira que o capitão havia erguido e debaixo da qual havia lutado na paliçada.

Os três sujeitos deviam estar nos observando mais de perto do que pensávamos, como logo percebemos. Para atravessarmos os canais, tivemos que costear muito perto da ponta sul, e lá vimos os três ajoelhados juntos em uma faixa de areia, com os braços erguidos em súplica. Todos sentimos uma pontada no peito, acredito eu, por termos abandonado aqueles homens naquele estado miserável, mas não podíamos arriscar outro motim. E levá-los para casa para irem à forca teria sido uma espécie de gentileza cruel. O médico saudou-os de longe e contou-lhes dos suprimentos que havíamos deixado e onde poderiam encontrá-los. Mas eles continuaram a nos chamar pelo nome e apelar por nossa misericórdia, rogando a Deus para que não permitíssemos tamanho fado.

Por fim, vendo que o navio ainda estava em seu curso e agora estava rapidamente saindo de seu alcance, um deles, não sei qual, levantou-se com um grito rouco, puxou rispidamente o mosquete no ombro e deu um tiro que passou zunindo sobre a cabeça de Silver e através da vela principal.

Depois disso, nós nos mantivemos sob a proteção da amurada e, quando olhei novamente para fora, eles haviam desaparecido da faixa de areia, e a própria margem quase desaparecera ao longe. Esse foi, pelo menos, o fim de tudo. Antes de o sol se pôr, para o meu inexprimível deleite, a rocha mais alta da Ilha do Tesouro havia afundado na vastidão azul do mar.

Estávamos tão carentes de tripulação que todos a bordo precisaram ajudar, apenas o capitão ficou deitado em um colchão na popa dando suas ordens, pois, embora estivesse bastante recuperado, ainda precisava de sossego. Direcionamos a rota para o porto mais próximo da América Espanhola, pois não poderíamos arriscar a viagem de volta para casa sem marujos disponíveis. E, da forma como o clima estava, com ventos desconcertantes e alguns temporais, ficamos todos exaustos antes mesmo de voltarmos a ver terra.

Ao pôr do sol, descemos a âncora no mais belo golfo, e fomos imediatamente cercados por barcos repletos de negros e índios mexicanos e mestiços que vendiam frutas e vegetais e se ofereciam para mergulhar em troca de dinheiro. A visão de tantos rostos bem-humorados (principalmente os negros), o sabor dos frutos tropicais e, sobretudo, as luzes que começavam a brilhar na cidade faziam o contraste mais encantador com a nossa estada sombria e sangrenta na ilha. E o médico e o fidalgo, levando-me junto com eles, desembarcaram para passar a primeira parte da noite. Ali encontraram o capitão de uma embarcação de guerra inglesa, puseram-se a falar com ele, subiram a bordo do seu navio e, em suma, tiveram uma hora tão agradável que o dia estava raiando quando voltamos ao *Hispaniola*.

Ben Gunn estava sozinho no convés e, assim que subimos a bordo, começou a nos fazer uma confissão com maravilhosas contorções. Silver se fora. O ilhado havia conspirado em sua fuga em um barco na costa algumas horas atrás, e agora nos garantiu que só o fizera para preservar nossas vidas, que certamente teriam sido perdidas se "aquele homem com uma perna só tivesse sido trazido a bordo." Mas isto não foi tudo. O cozinheiro de bordo não estava de mãos vazias. Ele havia cortado uma antepara sem ser visto e removido um dos sacos de moedas, no valor de talvez trezentos ou quatrocentos guinéus, para ajudá-lo em suas próximas andanças.

Acho que todos nós ficamos satisfeitos por termos nos livrado dele por tão pouco.

Bem, para encurtar a história, nós colocamos algumas mãos a bordo, fizemos um bom percurso para casa, e o *Hispaniola* chegou a Bristol no momento em que o Sr. Blandly estava começando a pensar em buscar seu consorte. Apenas cinco homens da tripulação original voltaram com ela. "Bebe que o diabo faz o resto", com certeza, ainda que não estivéssemos em um caso tão ruim quanto aquele outro navio sobre o qual eles cantaram:

*"Da tripulação só um escapou,
Os outros setenta e cinco o mar levou."*

Todos nós ficamos com uma grande parte do tesouro e a usamos com sabedoria ou tolice, de acordo com nossa natureza. O capitão Smollett agora está aposentado dos mares. Gray não apenas guardou seu dinheiro, mas sentindo-se repentinamente apaixonado pelo desejo de ascender, também estudou sua profissão, e agora é imediato e coproprietário de um belo navio equipado, além de ter se casado e se tornado pai de família. Quanto a Ben Gunn, ganhou mil libras, que gastou ou perdeu em três semanas ou, para ser mais exato, em dezenove dias, pois voltou a mendigar no vigésimo dia. Em seguida, ele recebeu uma cabana para cuidar, exatamente como temia na ilha. Ele ainda vive, e é muito benquisto pelo pessoal da região e, embora debochem dele, ele se tornou um cantor notável na igreja aos domingos e dias de santos.

De Silver não ouvimos mais nada. Aquele marinheiro formidável com uma perna finalmente sumiu de minha vida, mas ouso dizer que ele conheceu sua negra velha e talvez ainda viva confortavelmente com ela e o Capitão Flint. É de se esperar, suponho, pois suas chances de conforto em outro mundo são muito pequenas.

A barra de prata e as armas ainda estão, pelo que sei, onde Flint as enterrou, e espero que se mantenham lá. Bois e cordas de carroça não me levariam de volta àquela ilha maldita, e os piores sonhos que tenho são quando ouço as ondas batendo na costa ou acordo, num sobressalto, na cama com a voz aguda do Capitão Flint ainda ecoando em meus ouvidos: "Reais de oito! Reais de oito!"

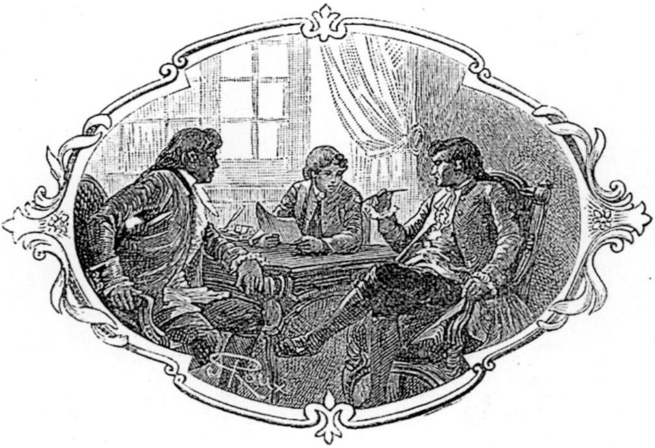